ヒア・カムズ・ザ・サン

東京バンドワゴン

小路幸也

集英社文庫

目次

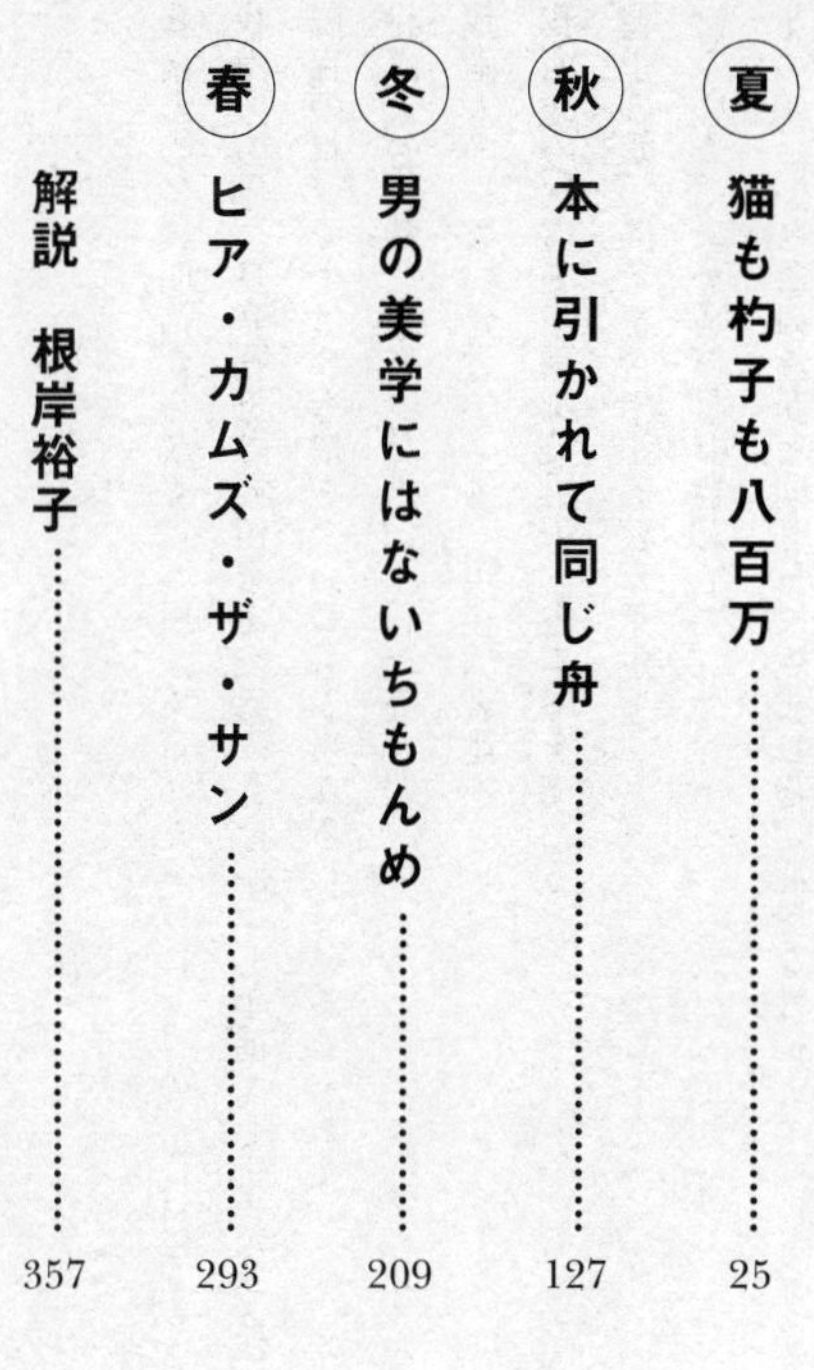

登場人物

堀田家

勘一　我南人の父。明治から続く古本屋〈東京バンドワゴン〉の三代目店主

サチ　我南人の母。良妻賢母で堀田家を支えてきたが、七年前、七十六歳で他界

我南人　伝説のロッカーは今も健在。いつもふらふらしている

藍子　我南人の長女。画家。おっとりした美人

紺　我南人の長男。元大学講師。現在は著述家

青　我南人の次男で、長身美男子。古本屋を支える

花陽　藍子の娘。医者を目指す高校二年生

研人　紺の息子。音楽好きな中学三年生

かんな　紺の娘。いとこの鈴花と同じ日に生まれる。活発な性格

鈴花　青の娘。おっとりした性格

秋実　我南人の妻。太陽のような中心的存在だったが、十年ほど前に他界

マードック　藍子の夫。日本大好きのイギリス人画家
亜美　紺の妻。才色兼備な元スチュワーデス
すずみ　青の妻。肝の据わった、古本屋の看板娘
草平　勘一の父。二代目店主
美稲　勘一の母
淑子　勘一の妹。海外に嫁ぎ、晩年は葉山で暮らすが、他界
大山かずみ　昔、戦災孤児となり堀田家に暮らしていた。引退した女医
藤島直也　常連客。若くハンサムな元ＩＴ企業の社長。新会社〈ＦＪ〉を設立。無類の古書好き
三鷹　藤島の学友、元ビジネスパートナーで、ＩＴ企業〈Ｓ＆Ｅ〉の社長
永坂杏里　藤島・三鷹の大学の同窓生。藤島の元秘書
木島　フリーの記者。我南人のファン
茅野　常連客。定年を迎えた、元刑事

真奈美　小料理居酒屋〈はる〉の美人のおかみさん
コウ　真奈美の夫。板前。無口だが、腕は一流
真幸　コウと真奈美の長男
池沢百合枝　日本を代表する大女優。青の産みの親
佳奈　若手女優。芸名は折原美世
脇坂修平　亜美の弟
脇坂夫妻　亜美の両親
祐円　勘一の幼なじみ。神主の職を息子に譲った
康円　祐円の息子。現神主
新さん　建設会社の二代目。我南人の幼なじみ
LOVE TIMER　我南人が率いるバンド。ボン（ドラムス）、ジロー（ベース）、鳥（ギター）

三崎龍哉　葉山に住む我南人の音楽仲間
安藤風一郎　我南人に憧れ、ロックを始めたミュージシャン

増谷裕太　近所に住む好青年
玲井奈　裕太の妹
会沢夏樹　我南人の事務所で働いている
小夜　夏樹と玲井奈の子

芽莉依　研人のガールフレンド。中学三年生

玉三郎・ノラ・ポコ・ベンジャミン　堀田家の猫たち
アキ・サチ　堀田家の犬たち

ブックデザイン　鈴木成一デザイン室

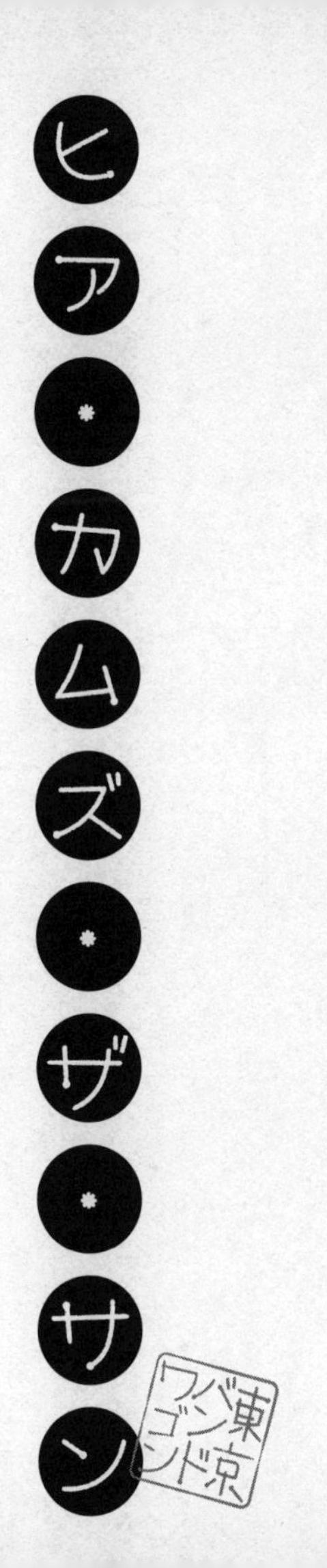
ヒア・カムズ・ザ・サン
東京バンドワゴン

梅に鶯、柳に燕、などと言いましたね。

その他には、波に千鳥や松に鶴、あるいは竹に虎でしょうか。その二つが並んでいればそれはもう一幅の絵になり調和良く、見ているこちらの心持ちも良くなってくるという取り合わせです。

わたしが住んでおります東京のこの辺りはやたらとお寺が多く、板塀、石塀、土壁の類の向こうの境内には緑豊かな木々や色鮮やかな花々が揃い、それに相和するように苔生した石なども並びます。

一緒にそこにあるだけで心安らかになるのは、やはり長い年月を一緒に重ねたものですね。それは建物や自然だけではなく、人間同士もそうですよね。お二人並んでそこに立っているだけで、あぁ善き年月を重ねられたのだな、と、こちらにまで伝わってくるご夫婦などがいらっしゃいます。そういう方々が暮らす家もまた、決して派手だったりすることはなく、起きて半畳寝て一畳のことわざのように、慎ましくも穏やかに心地よさが伝わってくるお宅なのです。

そして、そういう建物がこの辺りにはまだ数多く残っているのですよ。

雨風に晒されてくすんだ色合いの板塀は枯れた味わいを醸し出し、掛けられた花籠の色鮮やかなお花の賑わいを一層引き立たせます。猫が通って尻尾を振れば両隣の家に触れるような小路に差し込む陽差しの下には、野に咲く花が開きます。角が丸くなり苔生した石段に、脇の木々に咲く花びらが落ちて絨毯を作ります。縁側に、軒先に吊るされた風鈴はあちこちで違う音色を奏で、子供たちの元気な声と混じって路地に響いていきます。

そういう変わらないものが、変わらずにあってほしいものが、当たり前のようにここにはあり、いつでも胸にほっとする思いを与えてくれるのです。

そういう下町で、築七十五年にもなる、今にも朽ち果てそうな風情の日本家屋で商いをさせていただいているのが我が堀田家です。

〈東京バンドワゴン〉というのが屋号の古本屋なんですよ。

私の義理の祖父である先々代の堀田達吉が、明治十八年にこの場所に家屋や蔵を建てて創業いたしました。今の時代でもどこか妙だと感じるこの屋号は、かの坪内逍遥先生に名付け親になっていただいたそうです。その当時からしてとてつもなく奇妙な名前であり、見た人聞いた人が皆一度は首を傾げたそうですね。

若い方などは右から左に読む習慣などわかりませんから、看板を見上げて「ンゴワドンバなに東?」などと呪文のように呟いてしまうこともありますね。瓦屋根の庇に今も鎮座まします黒塗り金文字の看板は、すっかり褪せてしまいましたが、昔も今もわたしたち家族を見守ってくれているような気がします。

明治の世から細々とですが商いを続けてこられて、平成の世もおおよそ四半世紀が過ぎました。隣に造ったカフェには〈かふぇ あさん〉という名前がついていますが、同じ家で呼び名が二つあっても紛らわしかろうと、普段はどちらも〈東京バンドワゴン〉で通しています。

あぁ、いけません。

ご挨拶も済まさないうちに、長々と話をしてしまうのが癖になってしまいました。どなたの目にも触れないこの姿になって随分と長い時が経っていますので、お行儀も悪くなっていますね。相済みません。

お初にお目に掛かる方もいらっしゃいますでしょうか。すっかりお馴染みの方も、皆さん大変失礼いたしました。

わたしは堀田サチと申します。

この堀田家に嫁いできたのは七十年近くも前の昭和二十年、終戦の年のことです。わたしにとっては青天の霹靂のような騒ぎの後での嫁入りだったことは、以前にも詳しくお話しさせていただきましたよね。それから長い年月、堀田家の嫁として、毎日騒がしくも笑いが絶えない日々を過ごさせてもらいました。

大小合わせて何故か我が家に巻き起こる、少々お恥ずかしい騒動の顚末をお話しさせていただくようになって、どれぐらい経ちましたでしょうか。その度にどんどん我が家には人が増えていくような気もしますが、改めて、わたしの家族を順にご紹介させていただきますね。

〈東京バンドワゴン〉の正面に立ちますと三つ入口があります。初めての方はちょっと迷ってしまうでしょうが、真ん中の扉はあまり使われることはありません。ですので、まずは左側のガラス戸から中へどうぞ。金文字で〈東京バンドワゴン〉と書かれているそこが、創業当時から変わらない古本屋の入口になっています。

戸を開けますと、これも創業時から並ぶ特別製の本棚の奥、三畳分の畳が敷かれた帳場に座り、文机に頬杖して煙草を吹かしていますのがわたしの夫であり、〈東京バンドワゴン〉三代目店主の堀田勘一です。

次の誕生日が来れば八十五歳になりますが、ご覧の通りごま塩頭の顰め面、大柄で背筋もしゃんとしています。まだまだ若いですね、と言えば「てやんでぇ、おべんちゃらは結構だ」などと悪態をつきますが、心の中では大いに喜んでいますよ。柔道四段の猛者で若い頃は喧嘩が三度の飯より好きと言われていましたが、こう見えて女性には優しく、そして涙脆いのです。古本の川で産湯を使ったなどと言うぐらいですから、様々なジャンルの文学はもちろん、芸術方面にも明るく、昔はバイオリンやベースなどの楽器も嗜みました。

四人もいる曾孫が全員結婚するまでは死なないと言っていますから、あと二十年近くは元気でいてくれるのでしょう。

あぁ勘一の後ろですね？　帳場の壁の墨文字が気になりますか。

あれは我が堀田家の家訓なのです。

〈文化文明に関する些事諸問題なら、如何なる事でも万事解決〉

創業者である堀田達吉の息子、つまりわたしの義父である堀田草平は、善き日本の民の羅針盤に成らんと新聞社を興そうとしましたが、生憎と世がそれを許さず志半ばとなり、心機一転家業の古本屋を継ぎました。その際に「世の森羅万象は書物の中にある」という持論からこれを家訓とすると宣言し、そこに書き留めたと聞いています。

勘一の話では、まだ幼い頃にはこの家訓のお蔭で様々な揉め事や事件がこの店に持ち込まれ、義父は古本屋稼業よりもそちらの解決で忙しかったと聞いています。その数々の事件の顛末は義父が詳細に書き纏めていますので、いつか、皆さんにお話しできれば嬉しいですね。

その家訓ですが、実は他にもたくさんありまして、壁に貼られた古いポスターやカレンダーを捲りますとそこここに現れます。

曰く。

〈本は収まるところに収まる〉

〈煙草の火は一時でも目を離すべからず〉

〈食事は家族揃って賑やかに行うべし〉

〈人を立てて戸は開けて万事朗らかに行うべし〉等々。

トイレの壁には〈急がず騒がず手洗励行〉、台所の壁には〈掌に愛を〉。そして二階の壁には〈女の笑顔は菩薩である〉、という具合です。

今は家訓などという言葉自体を知らない方も多い時代でしょう。ですが我が家の皆は、老いも若きもできるだけそれを守って日々を暮らしていこうとしているのですよ。

今、ハンディモップを持って本棚の掃除をしているのは孫の青のお嫁さんで、すずみさんです。とにかく本の虫で、中学生の頃から古本屋さんになるのが夢だったという今どき珍しいお嬢さんですよ。大学で専攻したのも国文学でして、本の知識はもちろん、古本の目利きに関しても勘一に引けを取らないと皆が言うようになりました。我が家に嫁いできて、もう何年になりますかね。一児のお母さんになったというのにその笑顔はまだ少女らしさを残して可愛らしく、当分の間は看板娘の看板は下ろしませんね。

あぁ、どうぞご遠慮なく奥へ。帳場の横を通り抜けて、そこから居間に上がってくださいな。ええもうそこに寝転んでいる金髪頭の長い足はお気になさらず跨いじゃってください。上がり口に寝転んでいる方が悪いんですから。

　お行儀が悪くてすみません。それはわたしと勘一の一人息子、我南人です。あらご存じですか。そうなのです、もう六十半ばになったというのに、金髪長髪は相変わらずで、ロックミュージシャンをやっているんですね。巷では「伝説のロッカー」とか「ゴッド・オブ・ロック」などと呼ばれてもいるようですが、今でもファンの方がたくさんお店にやってきてくれますので、まんざら誇張でもないのでしょう。ツアーに出ていないときでもふらふらしてどこにいるのかわからない男でしたが、最近はこうして家にいることも多く、孫の相手をしてくれていますよ。このまま落ち着いてくれればいいのですが、どうなのでしょうね。

　居間の座卓でノートパソコンのキーボードを叩いているのが、我南人の長男でわたしの孫の紺です。

　大学講師を諸事情で辞めた後は、勘一の右腕として古本屋を手伝ってくれていたのですが、今はこうして物書きとして生計を立てています。シリーズになっています下町関連の本や、小説やエッセイなどの依頼もそこそこあるようでして、近頃はいつもこうしてキーボードを叩いていますね。曲者揃いの堀田家の男の中で唯一と言っていい静かなる常識人でして、堀田家の頭脳とも言われてます。地味過ぎるという声もありますが、地味で堅実なのは美徳なのですよね。

あぁ、お買い物に行っていたんですね。騒がしくてすみません。今、縁側を走ってきて滑って遊んでいる二人の小さな女の子と一緒に帰ってきたのは、同じく孫で紺の弟の青です。我南人の次男ですね。

ご覧の通り、モデルさんも太刀打ちできないほどの美しい顔とスタイルは下町のプレイボーイとのあだ名もありました。ずっと旅行添乗員をしてきたのですが、今は忙しくなった紺に代わって、古本屋をすずみさんと一緒に支えてくれています。とはいえこの美貌を古臭い本屋に閉じこめておくのは勿体(もったい)ないとカフェの方でも活躍してくれて、一児の父親、そして三十代になった今でも、若い女性のお客様には絶大の人気を誇っているんですよ。

喉が渇きませんか？　どうぞどうぞカフェの方へ。

そこのテーブルに座ってコーヒーを飲んでいる和装のご婦人二人。美しさが際立つ女性は、日本を代表する女優である池沢百合枝(いけざわゆりえ)さんで、実は青の産みのお母さんです。以前お話ししましたようにそれはもういろいろとありましたが、今はこうして、池沢さんも青も優しい笑顔でお互いに接することができるようになりました。

もう一人のご婦人は、わたしと勘一にとっては妹同然の大山(おおやま)かずみちゃんです。終戦当時に戦災孤児となり堀田家に引き取られ、家族の一員として一緒に暮らしていました。亡きお父さんの遺志を継ぎ女医さんになって地域診療に力を注いできましたが、引退して堀田家に帰ってきました。お店に忙しい藍子や亜美さんやすずみさんに代わって子供たちの面倒をみたり、家事をこなしてくれたりと、堀田家の日常を陰で支えてくれています。かずみちゃんも池沢さんも隣の〈藤島ハウス〉というアパートに住んでいるのですよ。

あぁ来ましたね。池沢さんとかずみちゃんに嬉しそうに飛びついていった二人の女の子は、紺の長女のかんなちゃんと、青の一人娘の鈴花ちゃん。同じ日に生まれて次の誕生日で四歳になるいとこ同士ですね。そうです、鈴花ちゃんのお祖母ちゃんが池沢さんになりますよ。

こうして生まれたときからいつも一緒にいますから大の仲良しで、お互いに姉妹だとも思っているようです。以前はそれこそ双子のようにそっくりでしたが、今はそれぞれのお母さんに似てきました。いつも元気で活発で瞳がくりんとしているのがかんなちゃんで、目元涼しげで少しおっとりさんですぐにかんなちゃんの後ろにくっつくのが鈴花ちゃんです。我が家の二人のアイドルも幼稚園に通い出して、たくさんのお友達ができましたよ。

壁にたくさんの絵が掛かっていますね？　あれはカウンターの中で並んで洗い物をしている、孫で我南人の長女の藍子と、その夫となったマードックさんが描いたものです。

藍子は大学生の頃、教授だったすずみさんの亡きお父さんと恋に落ち、花陽を産んでシングルマザーとして育ててきました。その辺りの事情はずっとずっと自分一人の胸に納めていたのですよ。おっとりしていながらも意志は強く、案外頑固なのは勘一譲りかもしれません。そして芸術家肌というのですかね、どこか浮世離れした感覚の持ち主ですよ。

そんな藍子に恋をしたイギリス人で日本画家のマードック・グレアム・スミス・モンゴメリーさん。大学時代に日本にやってきて、浮世絵など日本の美術と古いものに魅了されずっとご近所さんとして過ごしてきました。近頃は大学や美術の専門学校での講師のお仕事も増え、今は大学の専任講師をしていますね。

藍子と結ばれて花陽の継父となりましたが、それはもう紆余曲折の長い長い物語がありました。でも、今では皆が家族として心から仲良くやっています。藍子もマードックさんも〈藤島ハウス〉に住んでいますが、朝から晩までほとんどこちらにいますので生活に変わりはありませんね。

二人の隣でコーヒーを落としているのが、紺のお嫁さんの亜美さんです。元は国際線のスチュワーデスという才色兼備の娘さんで、どうして地味な紺と恋に落ちたのかは堀田家最大の謎と言われています。その溢れる才能と行動力で、我南人の奥さんだった秋実さん亡き後に、〈かふぇ　あさん〉を造って我が家を甦らせてくれた立役者なのですよ。美術品やブランド品にも詳しいのですよね。今は、忙しくなった紺の代わりにお店の経理などを担当して、皆と一緒にカフェを切り盛りしてくれています。

聞こえましたか？　二階から涼しげな歌声とギターの音色ですね。

あれは、紺と亜美さんの長男で中学三年生の研人(けんと)です。かんなちゃんのお兄ちゃんですね。勉強の合間に気分転換をしているのでしょう。幼い頃は元気で優しい男の子だったのですが、血は争えないのですね。祖父である我南人の影響を色濃く受けてしまい、ミュージシャンへの道を考えているようです。我南人も認めていますし、実は既に研人が作曲に関わったヒット曲もありますので才能はそれなりにあるとは思うのですが、今は、何よりも高校受験の勉強に一生懸命ですよ。

あぁ、今、塾から帰ってきて、カフェのカウンターに座ってお喋(しゃべ)りを始めたのは、藍子の娘で高校二年生の花陽です。こちらはかずみちゃんの影響なのか、医者になりたいと言い出して、猛勉強の日々が続いています。つい最近、少し視力が落ちて眼鏡(めがね)を作ったのですが中々似合っているのですよ。花陽のお父さんはすずみさんのお父さんで、つまりすずみさんと花陽は腹違いの姉妹という間柄。当初は多少わだかまりもあったようですが、女性陣では年齢がいちばん近いですから二人は大の仲良しです。

かんなちゃん鈴花ちゃんと同じように、花陽と研人もいとこ同士なのですが、同じ家でずっと一緒に育ってきましたから、もう姉と弟みたいなものですね。

まぁ本当にややこしくてすみません。毎度のことですが、このように家族を一通り紹介するだけでも一苦労ですね。複雑な関係もありますから頭が混乱するでしょう。

はい、我南人の奥さんでわたしの大切な義理の娘、我が家の太陽だった秋実さんは、もう十年ほど前に病でこの世を去っています。向こうで会えるかと思っていたのですが、それももう少し先になりそうですね。

そうそう、忘れてました。我が家の家族の一員の犬と猫たち。

猫の玉三郎(たまさぶろう)にノラにポコにベンジャミン、そして犬のアキとサチ。

合計六匹の犬猫たちも変わらずに元気に家の中を歩き回っています。けれども、玉三郎とノラはもう高齢の猫でして、近頃は一日中縁側や居間で寝てばかりいます。尻尾が分かれてもいいですから、そのままずっと我が家にいてほしいとは思うのですがどうでしょうか。

最後に、わたし堀田サチは、七十六歳で皆さんの世を去りました。

終戦の年にこの堀田家に嫁いできて、思えば本当に賑やかで楽しい毎日を過ごしてきました。とても幸せで満ち足りた人生でしたと心残りもなく、皆さんに感謝して瞳を閉じたのですが、気がつけば何故かこうしてこの家に留(とど)まっています。孫や曾孫の成長を人一倍楽しみにしていたせいでしょうかね。どなたかの粋な計らいなのだろうと手を合わせ感謝して、いずれその日が来るまで、と、家族の皆を見守っております。

幼い頃から人一倍勘の鋭かった孫の紺は、わたしがまだ家でうろうろしているのを知っています。ほんのひとときなのですが、仏壇の前で話ができることもあるのです。血筋というのですかね、紺の息子の研人もわずかな時間ですが、わたしが見えることがあるようです。そのときにはいつもこっそり、皆に気づかれないように微笑(ほほえ)んでくれますよ。そして、研人の妹のかんなちゃんにもその血が受け継がれたようで、先日はわたしを見つめて「おおばあちゃん？」と微笑んでくれました。そのうちにお話もできたら楽しいのですが、どうなるでしょうね。

またご挨拶が長くなってしまいました。

こうして、まだしばらくは堀田家の、〈東京バンドワゴン〉の行く末を見つめていきたいと思います。

よろしければ、どうぞご一緒に。

夏 猫も杓子（しゃくし）も八百万（やおよろず）

一

八月もお盆を過ぎると涼しくなりますね、などとご近所さんと道端で話していたのは遠い昔で、近頃は涼しくなるどころかますます暑さを増すような気がしますよね。夏バテというのはこの時期からよくやってくると聞きます。わたしなどはバテる身体（からだ）もありませんから良いのですが、大人はともかくも、暑くても気にせず元気に動き回る子供たちには気を遣ってほしいものです。

今年、勘一は市で、かんなちゃんと鈴花ちゃんのために朝顔をなんと二十鉢も買ってきまして、二人は可愛らしいお揃いの赤い如雨露（じょうろ）で一生懸命水やりしていました。毎日毎朝誰かを水やりに誘っていましたよね。昨日は研人に今日は花陽、マードックさんに藍子にかずみちゃんに勘一、ときには祐円（ゆうえん）さんや藤島さんと日替わりで誘うのですが、何故か自分たちのお父さんお母さんはあんまり誘わないのですよ。どうしてなのでしょうか、今度訊いてみたいものです。

クーラー嫌いで部屋には頑としてつけようとしない勘一ですが、さすがにお客様の来られるお店はそうはいきません。カフェではそれなりにクーラーが働いていますし、その冷気は古本屋の方へも少し回っていきます。

でも、家の方では、葦簀に打ち水に団扇、簾に葦戸、金魚が泳ぐガラスの水盆や盥に立てる氷柱と、暑さを和らげる昔ながらの生活の知恵はありますよね。そういうものを使うようにしますと、部屋の空気が柔らかくなるような気がします。そしてそれだけで涼しく感じるものですよ。

暑いと言えば、勘一ぐらいの年になってしまえば甚兵衛にステテコだけの姿でいても誰も文句を言わないでしょうが、あの人は夏でもシャツに長ズボンで過ごします。半袖シャツもあまり着ませんよね。若い頃からずっとですから、何かしらのこだわりがあるのでしょう。

この夏に新しく買ったものに、大きな盥があります。それはもう大きくて子供用のプールぐらいの大きさがあるのです。

裏の田町さんご夫妻が様々な事情で揃って施設に入ることになり、空き家になったのは去年の秋口でした。そこに、うちの紹介で増谷裕太さん一家が入られたのですよね。

正確には増谷裕太さんとお母さんの三保子さん。裕太さんの妹の玲井奈ちゃんと旦那さんの会沢夏樹さん、その一人娘の小夜ちゃんの五人です。

裕太さんは学生の頃は〈藤島ハウス〉のお隣にあった〈曙荘〉というアパートで過ごしていましたが、妹の玲井奈ちゃんと赤ちゃんの小夜ちゃん、夏樹さんの件でちょいとした騒ぎがあり、古本屋の常連になってくれました。夏樹さんはその騒動が縁で、今は我南人の事務所のスタッフとして働いていますよ。

一人娘の小夜ちゃんは、かんなちゃん鈴花ちゃんの一つ上の可愛らしい女の子。ご近所さんになって相当嬉しかったようですね。三人で仲良く楽しそうに、その大きな盥で水浴びする姿がよく見られましたよ。あんまり騒ぎ過ぎて水着のまま蔵の中にまで入り込もうとしたときには慌てましたけどね。可愛らしい水着姿の三人の、嬉しそうにはしゃぐ声が夏の空高く響いていくのは良いものですよね。

そんな八月も後半に入る頃。

相も変わらず堀田家の朝は賑やかです。

朝から暑さを感じる日であろうと早起きなのはかんなちゃんと鈴花ちゃん。この二人は本当に元気というか図太いというか、二人で一緒であれば、それぞれのお父さんお母さんと一緒に寝なくても平気なのですよね。日替わりとまではいきませんが、週に二、三回は家族の誰かの部屋で寝ているような気がします。

今日はどこからやってきたかといえば、裏玄関からです。どうやら昨夜は〈藤島ハウス〉のかずみちゃんの部屋で寝たようですね。騒ぐことはしないでわざとそーっと入ってきて、嬉しそうににこにこしながら廊下を走って二階へ上がっていきます。いつものように研人の布団の上にダイビングして起こすのでしょう。夏休みぐらいはゆっくり寝ていてもいいのですが、かんなちゃん鈴花ちゃんはそれを許しません。

「けんとにぃ！」

二人のユニゾンが聞こえてきました。あの調子で皆を起こして回るのです。犬猫たちはもちろん起きてはいるのですが、夏の暑さに少々バテ気味の六匹は、かんなちゃん鈴花ちゃんを避けるようにしていますよ。

かずみちゃんと藍子、亜美さんにすずみさんの女性陣は、もう台所で朝ご飯の支度を始めています。受験勉強に忙しい花陽と研人はお手伝いは免除されていますよね。それでも、かんなちゃん鈴花ちゃんに起こされて、二階から下りてきます。

居間の真ん中に鎮座します欅（けやき）の一枚板の座卓は、大正時代に購入したものと聞いています。この人数がゆったり座れますから相当に長くて重く、掃除のときに動かすのは一苦労。大人の男四人でもきついぐらいですからね。今はガスコンロがありますからもう長いこと使ってはいませんが、実はこの座卓、七輪を二つ嵌め込んですき焼きなどの鍋物に使うことができるんですよ。

あぁ、〈藤島ハウス〉からマードックさんと一緒に藤島さんもやってきましたね。「おはようございます。すみません朝からお邪魔します」と皆に挨拶しています。でもそういう光景ももうお馴染みです。

家の隣に建てられた〈藤島ハウス〉の大家さんであり、ＩＴ企業〈ＦＪ〉の社長である藤島直也さん。無類の古書好きで、お店に来てくれるようになってもう十年近いでしょうね。いろいろとご縁がありまして、今はもう親戚というか、すっかり家族の一員になってしまったような気もします。自宅は別に豪華なタワーマンションにあるのですが、昨夜はこちらの自室に泊まったのですね。きっとそれに気づいたかんなちゃん鈴花ちゃんに起こされて来たのでしょう。こちらこそいつもすみませんね。

勘一が新聞を自分で取ってきて、座卓の上座にどっかと座り広げます。最近は健康のためにと少しでも歩くようにしているのですよね。その反対側には我南人が陣取り、何やらiPhoneをいじっています。メールでもチェックしているのでしょう。

毎日の朝の恒例になってしまった、かんなちゃん鈴花ちゃんの朝ご飯の席決めですが、今朝も二人で皆の箸と箸置きを持って、座卓の周りを歩きますよ。

「ふじしまんはね、きょうはここにすわります」

「かんなはここね」

「すずかはここね」

「あとはみんなふつうでいいですから」

「じぶんでやってください」

あら？　今朝はそれだけですか。箸と箸置きを座卓の真ん中にざらっと置いて、自分たちは藤島さんを挟み込んでさっさと座ってしまいました。皆が笑いましたね。

つまり、藤島さんを縁側の方の席の真ん中にしてその両隣に自分たちの席を決めたのですね。相変わらず藤島さんが大好きなのですね。自分の最愛の娘に早くも放っておかれてしまった紺と青が苦笑いしながら、それぞれの箸と箸置きを置いて回りました。

かんなちゃんと鈴花ちゃんが席を決め始める前も、特に決まっていたわけではないですよね。まだ花陽と研人しか子供がいなかった頃は、何となく、子供と大人に分かれて座っていましたよ。

すっかり自分だけでご飯を上手に食べられるようになったかんなちゃん鈴花ちゃんですが、それでも隣にはお母さんの亜美さんとすずみさんが座ります。つまり藤島さんは我が家の女性陣にほぼ囲まれてしまったわけですね。

今日の朝ご飯は大皿にオーブンで焼いたトマトとお茄子と玉葱のグラタン、じゃがいもの冷たいスープに目玉焼き、昨夜の残り物の冬瓜とひき肉の煮物に、大根のビール漬け、白いご飯に焼海苔と、裏のお豆腐屋さんの杉田さんのところの胡麻豆腐ですね。和洋折衷という感じでしょうか。

皆が揃ったところで「いただきます」です。

犬のアキとサチはいつものように縁側で寝そべって、自分たちのご飯の番を待っていますね。玉三郎にノラ、ポコとベンジャミンはそれぞれ涼しいところで過ごしていると思うのですが、どこにいますかね。

「何だか今日は朝から随分暑いなおぃ」

「しゃしんとりますよー。おりょうりのしゃしん」

「とるからねー。はい、うごかないでー」

「オレ、朝ご飯食べたら芽莉依のところ行って勉強するから」

「二、三日晴天で空気も乾燥するっていうから、蔵の虫干ししようか」

「昨日の夜中、誰かが変な声で鳴いていたよね」

「むしぼうっし！　する！」

「あれぇ？　紺ぅ、そんなに白髪あったぁ？　年取ったぁ？」

「ちゃんとご挨拶するのよ？　親しき仲にも礼儀ありなんだから」

「おう、虫干ししてくれや。ここんところかなり湿っぽかったからな」

「あ、鳴いてた。玉三郎かノラっぽかったけど。ここんところよく鳴いてない？」

「かんなちゃん鈴花ちゃん、カメラは下に置いといてね。そうそう」

「きょうさよちゃんとプールだよ。すずかとかんなはむしぼうっしできないよ？」

「え？　どこに？　そりゃあもうすぐ四十だから年は取ったけど、目立つ？」

「わかってるって。〈昭爾屋（しょうじや）〉さんでお菓子買ってくから」

「あ、俺今日の夕方いないけど大丈夫だよね」

「おい、ウスターソース取ってくれソース」

「夜中に鳴いていたの？　気づかなかったけど」

「光の加減かなぁ。でもぉ染めちゃえばいいよぉ。僕みたいにぃ金髪にしたらぁ？」

「どこか行くの？」

「さかりの、きせつでも、ないですよね」

「はい、旦那さんウスターソースです」

「鳴き声でどの猫かわかるのかい？」

「紺ちゃんの金髪！　見てみたいかも」

「大学のときの仲間が集まるんだ。クラス会っていうほどじゃないけど、七、八人」

「しゃしんとりまーす」

「旦那さん！　じゃがいものスープにソースって！」

「海苔にもかい勘一！」

勘一の独特の味覚に関してはもう誰も何も言いません。じゃがいもの冷たいスープにウスターソースは、まぁ合わないことはないでしょうけれど、せっかくの風味が飛んじゃいますよね。焼海苔にソースは随分以前に間違えてかけたような気がしますけれど、急に思い出してやってみたんでしょうか。

「なんか、変な鳴き声でさ。どうしたのかなって思ったらもう聞こえなくなったけど」

研人が言って、花陽も頷きました。

夜中に猫たちが鳴いていたというのは、我が家では受験勉強に忙しい研人と花陽がいちばん夜更かしですから、それに気づいたのでしょうね。

「夜中って言えばよ。研人、花陽」

「なに？　大じいちゃん」

「昨日の夜中に地震あったか？」

勘一に訊かれて研人と花陽が顔を見合わせて首を捻りましたね。

「いや？　なかったよね？」

「なかったと思うけど、揺れたの？」

「いや、さっき新聞取りに行ったらよ、いちばん上の棚の本が二、三冊落ちてたんでな」

「あ、それ」

すずみさんが頷きながら言います。

「一昨日だったかも、ありました！　朝、本が床に落ちててどうしたのかなって思ってました」

本が落ちるほどの地震であればいくらなんでも気がつくはずですが、皆がそれぞれに首を捻りましたね。我南人がiPhoneをいじりながら言います。

「少なくともぉ、昨日の夜も一昨日の夜も大した地震はなかったねぇ」

今はそういうのも全部すぐにわかるのですよね。そうそう、地震が来る前にも警報を鳴らしてくれるらしくて、先日は夜中に一斉に皆の携帯が鳴り出して心臓が止まるほど、いえ止まる心臓もないのですが、本当にびっくりしましたよ。

「猫が騒いで暴れて本を落とした、とかですかね？」

藤島さんが言うと、すずみさんが首を横に振りましたね。

「うちの猫たちは、犬もですけど、そういうことは絶対にしないんですよ」

そうですね。我が家ではずっと猫を飼っていますけど、しつけをするわけでもないのに、障子に穴を開けることはあっても、本には一切悪戯をしません。もちろん犬たちもですよ。

「玉三郎とノラは少し元気もないし、心配よね」

藍子です。

「そういや、最近みんなときどき様子がおかしくないか？」

青が言いました。

「おかしいって？」

「いや、ポコとかさ、アキとサチもさ、何もない宙の一点を見つめたりしてるんだよ。他の猫たちも妙に騒いだりするし」

そういやぁそうだな、と勘一が腕を組み、あぁあるね、と、かずみちゃんも頷きました。動物たちや赤ちゃんなどはありますよね。天井の何もないところをじーっと見ていたり。確かにここ何日か、猫や犬たちの様子がおかしいことがありましたね。

「でもね」

花陽が言います。

「昨夜の鳴き声はちょっと猫っぽくもなかったような気がするの。何か、女の人のすすり泣きみたいな」

「すすり泣き？」

「いやだぁ」

亜美さんが二の腕の辺りを擦ります。

「花陽ちゃん夏だからってそういうのはやめてよ。怖いわー」

皆が苦笑しました。怖いほど美しいと言われる亜美さんですが、実は幽霊とかそういうのを人一倍怖がりますよね。スチュワーデスだった頃、一人でホテルの部屋に泊まるのも嫌でしょうがなかったそうです。それでいてテレビのそういう番組は好きで、悲鳴を上げながらよく観ていましたよね。

「まぁあれだ、我が家にはすすり泣くようなか弱い女はいねぇから猫だろうよ。今度夜中に鳴いたらよ、様子をちゃんと見といてやれや。もう俺と同じぐらい年寄りだからな」

さらっと暴言を吐きましたが、我が家の女性陣は皆頷いて受け流しましたね。でも、後で怒られてもしりませんよ。

確かに猫たちはもう皆高齢ですから、少し気をつけた方がいいでしょうね。どんなに長生きしてもらいたくても、寿命というものがありますから。

朝ご飯が終わると、それぞれに今日一日の仕事の準備に入ります。

藤島さんはもちろん自分の会社である〈ＦＪ〉に出勤ですね。藤島さんが皆に挨拶して、いったん部屋に戻ろうと立ち上がると、すかさずかんなちゃん鈴花ちゃんが玄関までお見送りです。

「いってらっしゃーい！」

「いってらっしゃーい！」

藤島さんも手を振って笑っています。二人の可愛い元気な声を背中に受けると、一日頑張れると藤島さんは以前に言ってましたね。そう思っていただけるのはとてもありがたいのですが、藤島さん、それはどちらかと言えば自分の子供たちに感じるべきものだと皆に突っ込まれていましたよ。世間では相変わらず独身の大手企業のイケメン社長として紹介されることも多いのですが、女性との浮いた噂はあったりなかったりです。

かんなちゃん鈴花ちゃん、すかさず取って返して廊下を走り、カフェへダッシュします。こちらでは夏休みであろうとなんだろうと、ご近所のお年寄りの常連さんたちがもう店の外で待っていてくれますね。

「おはようございます！」

雨戸を開けて、亜美さんがにこやかにご挨拶。

「いらっしゃいませー！」

「いらっしゃいませー！」

かんなちゃん鈴花ちゃんの声が上がり、待っていたお年寄りの皆さんも相好を崩します。古本屋の看板娘はすずみさんでしばらく安泰ですが、カフェの看板娘は藍子と亜美さんから、すっかりかんなちゃん鈴花ちゃんに代替わりしましたね。

常連のお年寄りの皆さんはほとんどがわたしも顔馴染みのご近所の方ばかり。でも、しょうがないことではありますが、もうお店に来られなくなった人も多くいます。そういう皆さんは元気で、というのも変ですが、向こうでやっていますかね。

テーブルについたお客さんの周りを二人で回っておはようのご挨拶です。お菓子をくれたり優しく話し掛けてくれたり、皆さん自分の孫のようにかんなちゃん鈴花ちゃんを可愛がってくれていますよ。実際一人暮らしの方も多いですから、ここに来ると淋しくなくていいのよ、と言ってくださる方もいます。ありがたいことですし、皆さんの笑顔を見られるのは本当に嬉しいですね。

もちろん、お年寄りばかりではなく、出勤前のサラリーマンの方や、学生さんも朝ご飯を食べたりコーヒーを飲みに寄ってくれます。実は、カフェは朝もかなり忙しいのですよね。

お粥のセットやベーグルなど、食べ物の注文もたくさん入りますが、もう慣れたものですから混乱はありません。そもそもお客様も慣れたもので、いろいろと手伝ってくれますからね。お冷やなどは自分で持っていってくれる方も多いです。

カウンターでは藍子と亜美さん、青も忙しく立ち回って注文をこなしていきますよ。マードックさんも、今は夏休みで講師には出かけない日もありますので、テーブルの間を歩き回ってオーダーを取ってくれます。かんなちゃん鈴花ちゃんも注文の品を持っていきたがったりするのですが、まだまだ無理ですよね。小学生になった頃には、オーダーを運ぶ姿が見られるかもしれません。

家の中ではかずみちゃんが朝ご飯の片づけものや、その後のお掃除にお洗濯、お買い物と細かな家事を一手に引き受けてくれています。

花陽も休みの間は勉強ばかりではなく、かずみちゃんと一緒にいろいろ家事をやってくれますね。最近の花陽はあれですよね。どことなく仕草や雰囲気が大人っぽく、藍子にそっくりになってきましたよ。

紺は書き物の仕事がなければ、カフェから戻ってきたかんなちゃん鈴花ちゃんの面倒を見ます。研人もときには一緒に遊んでくれますよ。二人はおにいちゃんの研人が大好きですからね。あまり遊んでくれないと二人で不満をぶつけにいきますから。

勘一はといえば、いつものようにどっかと古本屋の帳場に座り込みます。店の中ではすずみさんが、ハンディモップを持って軽く本棚の掃除をしたり、今日のうちに片づけなければならない未整理の本をチェックしたり、あるいは帳簿の点検などをしています。

我が家の朝の仕事分担は状況によって少しは変わってきますけれど、大体このようになっていますよ。

相も変わらず毎日ふらふらして、当てにならない我南人は家の仕事の頭数には入りません。でも、家にいるのであれば、かんなちゃん鈴花ちゃんが「おじいちゃん」と寄っていきますからちゃんと相手をしてくれますよ。

自分の子供たち、藍子や紺や青が子供の頃にはそれこそ毎日のようにライブにツアーにと日本全国を飛び回って、ろくに相手をしませんでしたよね。罪滅ぼしではないのでしょうが、元々は子供好きの男です。時間のある限り一生懸命、孫である花陽や研人、そしてかんなちゃん鈴花ちゃんの相手をしていますよ。

「はい、おじいちゃんお茶です」

「おう。ありがとよ」

藍子がいつものように熱いお茶を持ってきました。この人は夏でもどんなに暑かろうと熱いお茶ですからね。

「おおじいちゃん、しゃしんとりますよー」

かんなちゃん鈴花ちゃんがカフェの方から走ってきて、勘一がお茶を飲むところをデジタルカメラで撮りました。勘一は変な顔をして二人を笑わせます。そういえば近頃勘一のことを「かんちーじいちゃん」ではなく「おおじいちゃん」と呼ぶようになりましたね。

最近二人はずっとこのトイカメラというんですね、おもちゃのデジタルカメラを首からぶら下げていて、何でも写真に撮っています。藤島さんの会社が作ったものなのですが、二人にお土産として持ってきてくれたんですよ。生憎と撮った写真はパソコンに繋げないと見られないのですが、もう何百枚と撮っていますよね。

「ほい、おはようさん。今日も朝っぱらから暑いね」

カフェの入口から入ってぐるっと回ってやってきたのは、勘一の幼馴染みで近所の神社で神主を務めていた祐円さん。息子の康円さんに跡を継がせてからは、毎日同じ時間にやってきますよね。柔和な顔につるつるの頭は、神主というよりお坊さんみたいだと皆に言われます。

「ゆうえんさん！　しゃしんとるよ」

「はい、どーうぞ。チーズ」

祐円さんがかんなちゃん鈴花ちゃんに向かってピースサインをしました。二人は笑って写真を撮って、祐円さんの頭をさんざん触ってから家の中に駆け込んでいきましたね。

「やれ、あと何年このハゲ頭を触ってくれるかねかんなちゃん鈴花ちゃんは」

「俺で良けりゃいつでもひっぱたいてやるぜ」

勘一が笑いながら言います。

「祐円さん、アイスコーヒーでいいですか？」

「ほい、すずみちゃん頼むね。相変わらず朝から可愛いねぇ」

「えぇ、いつもですー」

軽口もいつものことです。

「しかし相も変わらず神主だってのにさえねぇ格好だなおい。そのキラキラしたジャージはやめろって言ってるだろ」

「いいんだよ孫のお古のジャージがくたびれていていちばん楽でよ。おっ、なんだなんだ玉三郎」

珍しいですね。帳場の前の丸椅子に座った祐円さんのところに玉三郎が寄っていきました。にゃおん、と鳴いて祐円さんを見上げていますよ。

「お前もようやく俺の魅力に気づいたってか。どら」

祐円さんが玉三郎を抱き上げます。あら、今度はノラもやってきましたね。本当に珍しいことですよ。別に祐円さんは猫嫌いでも何でもないですけど、普段はまったく寄っていきませんからね。

「祐円さん、ポケットにまたたびでも入れてます？」

アイスコーヒーを持ってきたすずみさんが、にこにこしながら言いました。

「持ってるわけないだろうそんなの。うん？」

「うん？」

抱き上げられた玉三郎、そして祐円さんの足元にいるノラ、二匹ともどこか宙を見つめていますね。何かがあるのかと勘一もすずみさんも祐円さんもそこを見ますが、何もない空間です。

「なんだよおい。お前ら何を見てんだ」

ふぅむ、と、勘一が煙草に火を点けて顰め面をしました。

「何がふぅむ、なんだよ」

「いや、最近どうも猫や犬たちの様子がおかしいって話があってな」

勘一が立ち上がりました。サンダルを引っかけて玉三郎やノラがじっと見ていた辺りまで歩きます。もちろんそこには本棚しかありませんね。

「ここんところの本がよ、夜中に落ちてたりしてたんだよな」

「おいおい夏だからってよ。やめてくれよそういう話は」

祐円さんが玉三郎を下ろしてアイスコーヒーを一口飲みました。

「花陽ちゃんは夜中にすすり泣くような声を聞いたって言ってましたよね」

「いやだから勘弁してよすずみちゃん」

すずみさん、首を傾げます。

「え？　でも祐円さん神主さんですよね」

「元な」

「元は元でも立派な神主だろうよ。お祓いとかそういうのは商売だろうが」

そうですよね。祐円さん、ゆっくり頷きます。

「仕事は仕事。好きか嫌いかは別の話だろうよ。俺が昔っからそういうのに弱いのは知ってるだろうが勘さんよ」

笑いながら勘一は戻ってきて帳場に腰掛けます。いつの間にか玉三郎とノラはいなくなっていますね。

「そうだった。すずみちゃんこいつはよ、ほら、ちょいと向こうに行ったら遊歩道があるだろうよ。なんてった」

「〈鈴懸の道〉ですね」

「そうそう。もう潰しちまってるけど、あそこはその昔は淵になっていてこう枝垂れ柳がいい感じにあってな。そこにそりゃあすげぇ具合になってる女の幽霊が出るって評判になってな」

そういえばそんな話もありましたね。最近でこそ忘れ去られてますが、何せ大昔から変わっていないこの辺り。お寺の数もやたらありますから、怪談の類やなんとかの怪、などという話には事欠きませんでしたよ。

「そいつを祓ってやろうってんで夜中にこいつを連れ出していったらよ。ぶわーっと風が吹いて柳の枝が盛大に揺れた瞬間に腰抜かして動けなくなっちまってな」

「そうだよお前におぶってもらって帰ってきたんだよ。いいじゃないかそんな大昔の恥をよぉ。もう七十年も昔の話をよく覚えてんなお前」

「馬鹿野郎、古本屋の記憶力が悪かったら仕事になんねぇだろうよ」

すずみさんが笑います。そんなこともあったと聞いてましたし、その他にも二人の武勇伝というか、楽しい無茶や悪ふざけをした話は数々ありましたよね。

わたしがこの家に来る前からもう祐円さんはずっと家に出入りしていまして、勘一とは実の兄弟のようにしていました。それこそ、生まれた頃から、かんなちゃん鈴花ちゃんみたいにいつも一緒に遊び回っていたという話ですよ。

　我が家はいつでも人の出入りが多いので忘れられがちですが、勘一は妹の淑子(よしこ)さんとは十代の頃から何十年も離れ離れで死んだものと思って暮らし、堀田家の親戚の数もごくわずか。こんな図体に強面(こわもて)なのに、実は勘一は淋しがり屋ですから、祐円さんを始めとする幼馴染みや友人の皆さんを本当に大事に、大切に思っていました。

　普段は軽口と憎まれ口を叩き合っているこの二人ですが、死ぬんなら自分が先に、と、それぞれからわたしは聞いたことがありますよ。さすがに二人同時にというのは無理な話でしょうが、できれば、どちらかが先にいなくなるというのは避けてほしいと心底思います。

「祐円さんおはよう」

　研人がおもしろい形の鞄(かばん)を肩に掛けて出てきました。初めて見ましたが、それも我南人の鞄ですか。あの子は一体いくつ鞄を持っているんでしょうね。それに、その派手な色合いのTシャツも我南人のですね。不思議とこの子はそういうものが似合います。美しい顔立ちの亜美さんに似てきたからでしょうかね。

「なんだよ研人。朝っぱらからおめかししてデートか？」

「鞄の中は参考書だよ？　勉強だよ受験勉強。芽莉依の家で」

「じゃあデートじゃないかよ」

「祐円さん」

「なんだよ」

「親がいる家でデートして楽しいかい？」

研人は軽く苦笑いして肩を竦めて見せました。なんですか、最近は仕草や言い回しがどんどん大人っぽく小憎らしくなっていきます。こういうのはきっと青の影響なんでしょうね。

「大じいちゃん行ってくるねー」

「おう、しっかり勉強してこい」

くるくるの天然パーマの巻き毛を揺らして飛ぶようにして店を出て行きます。身長も伸びて今は一七〇センチ以上あります。義父の草平も勘一も、そして我南人に紺、青と代々背が高い家系ですからね。きっと研人もすらっとした男になりますよね。

＊

朝の忙しい時間帯が終わり、九時を回る頃から、皆がそれぞれに自分の時間を過ごしながら一日が過ぎていきます。

マードックさんは〈藤島ハウス〉のアトリエで作品作り。そしてあちらではクーラーが効いていますから、花陽はそこでお勉強をしています。夏休みに入ってからはずっとそうですよね。継父とはいえ親子ですからマードックさんも花陽と一緒で喜んでいるみたいですよ。研人は芽莉依ちゃんのところでお昼ご飯もいただいてくるはずだとか。

カフェでは藍子と亜美さんがゆったりと仕事をこなし、かずみちゃんは細々とした家事と、空いた時間には最近の趣味である盆栽にいそしみます。勘一はいつものように仏頂面で煙草を吹かしながら帳場に座り、本を開いています。

庭では、紺と青とすずみさんの三人で古本の虫干しの準備を始めました。

蔵の前にブルーシートを敷いて、その上にゴザと簀の子を置き、さらにキャンプのタープを張って直射日光を避けるようにします。いつものことですが、これを始めると猫たちがやってくるのですよね。日陰の簀の子の上はひんやりと風通しが良くて、気持ちが良いのでしょう。ベンジャミンとポコはすぐにやってきましたが、玉三郎とノラは縁側で寝転がって、こちらをぼんやり見ていますね。

古書というのは蔵の中にしまっておけばいいというものではありません。特に夏の間の湿気というのは本にとっては大敵です。放っておくとカビが生えたりしますので、蔵の扉と窓を開けて風通しをよくするのも毎日の仕事です。最近は除湿器もいいものがたくさんありますので、そういう文明の利器も蔵の中では活躍していますよ。

「今日は西の一と二をやっつけちゃうか」

「そうだね」

「金庫も開けていいんでしょ？」

眼をきらきらさせてすずみさんが言います。

「どうぞお任せします」

青が言って、紺が苦笑します。我が家の蔵の中の金庫には、門外不出と言われる様々な古典籍がありますからね。虫干しと大掃除のときにしか見られないですから、すずみさんは何としても虫干しには参加しますよ。

紺と青が帳面を持っているのは、そこに蔵の中を東西南北の一から十、さらに五十音に区切ったものが書いてあり、虫干ししたところをチェックするからです。何せ膨大な量がありますから、いっぺんにではなく区画毎にやっていくのですよね。つい先日、藤島さんの会社が蔵の中身を全部デジタルデータというものにしてくれました。我が家でも紺や青は、そのデジタル機器というものを自在に操りますが、こういうものはやはり手書きがいちばんだと言ってますね。

普通の古本は簀の子の上に置いて、軽くさばいておきますが、重要な古典籍などは白手袋をつけテーブルの上に置き、一ページずつ丁寧に開いて陰干ししていきます。この辺りはやはり慣れないと加減がわかりませんが、今はもうすずみさんもすっかりベテランの域に入ってきました。

「ねぇ、青ちゃん」

古典籍を一枚一枚めくりながら、すずみさんが言います。

「なに？」

「やっぱり、最近玉三郎とノラはおかしいわ」

うん？　と、青と紺は顔を上げて、縁側で寝そべっている二匹を見ました。ベンジャミンとポコはこちらにいますね。

「いつもならこっちで古本の隙間に寝転がるのに」

「そうだな」

紺も青も頷きます。それから、紺は小さく息を吐きました。

「もうすっかりおじいちゃんおばあちゃんだからな。いろいろ考えておこうよ」

我が家に拾われるか貰(もら)われてきた猫には代々〈玉三郎〉と〈ノラ〉と名付けることになっています。今ああして寝そべっているのは確か六代目の玉三郎とノラなんですよ。

わたしがこの家にお嫁に来たときには、もう二代目の玉三郎とノラでした。ポコとベンジャミンに関しては、家に来たときにはもうその名前が付いていましたからね。

縁側をパタパタと走る音がして、二匹が顔を上げました。

「パパ！」

「パパ！　ママ！　しゃしんとるよ！」

かんなちゃん鈴花ちゃんがトイカメラを構えて、三人で顔を寄せ合いました。そこに、ちょうど裏木戸の方から声がしました。

「かんなちゃん！　すずかちゃん！」

我が家の裏の、田町さんところを借りて暮らし始めた増谷家と会沢家。増谷裕太さんの妹の会沢玲井奈ちゃんと、娘さんの小夜ちゃんですね。

「さよちゃん！　しゃしんとるよ！」

あら、小夜ちゃんはしっかり可愛らしいポーズを取りますね。やっぱり女の子ですね。これぐらいの頃の男の子は変なポーズしかしませんからね。

「玲井奈ちゃんありがとう。ごめんねー任せちゃって」

すずみさんが言うと、玲井奈ちゃんにっこり笑います。

「全然大丈夫です。任せておいてください」

今日はこれからかんなちゃん鈴花ちゃん、そして小夜ちゃんに、近所の和菓子屋〈昭爾屋〉さんこと道下（みちした）さんところのひなちゃんも一緒に大きなプールに行くのですよね。もちろん、玲井奈ちゃん一人ではとても眼（め）が行き届きません。玲井奈ちゃんのお母さん三保子さんと、ひなちゃんのお母さんとおばあちゃんも一緒です。

声が聞こえたのでしょう。かんなちゃんを預ける亜美さんも出てきて、玲井奈ちゃんによろしく言ってます。もちろん、道下さんにも電話でよろしく伝えてあります。

「あぁ、来たねぇ」

我南人が丸い大きなサングラスにかんかん帽、真っ赤なアロハシャツに白い短パンを着て現れました。相変わらず派手な格好ですね。ロックンローラーだからいいようなものの、そうでなければ完全に不審者ですよね。

「じゃあぁ、行こうかぁ」

そう言って縁側から庭に下りました。そうなんです。我が家からは我南人がついていくと言い出したのですよ。気紛れな男ですが、まぁ孫の世話に関してはきちんとやってくれるので大丈夫でしょう。

「プールいってくるからねー」

「はーい、行ってらっしゃーい」

亜美さん、すずみさん、紺に青が手を振って見送ります。友達がたくさんいて良かったですよね。

わたしもちょっと〈昭爾屋〉さんまで一緒に歩きましょうか。

「あの、我南人さん」

玲井奈ちゃんが話しかけました。玲井奈ちゃんも夏樹さんもまだ二十代の若いご夫婦ですが、すっかり良きお父さん、良きお母さんで頑張っていますよね。

「なぁにぃ」

「最近、うちの兄に会いましたか?」

お兄さんとは増谷裕太さんですね。こちらもまだお若いのに律義でとても真面目な方ですよ。大学院を卒業して、今は精密機器関係の会社にお勤めということです。お母さんと妹さん夫婦と同居して、一家の主として頑張っていますよね。

「会ったっていうかぁ、たまぁに仕事帰りのところを見かけるけどねぇ」

「お店には、古本屋の方には顔を出してないですよね？」

うぅん？　と我南人は首を傾げます。残念ですが玲井奈ちゃん、その質問は我南人にしても無駄ですね。そもそも我南人が家にはあまりいないのですから。

「わからないけどねぇ、何かあったぁ？」

「何ってもんでもないんですけど」

玲井奈ちゃん、手を繋いで前を歩くかんなちゃん鈴花ちゃん、小夜ちゃんの様子に眼をやりながら言います。この辺りの小路は車も通りませんから安心ですね。

「前は休みになると必ず古本屋にお邪魔して古本を一冊買ってきてたのに、最近買ってこないなーって思ってて」

「あ、そうなのぉ？」

そうですよ。律義というのもそこですよ。

空き家になった田町さんのところを紺に紹介してもらって、玲井奈ちゃんと小夜ちゃんがいつも我が家にお世話になっているからと、裕太さんはいつも本を買っていくのですよね。もちろん、本人が読書好きであることは間違いないんですが、そんなに気を遣わなくてもいいのにと言ってるんですよ。

でも、確かに言われてみれば最近、お休みの日に裕太さんを見かけませんね。

「そうぉお」

ふぅん、と我南人が頷きます。

「まぁあ、何か気づいたら教えるよぉ」

そうですね。そうしてあげてください。

それにしても玲井奈ちゃん、出会った頃はまだ十代で子供子供してましたが、こうして落ち着いた暮らしをしているせいか、すっかり大人の女性の顔になってきましたね。

二

昼間は相当に暑くなりまして、ニュースでも猛暑などと言っていましたね。各地で熱中症の人が病院に運ばれたなどという話も出ていました。

午後三時を回ってほんの少しですが暑さも和らぎましたかね。

プールに行って、お昼ご飯を食べて帰ってきたかんなちゃん鈴花ちゃんはお昼寝しています。プールではおおはしゃぎだったと言ってましたから疲れたでしょうね。子供たちは本当に体力の限界まで遊び続けますから。我南人の姿も見えませんが、きっと一緒に寝てるんでしょう。派手な格好で若いとはいえ六十半ばのおじいちゃんですからね。孫に付き合ってのプールはかなり疲れたと思いますよ。

かずみちゃんが仏間の畳を雑巾で拭いています。あぁ昨日かんなちゃんがアイスクリームをこぼしてしまったところですね。まだ少しべた付いていましたか。少しだけ顔を顰めて、それから帳場のところまで行きました。

「ねぇ勘一」

「おいよ」

「仏間の畳だけど、一枚だけ疲れちまってるね。やっぱり仏壇の真ん前だからかね」

そうよな、と、勘一も頷きます。

「俺も気になってたんだ。あそこの畳はもう四、五年もそのままだろ。今年の大掃除で仏間の畳を全部張り替えた方がいいかもしれねぇな」

我が家の畳は全部昔ながらのものばかり。道路向かいの畳屋さんの常本(つねもと)さんにお願いしています。かずみちゃん、そのまま帳場の横に腰掛けて、ガラス戸の向こうに見える常本さんのお店の方を見ます。

「常さんも引退しちゃったし、昔の人たちが皆顔を見せなくなってくるね」

「しょうがねぇやな。おめぇだってもう八十近いばあさんだぜ。俺らや祐円が元気過ぎるんだ」

「まったくだね」

戦災孤児となったかずみちゃんがこの堀田家にやってきたのは九歳の頃でしたね。わたしよりも先にこの家の娘になっていました。その頃、一緒になって遊んでいたかずみちゃんのお友達は、もうほとんど誰もいません。

「常さんといやぁ、あそこの家のおけいちゃんも九州だかどっかだかに嫁に行って生きてんだか死んでんだかな」

「あら、まだ元気だって話だよ。勝手に殺すんじゃないよ」

そうですよ。かずみちゃんと仲良しだったひとつ下の桂（けい）ちゃんですよね。亡くなられたら連絡ぐらい来ますよ。

「じゃ、じいちゃん、かずみさん、ちょっと行ってくるから」

青がかずみちゃんの横を通って店に下りて、言います。ジーンズに白いシャツという普通の服装なのですが、良い男が着ると何でも格好良く見えますよね。

「あぁ、クラス会だったかい？」

「いや、単なる集まり。昼間でも動ける同級生たちのね。晩飯の前には帰ってくるから」

「おう、行ってこい」

扇子で顔を煽（あお）ぎながら勘一が言います。青は三十を過ぎましたから、同い年の皆さんはまさにこれから働き盛りでしょう。この時間に集まれるというのは、自営業やフリーランスの方、あるいは無職の方でしょうか。社会に出て、もう人によっては十年以上。その辺りはいろいろありますでしょうね。

青が出ていってすぐに、亜美さんがカフェから顔を出しましたね。

「おじいちゃん、かずみさん、いただいた柚子酢でジュース作ったので三時のおやつに飲みませんか。お酢は身体にいいですよ」

「おお、あの柚子酢な。じゃあいただこうか」

すずみさんのお友達の美登里さんがお中元として送ってきてくれたのですよね。居間には虫干しを終えた紺とすずみさん、花陽もやってきました。古本屋の方は誰もいなくても、お客が来たら顔を出せばいいですからね。

亜美さんが背の高いグラスに柚子酢のジュースを入れて持ってきます。涼しそうでいいですね。お酢は夏バテ防止にもなると言いますよね。

「どらどら」

よっこいせと座った勘一がぐいっと飲みます。

「こいつぁ旨いな。今まで飲んだ柚子酢でいちばんかもな」

「あ、本当に旨い」

紺も頷き、花陽とかずみちゃんとすずみさん、亜美さんも飲んで美味しい！と微笑みます。藍子とマードックさんはカフェで飲んでいるのでしょうね。勘一が柚子酢ジュースが入ったグラスを見て、すずみさんに言います。

「美登里ちゃんは元気なんだな？」

すずみさん、にこっと微笑んで頷きます。

「元気です。いらないっていうのにこうしてお中元とか送ってくるし、メールもしっかり来ます。今は広島で働いています」

「そうかい。元気でやってんならいいやな」

すずみさんの親友の美登里さん。ちょっとした騒動があったのは昨年の夏でしたね。何があっても変わらずに友人であることは嬉しいですね。

「紺よ、さっきかずみとも話したけどよ。今年の年末は仏間の畳全部替えようぜ」

「あぁ」

頷いて紺が仏間を見ます。

「そうだね。ずっと替えてなかったし。秋口には常本さんに予約しておかなきゃ」

「幸司さんが引退しちゃって、人手が足りないっていつも言ってるものね」

亜美さんが言います。今は幸司さんの息子さん、次男の剛志さんがお店を切り盛りしていますよね。

「そういえば旦那さん、さっきお義父さんが帰ってきたときに言ってたんですけど、裕太くんは最近店に来てるかって」

「裕太？」

すずみさんが言ったのはあの話ですね。勘一がちょっと上を見て考えます。

「そういやぁ最近見かけねぇな。それがどうしたって？」

「いえ、玲井奈ちゃんがお義父さんに訊いたんですって。前はよく休日に本を買ってきたのに、最近はないからどうしたのかなって。ちょっと気になったからって」

勘一、ふむ、と頷きます。

「ま、特にこっちに心当たりがあるわけじゃねぇしな。何かあったら教えてやるさ」

ただいまー、という声がカフェの方から聞こえてきました。研人が帰ってきたんですね。芽莉依ちゃんの「お邪魔します」という可愛らしい声も。今日の勉強が終わって、お茶でも飲みに来たのでしょう。

皆がちらりとカフェの様子を窺いましたね。

「どうなんだい花陽ちゃん。研人は何とかなりそうかい」

かずみちゃんが訊きました。受験のことですね。

高校へ行かないでイギリスへ行くと研人が言い出したのはほんの少し前のこと。でも、結局、芽莉依ちゃんと同じ高校へ行くべく遅まきながら受験勉強を始めたのですが。

花陽が、唇をへの字にしましたね。

「正直に申し上げますと、現在のあいつの成績では奇跡を願うしかありません。そもそも先生に止められるよね。無謀な真似はやめろって」

亜美さんが深く深く溜息をつき、頷きました。お母さんはよくわかっていますよね。

「でもまぁ、まだ試験までは半年近くあるんだから、やるだけやってみればいいさ」

紺が苦笑いで言って、すずみさんも頷きました。

「研人くん、もともと頭良いんですから、その気になればすごいはずですよ」

「だと良いんだけど、とても楽観視はできませんので」

亜美さんは顔を顰めますね。

「ま、どうせ身の丈に合った都立もきちんと受けるんだろ？」

「もちろんです」

「こないだねぇえ」

いきなり我南人の声が降ってきて皆がちょっとびっくりします。いつの間に台所に立っていたんですかこの男は。どうしたら皆に気づかれずに二階から下りてこられるんでしょうね。

「お義父さん起きたんですか」

「柚子酢ジュース飲みます？」

「あぁいいねぇ。いただくよぉ。かんなちゃん鈴花ちゃんはまだ寝てるけどぉ、そろそした。

あ、そうですね、と言ってすずみさんが立ち上がるのと入れ替わりに我南人が座りま

ろ起こしたらぁ？　夜に寝なくなっちゃうよぉ」

「そうそう、こないだねぇ、研人のバンド仲間に会ってねぇ。良い子たちだったよぉお」

紺が訊きました。何かそうやって言いかけましたよね。

「こないだって、なに？」

亜美さんが柚子酢ジュースを持ってきました。

「バンド仲間って、甘利くんと渡辺くんですか？」

「そうそう、その二人ねぇ。彼らは才能あるねぇ。いいドラマーとベーシストになるよぉ。やっぱり呼ぶんだなぁ研人の持ってる何かがぁ。その彼らがねぇ、どうせなら皆一緒の高校に行きたいなぁって言ってたねぇ」

ドラムの子は甘利くんというんですね。確か渡辺くんはベースで、研人はギターとボーカル。まだ三人のスリーピースという形態のバンドなんだと言ってましたね。

紺が小さく頷きました。

「確かに、そんな話はしてたね。気が合ってるからずっと一緒にバンドやっていきたいって」

「他の二人は同じ都立に行くつもりなのか？」

「そうみたいだねぇえ」

「じゃあ研人にすりゃあ、芽莉依ちゃんの高校に落ちてもよ、バンド仲間と一緒の高校に受かればいいんじゃねぇか」

勘一がそう言うと、花陽が人差し指を立てて振りましたよ。その仕草は我南人仕込みですね。そして少し声を潜めて言います。

「大じいちゃん、それは研人の前で言わない方がいいからね。芽莉依ちゃんも研人もその部分はお互いに触れないようにしてるんだからね」

「おっ、そうか。あいよわかった」

皆でまたカフェの様子を窺いました。大丈夫ですよ。二人で楽しくテーブルでお話ししています。わたしは経験がないのでわかりませんが、受験というのは大変ですよね。そしてまだ何かとデリケートな年齢です。花陽が高校受験のときもいろいろ皆が気を遣いましたが、研人にもそうしてあげませんとね。

＊

四時半を回った頃に古本屋のガラス戸に付いた土鈴(どれい)が、からん、と鳴ってお馴染みの顔が現れました。

近所の小料理居酒屋〈はる〉さんの板前、コウさんですね。

フルネームは甲幸光という立派なお名前なんですよ。〈はる〉さんは我が家から道なりに左手に進んで三丁目の角の一軒左です。もうお店を始めて二十五年以上になりますかね。元々は魚屋さんだった勝明さんと春美さんのご夫婦で始めたお店でしたが、今は娘さんで、藍子の後輩の真奈美さんとコウさんのご夫婦で切り盛りしています。

「お邪魔します」

短髪の金髪頭を軽く下げて入ってくるコウさん、手には大きなスイカを提げていますね。

「おう、コウさんかい。珍しいなそっちから入ってくるってのは」

そうですね。我が家には表の三つの入口の他に、脇道を入ったところに裏の玄関があります。裏といっても普通の家ならばそちらが表玄関の体裁でしょうね。コウさんなどご近所さんはそちらをいつも使いますが。

「いや、すぐにおいとましますんでこちらから」

「真幸と真奈美ちゃんはどうしたい」

「池沢さんと一緒に、お義母さんの病院にいます」

コウさんと真奈美さんの一粒種の真幸ちゃんはまだ一歳の男の子。勘一が名付け親になりましたよね。

「私は今夜の仕入れの途中でして、実はこれを三玉も知人から貰いましてね。店で使っても余っちゃうんでおすそ分けに」

「そりゃすまねぇなわざわざ。おーい、誰か」

はーい、という声がして藍子がカフェからやってきました。

「あらコウさん」

「スイカを貰ったぜ。冷やしておいて今夜にでも皆で食べようや」

すみませんありがとうございます、と、藍子はスイカを抱えます。本当に大きいですね。

「コウさん、春美さんは」

藍子が少し表情を曇らせて訊きます。コウさんも、静かに頷きました。

「変わらず、何日持ち堪えられるか、というところです。実際のところ店も休んで皆で付き添っていたいのですが、お客さんが来てくれるのだから、絶対に店は休むなと言われてますから」

勘一も口を引き結んで、うん、と頷きました。春美さん、余命を告げられる病で入院中なのですよ。それでも今まで頑張って随分ともってくれたのですが、ここ何日かはいわゆる危篤状態。いよいよ、とお医者様に言われているそうです。

コウさんが、にこりと微笑みます。

「湿っぽいのが嫌いなのは、お義母さんも勘一さんと同じですからね。池沢さんも手伝ってくれているので、今夜も店は開けます」

「おう、そうだな」

勘一も笑顔を見せます。

「お互いこの町で、笑顔で客商売やってきた者同士よ。せいぜい自分の商いに精を出しながら見送ってやらなきゃな」

そうだと思います。春美さんも先に逝ってしまった勝明さんの遺志を汲んで、女手ひとつで店を切り盛りしていましたからね。

「コウさんは麦茶の方がいいのよね？　今持ってきますから」

「あぁお気遣いなく。すみません」

いいえぇ、と、藍子が微笑みながら大きなスイカを片手で軽々と持っていきました。

あれで藍子はけっこう力が強いのですよね。

「まぁ座って茶の一杯ぐらい飲んでいけや」

勘一に言われて、コウさん頷いて帳場の横に腰掛け、ちょっと家の奥へ眼をやりました。

「今日は静かですね。かんなちゃん鈴花ちゃんはどうしました」

コウさんが笑顔を見せながら言います。コウさんも子供好きですからね。

「マードックのところにいるんじゃねぇかな。あの二人はお絵描きも大好きだからよ」

「藍子さんやマードックさんがいますからね。良い環境ですよ」

からん、と、また戸が開きました。軽くお辞儀をしながら入ってきたのは記者の木島さんです。

「おっ、コウさん」

「あぁ木島さん」

「ここで会うのは珍しいですね」

相変わらず草臥れたスーツ姿の木島さん。さすがに暑いのでしょう、上着を小脇に、鞄の他にも紙袋を抱えていますから、何かお仕事の途中に寄られたのでしょうか。藍子がタイミングよく麦茶を二つ持ってきました。声が聞こえたのでしょうね。

「いらっしゃい木島さん」

「あぁこりゃすみません。カフェで金払って一服しようと思ったんですけどね」

木島さんが恐縮しながら笑います。

「いいんですよ。ごゆっくり」

「おめぇに金落としてもらうのは期待してねぇよ。忙しそうじゃねぇか」

勘一が言うと、木島さん、麦茶を一口飲みながら頷きます。

「お蔭さんで、藤島社長と三鷹社長の両巨頭に相変わらずこき使われてますよ」

へぇ、と、コウさんが言います。

「三鷹さんの方の仕事もしているんですか」

「そうなんすよコウさん。あの二人、兄弟会社でもねぇくせに揃って俺を便利屋みたいに使うんでね。今も、ちょいとうっかり言えないところをあちこち走り回らされているんですよ」

「てぇと、あれか。うちで試したデジタルアーカイブの云々かよ。藤島んところで、お堅いところといろいろやるんだろ？」

木島さん、にやりと笑います。

「ダメですよ堀田さん。藤島社長の許可がなきゃ親しきなんとかにもなんとやらで俺の口からは言えませんや。何せおっかないところが絡んでますからね」

へっ、と勘一も笑います。

「んなこたぁ百も承知よ。藤島にしても三鷹にしてもいまや日本を代表する大企業の社長様だ。どんな仕事だろうと、フリーのおめぇを使ってくれるだけでもありがたいってもんだろうよ」

「いやまったくですよ。それもこれも堀田さんの神通力あってのこと。秋には所帯も持つことですし、働けるときに働いておきませんとね」

別に勘一のお蔭で仕事が回っているわけではないと思いますが、フリーライターの仁科由子さんとの結婚式を九月に祐円さんの神社で挙げることは決まってます。今から楽しみですね。

煙草を吹かしながら三人でなんだかんだと茶飲み話をしているところに、また古本屋のガラス戸が開きました。

今度はいつもの顔ではなく、本当のお客様のようです。何やら大きな袋を大切そうに抱えていますから、ひょっとしたら買い取り希望の方でしょうか。

「いらっしゃい」

勘一が言うと同時に、コウさんも木島さんも立ち上がりました。

「今夜はいい冷酒が入ってます。よろしかったら」

「おっ、そうかい。それじゃ後でな」

コウさんはそれじゃ仕込みに店に戻りますと出て行きました。木島さんはコウさんに軽く手を上げてから、そこらの本棚を眺め始めます。

お客様は、年の頃なら二十代後半かあるいは三十代の男の方ですね。ベージュのチノパンにグレイのポロシャツ。ゆるく七三に分けた髪形に黒縁眼鏡、細身の姿。どこか真面目そうな雰囲気が漂っていますね。

一度、店の中をぐるりと見回しました。もちろん、そういうお客様も多いですよね。どこにどんな本があるのかを大ざっぱに把握したいという方もいらっしゃいます。この方もそうでしょうか。何か、ちょっと鼻をひくひくもさせています。どこか上の棚も凝視していますね。

「あの、すみません」

何かに納得したのか、そう言いながら勘一の座る帳場までやってきました。

「はい、なんでしょうな」

「こちらは〈東京バンドワゴン〉という古本屋さんで間違いありませんか」

勘一、ゆっくりと頷きます。

「さようで。〈東京バンドワゴン〉店主の堀田だけどね、どうしましたかね」

男性の方、少し緊張されているようですね。頷いて、ちょっと辺りを見回し、手に持っていた大きな袋をゆっくりと丸椅子の上に置こうとします。

「あのこれ、本なのですが、ここに置かせてもらっていいですか？」

「どうぞどうぞ。買い取ってほしい本でしたら、この文机の上に置いてもらってもかまいませんぜ」

こくん、と頷き、丸椅子を選んでゆっくり荷物を置きました。

「買い取りとかではないんです。実は、あの、この本なんですが、こちらで扱っていたものに間違いないでしょうか」

袋の中からゆっくり本を取り出し、文机の上に置いていきました。四六判の単行本ですね。なんですかこの方、少し落ち着きがありませんが、本を扱い慣れてはいるみたいですね。そういうのは手つきでわかります。

一冊ずつ出していきますが、勘一がまずは最初に置かれた本を取り上げました。

「アーウィン・ショーの『ニューヨークは闇につつまれて』かい」

ふむ、と言いながら勘一が本の最後のページを開きます。そこにはうちの屋号入りの値札が貼ってありました。

「確かに、うちで売っていた本だね」

本の状態を確かめています。決して汚れているというわけではないですけれど、かなり読み込まれた雰囲気がありますね。勘一が右眼を細め、唇を少し尖らせました。

また、からん、と音がしてガラス戸が開きます。

「いらっしゃいませ」

勘一がちらりとそちらを見ます。今度は若い、まだ中学生か高校生ぐらいの男の子ですね。鞄を提げて塾か何かの帰りでしょうか。そのまま本棚を見始めたので、勘一は引き続き本を確かめ始めました。お客さんというのは来ないときにはまったく来ないのですが、来るとなると立て続けに来るのですよね。不思議なものです。

男性は本を全部出し終えました。全部で五冊あります。ちょいと待ってくださいよ、と勘一が言って本を全部確かめていきます。わたしが見る限りでは、どれもこれも多少草臥れてはいますが、破れたり汚れたりはしていませんね。

最後に確かめたのは、エリック・フォスネス・ハンセンの『旅の終わりの音楽』で、それにもうちの値札が貼ってありました。海外文学が多かったですね。そういうのがお好みの方なんでしょうか。

勘一が、うん、と頷きます。

「全部、間違いなくうちで売った本だね。いつ売ったかまではちょいと辿ってもわからないがね」

「そうでしたか。あの、実は、この本について、ちょっとお話があって、そして長くなっちゃうかもしれないんですけど」

男性の方、少し困ったような顔をしますね。勘一はにっこり笑ってあげました。

「構いませんぜ。まぁ座りなさいな。座って、落ち着いて話した方がいいんじゃねぇかい」

「すみません」

袋をよけて丸椅子に座ります。

「実は、僕は、あの、会社の名前とかもちょっと言えないんですが、遺品整理のような仕事をしていまして」

「ほう」

あぁ、勘一が興味を持ちましたね。そういう顔をしています。

「するってぇとあれかい、何らかの理由でお亡くなりになった方の、行き先のない荷物やそういうものを扱っているご商売ってぇことかい？」

「そうですそうです。そういう仕事なんです。ですから、あの、秘密にしなきゃならないことも多くてですね。名刺とかもお渡しできないんですがすみません」

「いやいや、そんなことは別にいいけどね。すると、この本も、そういう遺品だって話になるのかい」

「はい、そうなんです！」

　男性の方、話が早くて助かったという顔をします。

「あるお年寄りの部屋の遺品整理をしていたんです。そうしたらですね。小さな本棚がありまして、ガラス戸のついたとてもきちんとした本棚でした。その中に、これらの単行本が入っていたんです」

「この本たちだけが、本棚に入っていたと」

「はい、これだけなんです」

　ふむ、と、勘一が腕組みします。

「他には本の類は部屋には？」

「雑誌やマンガとかは少しありましたけど、本棚に入っていたのはこれだけなんです。一応全部確認しないとならない仕事なので、一冊一冊見ていきました。そうしたら全部に同じ値札が貼ってあるんです。これはもちろん、この店で買ったものなんだな、新刊を売る普通の本屋さんはこういうのは貼らないから、古本なんだな、と思いました」

　そうですね。本を買い慣れている方ならそう思いますよね。

「そして、あの、そのご老人にはお身内の方がいなくて、天涯孤独だったらしいんです。僕の仕事の範疇ではないので詳しいことはまったくわからないのですが」

「独居老人の孤独死てぇわけかい」

　思わず顰め面をしてしまいますね。最近はそういうのが多いと聞きますが、何とも心の痛む話です。

「そういうわけで、その部屋にあったものは何もかも処分と言われてました。普段なら、紙の本などは全部資源回収に出すパターンが多いんです。中古を扱う本屋に流す場合もあるんですが、今回は全部処分すると。でも、ですね」

　男性の方、ちょっと唇を嘗めました。まだ緊張しているんでしょうか。

「その部屋の中で、これらの本が入った本棚だけが特別だったんですよ。すごくきれいにしてあって、本も大切に保管されていたんです。なので、とても気になってしまったんです。これはきっと亡くなった方も大事にしていた本なんだ。処分するにしても、きちんとしてあげた方がいいんじゃないかって。あるいはひょっとしたらこちらに関係する方かもしれない。そう思って、値札にあった名前を調べてみたんです。〈東京バンドワゴン〉って」

「で、ここに行き当たった、てぇわけか」

「はい、そうなんです。なんとなく、なんとなくなんですが、こちらで引き取ってもらうのがいちばんいいんじゃないかって、勝手に思ってしまって持ってきたんですが。あ、もちろん買い取ってほしいんじゃなくて、そのまま無償でです」

勘一が右眼を細めました。

「その亡くなった方のお名前ってのは、訊いていいもんかい？」

「本当なら、お教えできないんですけど、ひょっとしたら関係する方かもしれないので、ここにメモしてきたんですが」

胸ポケットからメモ用紙を出しました。勘一が受け取って開きます。〈田中三郎〉さんとあります。さて、わたしはまったく存じ上げないお名前ですが、勘一もそうだったようですね。首を捻りました。

「残念ながら、まったく覚えがねぇな。うちの関係者とか、あるいは常連じゃねぇようだが、写真とかはないんだよなぁ？」

「ありません」

ふむ、と勘一頷いて、また腕を組みました。

「ところであんたの名前は訊いたら駄目なのかい？」

「あ、すみませんでした。僕は狩野（かのう）といいます。狩野大樹（ひろき）です。動物を狩る、の狩りに野原の野です」

「そっちの字の狩野さんね。成程（なるほど）」

　にっこりと微笑みましたね。

「まぁ確かにあんたの話も気持ちもわかるな。整理屋さんなのに、故人が大事にしていたであろう本をそのまんま捨てるに忍びねぇって感じたのも、古本屋の俺らにしてみればありがてぇ嬉しい話だ」

　積まれた本を見つめて、勘一がゆっくり頷きました。

「まずは、手を合わせておくか」

　本をきれいに積み直し、背筋を伸ばし、手を合わせて眼をつむります。わたしに拝まれても困るかもしれませんが、そうしておきましょうか。狩野さんもちょっと慌てて手を合わせました。

「少なくともその田中さんはうちを贔屓（ひいき）にしてくれてたんだな。そういう話なら、こいつはありがたく、うちで引き取らせてもらいますぜ」

　狩野さん、ほっとしたように少し笑顔を見せました。

「ありがとうございます。助かりました」

「それで、まぁお互い納得済みとは言っても世知辛い世の中なんでね。何もねぇとは思うけどよ、こいつに狩野さんの名前と連絡先だけ書いておいてくれないかね。なに、こっちから連絡することはまずねぇと思うからさ」

「あ、わかりました」

勘一が差し出したメモ帳に、狩野さんが電話番号とお名前を書きました。

「はい、確かに預かりましたぜ。こいつはうちの受け取り状ね」

勘一が判を捺（お）した受け取り状を渡します。それは買い取りなどのときに使うものですね。

「それじゃあ、あの、よろしくお願いします」

「いやこちらこそご苦労様でした。また何かの折りにはよろしく」

ありがとうございましたとお辞儀をして、狩野さん、立ち上がります。帰りしな、ちょっと何かを見るように店内をまた見回しましたね。何か気になる本でもあったのでしょうか。でも、そのまま出て行かれました。礼儀正しい方でしたね。

さて、もう一人のお客さんは、と、勘一が見れば、しばらく本棚の間を歩き本を物色していましたが、何かお好みのものがあったのでしょう。本を一冊手にして、帳場の方に来ました。ひょっとしたら話が終わるのを待っていてくださったのでしょうか。すみませんでしたね。

「はい、こちらね」

勘一が受け取って値段を確認します。文庫本でドン・ウィンズロウの『ストリート・キッズ』でした。

「こちらは百五十円いただきますよ」

男の子、何も言わずにポケットから小銭を出して数えて、ちょうどの金額を文机の上の木皿に置きました。少し顔を下に向けて、いかにも大人しそうな男の子ですね。会話が苦手な方もいらっしゃるでしょうから、勘一もその辺は人を見て対応します。この子はいかにもそういうタイプですよ。何も言わずに紙袋に入れて、手渡します。

「はい、毎度どうも」

男の子はちょっと頭をこくりと動かし、そのままお店を出て行きました。

「またどうぞ！」

古本屋では店主との会話を楽しむ方もいれば、そうでない方もいますよね。勘一もちょっとだけ苦笑いして見送りました。

ずっと話を聞いていたんでしょう。木島さんが戻ってきて、狩野さんが持ってきた本を手に取ります。

「暗そうなガキでしたねー」

「まぁそう言うな。性格は人それぞれよ。今日日、本が好きで古本屋に来て、しかも買ってくれる若いのっていうだけでありがてぇもんさ」

「そうですね。それよりもこの本ですよ。俺もそういう遺品整理ってぇ商売があるのは知ってましたが、こういうパターンで本が持ち込まれるってのもあるんですね」

「まぁそうだな」

勘一も頷きます。

「長いこと古本屋をやってりゃあ、遺品の本を引き取ってほしいって話はけっこうあるさ。しかしこうやって身寄りのない人の本を店に持ち込まれたのは初めてだけどよ。まぁ我が家で買った本を大事にしてくれてたんだ。嬉しい話じゃねぇか」

「こいつは、店で売りに出すんですかい？」

いやぁ、と、勘一は首を捻ります。

「生憎と店に出せるもんじゃねぇな。出してもせいぜいが五十円百円の値付けになっちまって、表のワゴンに載せて持ってけドロボーになっちまう。それじゃああんまり故人にも、あの狩野って若いのにも失礼ってもんじゃねぇか。きれいにしてよ、いつか、施設への寄贈とかそういう場面に使わせてもらうさ」

そう言って、後ろの棚に持っていきます。我が家では老人ホームや児童養護施設などへの本の寄贈を定期的に行っていますからね。

木島さん、うん、と頷いて鞄を抱え直しましたところで、カシャッ、とシャッター音が響きました。

「きじまん！」

「きじまん！」

いつの間に来てたんですかね。かんなちゃん鈴花ちゃんがにこにこしてトイカメラを抱えていました。子供は騒がしく登場するときもあれば、こうやってそーっと忍び寄ってくることもありますよね。そうして笑いながらもう家の奥へ走っていきました。

勘一と木島さんが笑います。

「じゃ、俺も今夜は、コウさんのところに顔出しますんで」

「おう」

木島さん、軽く頷いてお店を出ていかれました。

古本屋は七時頃には閉店します。〈食事は家族揃って賑やかに行うべし〉が家訓ですからカフェもその時間には閉店していたのですが、最近は我南人の知り合いが週に一、二度アコースティックライブをやったり、土曜の夜は少し遅くまで営業したりと多少柔軟に対応するようにしていますよ。

今日は平日でライブもありませんからいつも通りに閉店ですね。そもそも長年そういうふうに営業していますから、来られるお客様もちゃんとわかってます。青も帰ってきて皆で晩ご飯です。暑いからと言ってさっぱりしたものばかり食べていると夏バテしますからね。今日のメニューは夏野菜がたっぷり入ったカレーライスにしたようです。

ご家庭ではそれぞれカレーに入れるお肉はいろいろでしょうが、我が家も作る人によって変わってきますね。今夜のカレーはかずみちゃんが作ったので、豚肉が入っているようです。かんなちゃん鈴花ちゃんには大人の辛いカレーはまだ無理なので、作る途中で鍋を別にして子供用のカレーを作りますよ。

毎朝、皆の座る場所を決める二人ですが、バラバラに食事を取るお昼はもちろん、晩ご飯のときには席決めをしません。もちろん何故かはわかりません。その代わり、自分たちは座りたい場所に座ります。

今夜はおじいちゃんである我南人の両隣に決めたようですね。

「ふじしまん、かえってこなかったね」

「かんなもう電話しちゃダメよ。ふじしまんはお仕事忙しいんだからね。鈴花ちゃんも」

「はーい」

「はーい」

亜美さんに言われて二人でちょっと不満そうに返事をしました。そうなのです。電話することも覚えてしまった二人は、先日も藤島さんに晩ご飯までには帰っておいでと電話してしまったんですよ。藤島さんは笑って本当に帰ってきましたけど、亜美さんすずみさんが平謝りしてましたよ。

「へぇ、そんな本が持ち込まれたんだ」

紺が言います。昼間の狩野さんの話を勘一がしていました。

「検索したけど、〈田中三郎〉さんっていうお客様はいなかったので、常連さんとか買い取りをした方ではなかったみたいですね」

すずみさんが言うと、紺も頷きます。

「僕もそんな名前に覚えはないな。申し訳ないけど平凡過ぎて逆に覚えていそうな名前だよね。青も知らないんだろ？」

「あぁ、うん。知らないな」

カレーを口に運びながら青が言います。

「でもあれですねおじいちゃん。そういういきさつなら、祐円さんのところに持っていってきちんとしてもらった方がいいんじゃないですか？」

亜美さんです。

「前にもありましたよね。すごくたくさん遺品の本を買い取ったので、神社に持っていってお祓いしてもらったこと。そうした方がいいですよお願いします」

少し力を込めて言いましたね。これはひょっとしてちょっと怖いのですね。今朝もそんな話になりましたから。

「まぁそんなに気にすることもないよ義姉さん。今回は数も少ないんだしさ」

青が言います。勘一がちょっと首を傾げて青を見ましたね。

「数の多い少ないは関係ないけどよ。まぁ亜美ちゃんがそんなに気になるんなら明日の朝、祐円が来たときに頼んでおくさ」

それがいいでしょうね。

＊

かんなちゃん鈴花ちゃんが眠った頃、小料理居酒屋〈はる〉さんに、勘一と我南人、紺と青、それにマードックさんの男衆が揃って足を向けましたので、わたしもついてきました。

我が家は家系なんでしょうかね、それほどの酒豪はいないのですよ。勘一と我南人はもう年ですからあれですが、まだ若い青もそんなに量は飲みません。お酒が強いのはむしろ藍子や亜美さん、すずみさんの女性陣でしょうね。今日は男衆だけですけど、月に一度ぐらいは女性陣だけで〈はる〉さんで盃を傾ける日があります。

「ほい、ごめんよ」

のれんをくぐるとコウさんと池沢さんの姿がカウンターの向こう側にあります。〈はる〉さんは決して大きい店ではありませんので、五人ともなると予め電話して入れるかどうかを確認します。

「いらっしゃい」

カウンターに祐円さんと木島さんの姿がありますね。祐円さんも飲みに来ていたんですか。

「なんでぇ、来てたのかよ」

「お前だけで旨い冷酒を飲めると思うなよ」

へっ、と勘一が声を出して祐円さんの隣に座ります。二人とも年なんですから少しだけですよ。

「真奈美ちゃんは病院かい」

座りながら勘一が訊きます。池沢さんがおしぼりを手渡しながら、こくり、と頷きます。

「じきに戻ってきて、交代しますので」

日本を代表する映画女優で、青の産みの親である池沢百合枝さん。つわりのひどかった真奈美さんを助けてここを手伝うようになって、二年近くになりましたか。元々はコウさんをこの〈はる〉さんに紹介したのも池沢さんなのですよね。

真奈美さんの親戚の「慶子(けいこ)さん」と名を変え、化粧を変えてすっかりお店のお客さんにも顔馴染みになりました。池沢さんに似てるとか、そうじゃないのか？　と騒がれないのも、この店の客筋の良さや下町の良さを表しているように思いますよ。

「はい、お通しです。南瓜（かぼちゃ）団子のあんかけと、ゴーヤのピリ辛肉詰めですね。夏の疲れも取れると思いますよ」

「おっ、こりゃ旨そうだ」

元々京都の一流料亭で花板候補だったコウさん。本当に美味しそうなものをいつも作ってくれますよね。ここに顔を出すと、せっかくの料理を味わえないこの身がうらめしくなりますよ。

「我南人さん、新しいアルバムの録音に入ったんですって？」

「早耳だねぇえ木島ちゃんぅ。まだどこにも言ってないのにぃ」

「そこはそれ、あれはあれなもんで」

並んで座った木島さんと我南人が話していますね。木島さんは若い頃から我南人の大ファンですからね。

「内緒だけどぉ、今度のジャケットにマードックちゃんの絵を使おうと思ってさぁ。頼んでるんだけどぉお、なかなか上がってこないんだよねぇえ」

あら、そんな話をしていたんですね。

「へー、知らなかった」

青が言って、紺が何かを思いついたように手を打ちます。

「それでか。マードックさん最近やたら正方形の絵を描いているのは」

「そうなんです」

マードックさん、何故か力なく苦笑いしましたよ。

「かいても、かいても、なかなかじぶんで、OK、だせないんですよ。がなとさんに、なっとくしてもらえるようなものを、だせないじぶんがくやしいです」

マードックさん、くいっとお酒をあおりました。皆が、あぁ、と同情するような顔をして頷きます。

「大変だねぇマードックちゃんも。とんでもない男を義父にしちまってな」

祐円さんが笑います。そうなのですよね。我南人もさすが藍子の父親というか、遡(さかのぼ)れば義父の草平でしょうけどこれでなかなかの絵心がありまして、それこそLPレコードの昔からジャケットには人一倍凝って、全部自分でやっていましたからかなりこだわりがありますよね。それをマードックさんも知っているんでしょう。

「いやぁそんなことないよぉお、結構気に入ってるのはたくさんあるのにぃ、マードックちゃんは持ってきても持ってきても、まだ描くまだ描くって言ってねぇえ。どんどん持ってくるんだよぉ」

「わかりますね、その気持ち」

コウさんです。

「私は畑も違うただの板前ですが、旨い素材に出会うと心躍ります。どうしたらこの素材の旨さを他のものと掛け合わせて、もっと旨い料理に作り上げられるかと考えると、いくら作っても納得いかなくなってきます。お客様の反応を見ると余計にそう思いますね」

「そうなんです！」

マードックさんが頷きます。

「がなとさんのおんがくは、そこにあるだけでうつくしいものです。それがめのまえにあって、ぼくはそれをえでつつみこむんです。ぼくのてですばらしいさくひんにしあげられるとおもうと、なっとくなんてしたくなくなるんです。がなとさんが、えをみたしゅんかんに、とびあがるぐらいのものをかきたいんです」

紺も青も、それから池沢さんも頷きました。そう考えるとここにいるのは何かを作り上げる人が多いですね。紺もそうですが、池沢さんも演技で作品を作り上げます。青もその端っこにいましたね。

「こちら、賀茂茄子のいいのが入ったので鶏味噌田楽にしてみました。お好みで七味を軽くどうぞ」

コウさんが次のお皿を出してくれました。これまた美味しそうですね。賀茂茄子は京野菜ですから、コウさんが昔から得意にしていた料理なのかもしれませんね。

ますね。

「おいしいです」

箸を付けた祐円さんやマードックさんが唸ります。コウさんも嬉しそうな顔をしてい

「こりゃ旨いな」

ますね。

「そんな話をするとさ」

青が、一口冷酒を飲んでから言いました。

「慶子さんは、どうなんだろう」

池沢さん、何ですか？　という表情をして青を見ました。

「もう自分のあれには納得しちゃったのかな。もうずっとここの手伝いや、真幸ちゃんのお守りをしたり病院に通ったりさ。いや、それが悪いってわけじゃなくて」

自分のあれ、とは女優業のことなのでしょう。勘一が、ほう、というような表情をして青を見ましたね。

池沢さん、青の言いたいことが伝わったようですね。微笑んでゆっくりと頷きました。

「納得したというのとは少し違うのでしょうけど、青さん、私は今この年で勉強しているんですよ」

「勉強」

はい、と、嬉しそうに池沢さんが答えます。

「お店の手伝いも、真幸くんの面倒を見るのも、大好きな、そしてお世話になった誰かのために自分の時間を使うことも、私には初めての経験なんですよ。スクリーンの中ではない、本当の暮らしの中で、勉強させてもらっているんです」

皆が、池沢さんの顔を見ました。

「それはね、青さん。私にとってはたとえようもなくありがたくて、嬉しいことなんです。楽しいと言うと怒られるかもしれませんけれども、今の私は自分に満足しているんですよ。こうやって皆さんと過ごすことで生まれてくる自分の中の新しい感情に」

そう言って池沢さん、ほんの少しだけ眼を伏せ青に向かって顎(あご)を引き、頭をわずかに下げるような仕草をしました。

わたしには、同じ女として、わかったような気がしますよ。

池沢さんは、ずっと青に、母親としての時間を与えられなかったことを悔いているのですよね。もちろんそれも今更の話だとわかっているから、こうしているのですよ。そしてもちろん青は青で、わかっているんでしょうけれど、俳優のお仕事を経験したことで女優としての〈池沢百合枝〉の凄(すご)さも理解したからこそ、さっきの質問をしたんでしょう。

うん、と、勘一が頷きます。

「俺もよ池沢さん。毎日毎日あの帳場でな、本を繙(ひもと)くたんびに思うのさ。いくら読んでも読んでも飽きたらねぇってな。それこそ毎日が勉強よ。死ぬまでな」

「はい、本当にそう思います」

毎日の暮らしというものは流れていってしまいますし、それでいいものですけれど、どこかでそういう気持ちを持てればどんどん豊かになっていきますよね。

男たちがそれぞれに話しながら、コウさんの料理に舌鼓(したつづみ)を打ちながら夏の夜は更けていきます。

さて、わたしはちょっと一足先に家に帰りましょうか。女性陣は何をしていますかね。そろそろみんながお風呂から上がって、冷たいものでも飲んでよもやま話をしていますか。この身は知っている場所なら一瞬で移動できますから本当に便利ですよ。


悲鳴です。

帰ってきた瞬間に誰かの悲鳴で、びっくりして身体が縮こまりました。

家の中に尋常ではない悲鳴が響いて、ドタバタと足音がいくつも。何がありましたか？ あの悲鳴は亜美さんですか？ 藍子ですか？

「ゆ、幽霊！」

幽霊？

わたしですか？ 見えてしまいました？

いえ違いますね。わたしは今縁側にいますけれども、皆は、藍子と亜美さん、すずみさんと花陽は、古本屋の方を見ています。あぁ研人が飛ぶようにして二階から下りてきました。

「電話！　電話して！」

怯える亜美さんの声で、花陽が家の電話に飛びつきました。

「もしもし！　あ、池沢さんですか！　花陽です！　あの！　大じいちゃんたちいますよね！　すぐに戻ってきてって伝えてください。え？　あの、幽霊が！」

三

勘一、我南人、紺に青にマードックさん、それに祐円さんと木島さんまで来てしまいましたか。全員が何事が起こったかと居間の座卓の周りに座ります。

「なんだぁ？　幽霊だぁ？」

勘一が顔を顰めます。他の皆もきょとんとしてそれぞれに顔を見合わせたりしました。

「本当なんです！」

すずみさんです。

「嘘じゃないの！」

亜美さんです。

「見ちゃったらしいのよ」

藍子ですね。亜美さんはもう青ざめた顔で今にも倒れそうですね。かずみちゃんがいませんが、この時間ならもう〈藤島ハウス〉の自分の部屋で寝ているのでしょう。かずみちゃんはうちで一番の早寝早起きですからね。

「オレは何にも」

研人が肩を竦めました。自分の部屋で勉強していて、悲鳴が聞こえたので慌てて下りてきたそうです。

「つまり話をまとめると」

紺が言います。

「すずみちゃんは二人を寝かしつけてそのままちょっと眠っちゃって、起きて居間に行こうとしたときちょうど二階から花陽が下りてきた。亜美と藍子は一緒にお風呂から上がってきた。ここまではいいね?」

女性陣、こくん、と頷きます。こういうときは昔からいつでも紺ですよね。理路整然と冷静に分析し、鋭い勘で事態の収拾を図ります。

「それが偶然にもほぼ同時だった。そのとき居間は誰もいなかったので節電で電気は消していた。四人がほぼ同時に居間に入ってきて、藍子が電気を点けようとしたときに、声がした」

「そうなの」

亜美さんです。美しい顔を歪めてますけど、美しいものはどこまでも美しいですよね。

「声がしたの。古本屋の方からすすり泣くような声だった」

「私は、何か小さな悲鳴かなと思ったけど」

藍子ですね。

「私は何だか甲高い声に聞こえた」

花陽です。

「猫じゃないのかよ？　玉三郎かノラかポコかベンジャミンのよ」

祐円さんが嫌そうな顔をしながら言いました。そうでした、祐円さんは苦手なのですよね。

「猫ならすぐにわかります」

藍子が言います。そうですよね。生まれたときからずっと猫と一緒に暮らしているんですから。

「それで、藍子が慌てて電気を点けると、暗いときには気づかなかったけれど、藍子は猫たちとアキとサチが床で怯えていたり、古本屋の方の、どこか一点をじっと見つめていたのを見た」

「そう」

「花陽は縁側の方にいたので何も見なかったけど、何か物音がしたのがわかった。そしてそれは後から本が落ちた音だとわかった」

「そうだね」

「そしてすずみちゃんと亜美は、古本屋の方で白い影がすうっと動くのを見た」

「そう！」

二人でこくこくと頷きます。

「そして、これかよ」

勘一が帳場の方を見ました。本が落ちていますね。その本はあれですね。今日狩野さんが持ってこられた遺品の本ですよね。

勘一と紺、木島さんや研人もぐるりと古本屋の中を回っておかしなものはないかと見ましたが、何も見つかりませんね。

「まさか、ですよ。旦那さん」

すずみさんが言います。ふぅむ、と、勘一が腕を組んで顔を顰めました。

「あれぇ？　そういえばさぁあ、ポコとベンジャミンしかいないねぇえ。玉三郎とノラはぁ？」

我南人がそう言って、皆がきょろきょろします。そういえばそうですね。ポコとベンジャミンは何を騒いでいるのかと皆を見ています。アキとサチは床にペタンと寝そべっています。尻尾を巻いていますから少し怖がっているんでしょうか。元々この犬たちは臆病ですからね。繋がれていないのに家の敷地内から出ようとしませんし、誰かに吠えることもほとんどしません。

「玉？　ノラ？」

研人が呼びながら台所と仏間と廊下をぐるっと回ってきましたが、どこにもいないようですね。

「まぁどこかにいるんだろ。それよりもその幽霊とやらだな」

勘一がゆっくりと古本屋を見渡します。紺も何かを考えています。我南人はこういうときもまったく変わらず、何を考えてるのかわからない様子でふらふらしてますね。青が難しい顔をして、そして何か言いたげですが何でしょう。

「俺ぁ幽霊なんぞいてもいなくてもどうでもいい人間だがよ。皆が揃いも揃ってそんなに騒ぐってこたぁ何か原因があるんだろうよ」

「にしてもさぁあ、今夜はもうどうしようもないねぇえ。枯れ尾花を見つけるのにはぁ、お陽様の光がないとねぇえ」

我南人が言って、勘一が大きく頷きました。

「珍しく的確に良いこと言うじゃねぇか。夜中に騒いでもどうしようもねぇやな。原因を探すのは明日の朝にするとして、だ。今夜は」

そう言って、祐円さんを見ました。あぁ、という顔をして、紺も祐円さんを見ます。

そうやって皆が順番に祐円さんに注目しました。

祐円さん、眼をぱちくりとさせましたね。

「俺の出番だってかい勘さん」

「おめぇしかいねぇだろうよ。ちょうどおめぇがいたのも何か巡り合わせってもんがあんだろ。気は心ってんだ。とりあえず女子供の気を済ませてよ、今晩ゆっくり眠れるようにしてくれよ」

はあぁ、と、祐円さん大きく溜息をつきます。

「わかったよ。夜も更けてきたしさっさと終わらせて眠ろうぜ。おい、研人よ」

「なに？」

「康円に電話しとくからさ。ひとっ走り行って道具持ってきてくれよ」

「了解！」

本当にひとっ走りであっという間に研人が帰ってきました。ちょっと前までは走るのは青の役だったのですが、もう今は研人ですね。

祐円さんがジャージを脱いで狩衣（かりぎぬ）、差袴（さしこ）、烏帽子（えぼし）と着けていきます。

「まずは略式で勘弁しろよ。正式には、明日またうちに持っていってやってやるからよ」

「あぁいいぜ」

祓串（はらえぐし）を持って、祐円さん帳場の前に立ちました。皆がその後ろに並びます。帳場の文机の上には落ちた本をきちんと置きました。

祐円さん、ふぅ、と息を吐き、気を入れます。一瞬にして雰囲気が変わりましたね。普段の祐円さんとはまるで違います。身に纏ったものが変わり、店の中の空気さえ一変しました。まだ若い研人でさえその雰囲気を感じ取ったのか、ピンと背筋を伸ばしました。祓串を構えた祐円さんが祝詞（のりと）を唱えようとしたときです。

ぐらり、と、祐円さんの身体が揺れました。

「祐円さん！」

「祐円！」

祐円さんが崩れ落ちてしまうのを、紺と我南人が支えました。

「おい！　救急車を呼べ！　かずみも呼んでこい！」

大変なことになってしまいましたよ。祐円さんの意識がありません。

「おい祐円！　しっかりしろい馬鹿野郎！」

＊

夜が明けました。

祐円さんが救急車で運び込まれたのは、真奈美さんのお母さん、春美さんも入院している病院でした。

ぞろぞろと病院に行くわけにもいきませんので、付き添ったのは勘一と紺だけだったのですが、ちょうど真奈美さんと池沢さんが、春美さんの様子見を交代するところでしたよ。二人とも事情を聞いてびっくりしていました。

もちろん祐円さんの息子である康円さんや奥さんがすぐに病院にやってきました。勘一は帰るわけにはいかねぇ、はっきりするまで寝ないで待ってると言い出しましたが、いくら何でも寝ずの番は無理です。

康円さんや奥さんに、「勘一さんにもしものことがあっては僕たちが怒られます」と言われて帰ってはきたものの、心配でよく眠れなかったのでしょう。眼を赤くしていますす。

何も知らないいかんなちゃん鈴花ちゃんが起きてきて、いつもの朝のように元気よく走り回りますよ。

大人は子供に心配を掛けてはいけませんね。何事もなかったかのように、皆がいつものように、朝ご飯の支度をします。勘一も起きてきて新聞を広げ、話し掛けてくるかんなちゃん鈴花ちゃんに優しく相手をしますが、やはり疲れが見えますね。二、三時間も眠れなかったのではないでしょうか。

病院からは、何かあれば康円さんの奥さんからメールが紺のところに入り、すぐに駆けつけることになっています。それは実は春美さんも同じですね。状況の変化があれば池沢さんがすぐに青にメールをくれることになっています。

皆が心の中では同じように心配しています。勘一は朝ご飯も喉を通らないほど心配でしょうけど、それでも、店は開けるのが信条です。

元気に働くためには、ちゃんと温かい朝ご飯を食べる。それが生活の基本です。

今日も皆揃ったところで「いただきます」です。

そこに、メールが入った音がしました。しかも、紺と青の iPhone に同時にです。驚くほど素早く二人が iPhone を取り出し、画面を見ます。大人たちが一斉に皆で注目したので、かんなちゃん鈴花ちゃんがちょっとびっくりしてきょろきょろしてますよ。

先に紺の真剣な顔が緩みました。

「祐円さん、あの後少ししてから意識回復したって。寝てるところにメールして驚かせても何だからこの時間にしたってさ」

「本当か！」

勘一の顔に赤みが差しましたね。

「これからまだ検査が続くけど、重大な疾患は今のところ見つかっていないって。大丈夫だろうってさ」

あぁー、と皆が声を上げ、一気に部屋の空気が軽くなりました。勘一、大きく息を吐き、笑みを漏らしましたね。かんなちゃん鈴花ちゃんもわけがわからないでしょうが、皆の嬉しそうな様子にニコニコしています。

「こっちもだよ」

青です。

「偶然だろうけど、春美さんの状態が良くなっているんだってさ。とりあえず何日もつかという状態から抜け出して小康状態になってるって」

「そうなの？　良かった」

藍子です。そう言ってからかずみちゃんを見ました。かずみちゃん、うん、と頷きます。

「春美さんは危篤状態から奇跡的に少し持ち直したってことだろうね。このまま回復するとは言えないけれども、少し良い状態でしばらく過ごせるんじゃないかね。勘一」

「おう」

「祐円さんは、詳しくは病院で訊いた方がいいけど、ちゃんと意識が回復したなら今の段階で今すぐどうこうじゃないだろうさ。もちろん年が年だから慎重に検査するだろうけどね」

「そうか」

おう、そうか、と、勘一繰り返します。

「そうとなりゃあ飯だ。いつものように旨い朝飯を食えるぜ」

勘一が白いご飯を口に運びました。本当に、良かったですよ。

「木島ちゃんにはぁ、今、メールしておいたねぇえ。昨日も随分心配していたからねぇ」

我南人がiPhoneを持ったまま言いました。ご飯のときには少しお行儀が悪いですけど今はしょうがないですね。早めに知らせてあげた方がいいでしょう。

「おう、そうか。騒がせちまった詫びに、今度来るときには甘いもんでも買っておくからって言ってくれ」

木島さん、あれで甘いものが好きですからね。

「しかしまぁ、ほっとしたぜまったく。人騒がせな野郎だ」

勘一がおみおつけを飲みながら言います。

「でも、こうなってくると旦那さん、あの本はどうしましょうか。やっぱりきちんと、今度は神社に持ち込んで康円さんにお祓いしてもらった方が」

すずみさんが言うと、亜美さんも藍子も大きく頷きますね。勘一も、むぅ、と唸りました。

「まぁ俺ぁ祟り(たた)とか呪いとかそんなものは信じちゃいねぇけど、確かにこうなるとなぁ」

偶然とは思えませんよね。

「いやそれがね」

青です。

「じいちゃん。皆もちょっと待って。聞いて」

箸を置き、手を上げながら言います。

「なんでぇ青」

「こんなことになっちゃって、言い出すタイミングを失っちゃったんだけどさ」

「うん？」

青が頭を掻(か)きながら済まなそうな顔をします。

「あの本に呪いも祟りも幽霊も関係ないんだよ。何にもないただの本。うちで売ってて、万引きされた本当にただの普通の本」

「なにぃ？」

勘一が言って、皆が眼を丸くしましたね。

「万引き？」

すずみさんです。

「やっぱりそうか」

紺です。

「いや、知らないけどさ。変な声がするとか本が落ちてたとかは、あの本が来る前からあったことでしょう？　その本とは全然関係ないって思ってたよ」

そう言えば、そうですね。

「じゃあ青ちゃん、あの本は。いやその前に何で青ちゃんがそれを知ってるの？」

すずみさんがぐいっ、と座卓に身を乗り出しました。青は申し訳ない、と頭を少し下げましたね。

「持ってきた狩野っていうのはさ、遺品の整理業者でも何でもない、俺の大学の同級生で塾の先生やってる」

「同級生だぁ？」

青が座卓の上に置いてあった自分のiPhoneをひょいと上げました。

「昨日のうちにメールがあったんだ。どうやら作戦が上手(うま)いことといって、何とか決心してくれたようだから、今日、午前中に店に来てお詫びするって」

作戦、ですか。どうやら青が何かを仕組んだってことなのですね。勘一、眼を細めて青を見ました。

「まぁならいいや。そいつを待つとするか」

すずみさんも青をじっと見た後に頷きましたよ。どうやら妻である自分に黙っていたのをちょっと怒っているようですね。

「それはいいんだけどさ、ねぇ皆」

研人です。

「けんとくん、どうしました？」

「昨日から気になってたんだけど、玉三郎とノラがどこにもいないんだよね。全然姿を見ていないんだ」

朝ご飯の後に家中を探しましたし、花陽と研人は近所を歩いて回りましたが見つかりませんでした。そもそも、ポコとベンジャミンは、お出かけして家の周りをぐるっと回って帰ってくることもあるのですが、玉三郎とノラは家からまったく出ない猫ですからね。玉三郎が家にやってきたのは花陽が生まれた頃ですから、もう十七年にもなりますよ。ノラも確かそれぐらいです。その間、いなくなったりしたことが一度もなかった猫です。

気になりますが、とりあえず、待ってみるしかありません。念のためにと研人はパソコンで〈猫を探しています〉というチラシを作り始めました。

その騒ぎも落ち着いた頃ですね。からん、と、古本屋のガラス戸が開いて、あの狩野さんが姿を見せました。何か大きな鞄を持っていますね。また本でも持ってきたのでしょうか。

その後ろにどなたかいらっしゃいますが、あら、この子はあのときの男の子ですね。狩野さんが本を持ち込んだときに店にいて、文庫本を買っていった男の子ですよ。

お知り合いだったわけですね。

居間に上がってもらいました。勘一と青、それに寝転がっていた我南人も何故かいますね。男の子の様子がどうにも怯えているようでしたので、他の皆は遠慮しましたね。もちろんかんなちゃん鈴花ちゃんはマードックさんのアトリエに行ってもらいました。

座卓の上には、昨日狩野さんが持ち込んできた本、五冊がきちんと積まれています。藍子が冷たい麦茶を出して、すぐに席を外しました。

「朝から暑いですからな。まぁどうぞ」

勘一に言われて頷いてから、狩野さん、座布団を外して、頭を下げました。

「まずは、私からお詫びします。とんだ嘘をついて皆さんを惑わせてしまい、申し訳ありませんでした」

それを見て男の子も頭を下げました。こうして見ると本当に線の細い子ですね。そしてとても気が弱そうです。下を向いて唇を引き結び、なかなか眼を合わせようとしません。

勘一、その子の顔を見ようとして少し頭を捻ってますね。

「まぁ頭を上げてさ、座ってくださいよ狩野さん。こちとらは何かを損したわけでもなんでもねぇしさ。何でも今回のことは、青と相談したって話じゃないですかい。その辺のことはまだ聞いてないもんでね」

「はい、お話しさせてもらいます」

青がうん、と頷きます。

「狩野はさ、フリースクールの先生をやっているんだ。いろんな事情で学校に通えなくなってしまった子供たちを預かって、勉強を教えている」

そういう先生でしたか。

「そりゃあ立派なご商売だ。なかなか出来ることっちゃねぇですよ」

「いえ、とんでもないです」

そうなると、この男の子もそこの生徒さんなんでしょうね。

「先日ね、相談を受けたんだ。実は、古本を万引きしていた生徒がいるって。その本を調べたらうちの本だったたってね。それがこの子、田中くんだった」

成程な、と、勘一が頷きます。

「そういうことかい」

田中というのはその子の名前だったのですね。

この子は極端に大人しくて、周りの同級生たちとうまくやっていけずに不登校になり、狩野の塾に入ってきたんだ、と、青が続けました。

「まぁ本人も自分のことに納得しているんで、こうして話しちゃうけどさ」

田中くんを見ます。そうですね。自分のことを話されるのを嫌がる人もいますからね。

「勉強はできる子なんだけど、なかなか他人とコミュニケーションが取れない。そういう自分が嫌になる。そのストレス発散の手段が読書だったんだね。たまたま通りかかって見つけた古本屋に前から読みたかった古い本があった。でも、今はお金を持っていない。でも、見たら帳場に誰もいない。それで、気がついたら万引きしちゃってたんだってさ」

その古本屋がうちだったのですね。

たまたま、勘一かすずみさんが、トイレに行ったか何かで席を外したときだったのでしょう。もちろん長い時間なら誰かに見ていてもらったり、交代してもらうんですが、少しの時間なら我が家ではよくあることです。

それが上手くいってしまったので、田中くんは変なふうに自信を持ってしまったそうですよ。

「アドレナリンが出て、気分の高揚もあったんだろうね。何回でもできる。成功したらなんかスッキリするって」

勘一も頷きます。

「万引きにはよくある話よ」

古本屋でも万引き騒ぎがあります。大人も子供も成功したときの感覚がたまらないという話も聞きます。

「それでもさ、田中くん、自分が悪いことをしてると気づいたんだ。とんでもないことをしてしまった。何冊も盗んでしまったと、怖くなった。本を処分して知らない顔をしてようと思ったけど、それじゃダメだとわかった。そこは、偉いよね」

青が言って、勘一も頷きます。

「で、田中くん。親よりも誰よりも、この世でいちばん信頼している先生、狩野に全部告白してくれたんだ。そして二人で話し合ったんだけど、自分でうちに返しに来て謝る勇気が持てないって言うんだ。まぁその気持ちもわかるよね」

「まぁそうさな。それは大人でもなかなかできねぇよ」

「たまたまここは同級生の俺の家だったから、狩野に相談されたんだよ。狩野が代わりに本を持ってきて、お金を払って申し訳ありませんでしたって謝ってちゃんちゃん、にするのは簡単じゃない？ じいちゃんもそれならそれでいいぜ、になるよね？」

確かにな、と、勘一頷きます。

「だけど、それじゃあ田中くんのためにはならない。どうしたらいいのかってことでさ、俺と狩野で話し合ったんだ」

狩野さんが頷き、青に続けて話します。

「過ちを認め他人と向き合う勇気を持たせたいと思って、この子から自分が謝りに行くという言葉が出るのを、勇気を持てるのを待っていたんです。けれど、どうにもきっかけが摑めなかったようなんです。待っていても時ばかりが過ぎていって、せっかく自分の罪を認めたその気持ちが消えてしまいそうでした。それで、青に相談したんです。どうしたらいいだろうと。そうしたら青が『お前が嘘をついちゃったら？』と言ったんです」

「おめぇがか」

青が頷きます。

「嘘、まぁ演技だね。よくやるじゃんうちでは」

狩野さんが少し顔を顰めましたね。

「私が、この盗んだ本を持ってこちらで白々しい嘘をついて堀田さんをごまかす。万引きに加えて人を騙す嘘という罪を、詐欺をして重ねる。それを、この子にも見せる。それで、罪とはどういうものかをわからせてはどうかと。それでわからないようなら、どうしようもないと」

勘一が、そうかよ、と、大きく頷きました。

「それで、ああいう芝居をしたってことか。事前にこういう嘘をついてごまかしてくるって田中くんに話したんだな？　しかもよ、遺品整理なんてぇ小賢しいシナリオを考えたのはてめぇだな青」

「その通り。巧かったでしょう？　いかにもじいちゃん好みでさ。演技指導もしたんだぜ」

この野郎、と勘一が笑います。さすが孫というか、俳優経験もある青ですね。わたしもすっかり騙されました。

「で、その子はよ、大好きな狩野先生に嘘をつかせたのは、自分の万引きに加えて詐欺までやらせているのは自分なんだ、と、その眼で見て、聞いて、ようやく謝りに来る勇気を持てたってことか」

「そこはね、じいちゃん」

青が言います。

「最初はこの子を客のふりして一緒に店に来させるつもりはなかったんだ。俺はどうせならその方が手っ取り早いって言ったけど、狩野がもしもショックが大き過ぎたら困るって言ってさ。じゃあってんで、店の近くで待っててもらってた。何かあったら俺がフォローするって感じで」

「おめぇが友達に会ってくるって外出したのはそのためってわけか。その子をお前が見ていたんだな？」

そうそう、と、青が頷き、微笑みました。

「でもね、じいちゃん。俺は何もしなかったのに、途中でこの子が自分から店に入っていったんだ。ちょっと驚いたよ。先生が心配になったんだろうね」

嘘をつかせているのは自分なんだということを、自分で確かめたのですね。そういう勇気を持てたのですね。

狩野さんが、息を吐きます。

「賭けでした。もしも、この子があぁ良かった先生がごまかしてくれた、で終わらせてしまったらどうしようとも思いましたが、この子を信じることにしてやってみました。堀田さん、本当に申し訳ありませんでした」

「いやいやぁ」

勘一が笑って手をひらひらさせます。

「あんたをそそのかしたのは青じゃねぇですかい。お互い様ってもんですよ。あんたが謝る必要はねぇよ」

狩野さん、勘一を見て頷きました。

「ありがとうございます。改めて、この子に、きちんと挨拶させてお詫びさせたいと思います」

狩野さんが隣の田中くんを見ました。

じっと話を聞いていた田中くん、唇を嚙みしめています。

逃げないで、じっと聞いていられたのも偉いですよね。少し震えていますか。暑いせいもあるでしょうけど、緊張しているのか、汗を搔いています。

何度も、深呼吸します。

勘一も青も、そして我南人もじっと見つめて、待っていますね。そうですね、こういう子は、きちんと待ってあげた方がいいのですよ。

狩野さんもきちんとそれがわかっているんでしょうね。決して急かしたりしません。

勘一たちには済まなそうな表情を見せながら、待っています。

田中くんはゆっくりと顔を上げました。眼をパチパチとしばたたかせます。唇を嘗めました。

「あの」

か細い声です。でも、ようやく声を出してくれましたね。

「はいよ」

勘一が優しい声で返事をしました。

「田中、翼といいます」

「翼くんか。良い名前じゃねぇか」

翼くん、勘一を見ましたよ。こわごわと、でもちゃんと顔を正面から見ました。

「あの本、僕は、盗んでいました。ま、万引きです。本当に、本当に、ごめんなさい！許してください！　ごめんなさい！」

一気にそう言って、翼くんは勢い良く頭を下げました。勢いが良過ぎて座卓におでこをぶつけるところでしたね。

勘一はその姿を見て、ゆっくり頷きました。

「翼くんよ」

翼くんがゆっくり顔を上げます。そうしてまた、勘一の顔を見ました。にっこり勘一が笑います。

「いいじゃねぇか。ちゃんと顔見て謝れたな。良かったな。まぁ深呼吸しろや。息止めてると貧血起こしちまうぜ」

そこで、翼くん大きく息を吐きましたね。本当に息を止めていたのでしょう。

「万引きは犯罪だ。泥棒だ。それはたとえ古本屋の本だろうと変わらねぇ。だがうちはちょいと捻くれた古本屋なんでな。そうやって謝ってきたお前さんの勇気に免じて許してやらぁ。どうせあれだろ？　もう本のお代は青が貰っているんだろう？」

「さすがじいちゃん」

青が言って、封筒を出してきましたね。

「五冊分の代金、きちんといただいております。もちろんこれは、翼くんのお小遣いからです。なぁ狩野、そうだな？」

狩野さんが、頷きました。

「だがよ、翼くんよ」

翼くん、勘一を見ていますが、声が出ませんね。

「もう力を抜いていいからよ。怒鳴ったりしねぇから返事をしてみろ？」

「は、はい」

うん、と勘一、微笑みます。

「おめぇさんを許すのはな、謝ってお金を払ってきたからじゃねぇぞ？　もちろんそれは大したもんだ。自分の罪をな、人前で素直に認めるってのは大人でもなかなかできるこっちゃねぇんだ。おめぇさんはそれができた。立派なもんだ。でもよ、そんなんで罪を全部許されちゃあ、警察はいらないわな。そうだろ？」

翼くん、頷きます。

「俺が何で許すかってぇと、この本な、汚れてもいねぇし破れてもいねぇ。随分と大切にしながら読み込まれた跡がある。そこはよ、先生もわかっていた。この青も理解したから、真実味を持たせるためにああいう作り話をしたんだろうさ。こりゃあ、おめぇさんが何度も何度も読んだんだな？」

「はい、そう、です」

一度唾を飲み込みました。

「全部、何回も、何回も、読みました」

「それだ」

ポン、と、勘一、自分の腿の辺りを叩きます。

「俺らはな、どんなにきれいにしていても、読み込まれた本ってのはすぐにわかるのよ。その反対にどんなに汚くても読まれていねぇ本もすぐにわかる。根っからの本好きよ。おめぇさんもそうなんだろ？　本が、読書が大好きなんだな？」

「はい、大好きです」

翼くん、今度ははっきりと、声に力を込めて言えましたね。勘一が大きく頷き、何か言おうとしましたが。

「LOVEだねぇ」

あぁ、ここですか。

我南人です。珍しくずっと大人しく話を聞いていると思ったら、ここで言いましたか。

翼くんがびっくりしたような顔で我南人を見ました。瞳の輝きが変わりましたね。ひょっとしたら翼くん、周りが全然見えていなくて、今初めて我南人を認識しましたかね。

そして、少し頬が紅潮しましたよ。これは明らかに我南人を知ってる表情ですよね。

「いいよぉお翼くんぅ。名前の通りだねぇえ。君のLOVEの翼にぃ、風が吹きつけてきたよぉお。それでいいんだぁ、そうなればもう大丈夫だねぇえ。その君の翼でどこまでも、どこまでも飛んでいけるよぉお」

勘一が唇をひん曲げました。

「おめぇの出る幕じゃねぇだろうよ。まぁ、しかし要するにそういうこった。おめぇさんの本好きの心根。それに免じて許してやるさ。翼くんよ、二度と万引きはしないって約束してくれよ」

「はい」

大きく頷きましたよ。大丈夫でしょう。狩野さんもホッとしたのか、少し肩の辺りから力が抜けましたね。

「よし。おい青、ちょっと紙袋持ってこい」

勘一が、座卓の上の五冊の本を揃えます。青がさっと立ち上がってうちの紙袋を持ってきました。その中に、勘一は丁寧に本を入れます。そして、両手で翼くんに向かって差し出しました。

「お代はいただいておりやす。お買い上げありがとうございました」

翼くん、ちょっと驚きましたが、ようやく笑顔を見せてくれました。そして、本を受け取りましたね。

「どうぞまたご贔屓に」

勘一が、にいっと笑います。

まぁ後は足を楽にして話しましょうや、と勘一が言い、座が和やかになりました。カフェの方でも耳をそばだてていたんでしょうね。良かった良かったという雰囲気がこちらにも伝わりましたよ。

「あ、それで、堀田さん」

狩野さんです。

「うん、なんだい」

「青から、何やら幽霊が出たという話を聞いたんですが。変な声がするとか、本が落ちていたとか」

「おう、そうなんだよ。そのせいでおめぇさんの、いや青の作り話にすっかり信憑性が増しちまってよ。えれぇ騒ぎになったんだがよ」

狩野さん、うん、と頷きました。

「あの、それ、差し出がましいようですけど幽霊ではなく、僕は原因がわかったような気がするんですが」

「あ？」

「え？　マジか狩野」

勘一だけではなく、青も驚きましたね。聞いていなかったんですね。

「何となく、匂いと痕跡でわかるんですよね。たぶん、正体は、天井裏に棲み着いた動物だと思います。話に聞いた猫や犬たちの行動とも一致しますから、ハクビシンかイタチかその辺りじゃないかと思うんですが、調べてみましょうか？　ひょっとしたらと思って、道具は持ってきたので」

狩野さん、持ってきていた大きな鞄を軽く叩きました。

ハクビシンでした。しかも、最近はアルビノって言うんでしたか、真っ白な可愛らしいハクビシン。亜美さんとすずみさんが白い影を見たというのもそれだったのですね。

実は狩野さん、ご実家が田舎の方で家屋などの営繕業と害虫害獣駆除の仕事を営んでいるとか。

「リフォームとかもやっていますけど、田舎では夜中に棚のものが落ちていたりすると、だいたい天井裏から忍び込んだイタチとかその辺の仕業なんですよね。天井裏に上ると、棲み着いている場合も多いんです」

小さい頃からいろいろと手伝わされていて、そういうものの気配や痕跡には敏感だとか。作業着に着替えるとあっという間に我が家の天井裏に上っていき、古本屋の天井裏にいたのを見つけたんです。どこかで飼われていたのかもしれませんね。そしてお腹が空いていたんでしょう。罠を仕掛けるとあっさりと捕まりました。

「古本屋の天井は羽目板になっていましたから、何かの拍子でひょいと浮き上がってそこから出入りしていたんですね」

さすがプロというか、いえフリースクールの先生ですから違うんですが、餅は餅屋ですね。庭の真ん中に置いた網籠の中の真っ白いハクビシンを、皆で見ていました。狩野さんの知り合いのところに保護してもらうそうです。アルビノは珍しいので、きちんと飼ってもらえるそうですよ。

かんなちゃん鈴花ちゃんに花陽や研人、それに翼くんも動物好きなんですね。しゃがみ込んでニコニコしながら網籠の中のハクビシンを眺めています。

それを見ていた我南人がふいに何かを思いついたように、空を見上げましたね。しばらくそのままでいて、何かに納得したように頷きました。

「狩野くぅん」

「あ、はい」

「悪いけどぉ、その作業着を着替える前にぃ、もうひとつだけ頼んじゃっていいかなぁあ」

狩野さん、何だろうという顔をしながらも頷きます。

「どうぞ。僕にできることでしたら」

我南人がちょっと顔を顰めました。そして、しゃがみ込んでいた花陽と研人の頭をぽんぽんと叩きました。

「え？」

「なになにじいちゃん」

花陽と研人が立ち上がります。

「お別れの時が来てるかもしれないからぁ、覚悟しておいてねぇえ二人とも。狩野くんぅ」

「はい」

「悪いけどぉそこからぁ、縁の下に入っていって調べてみてもらえるかなぁ。たぶん、縁の下のどこか奥で、猫が二匹、死んじゃっていると思うんだぁあ。うちの家族同然の猫だから、丁重に運んできてもらえるかなぁ」

＊

「そうか、玉三郎とノラがな」

「おう。庭のいつものところに埋めてやったぜ」

あの日から二日経った午後三時頃です。ちょうどおやつの時間で、家にいた花陽も研人も居間に来て座卓で祐円さんが持ってきてくれた鯛焼きを食べています。かんなちゃん鈴花ちゃんは、かずみちゃんと亜美さんとおでかけしていきましたよ。藍子とマードックさんでカフェ、すずみさんは古本屋。紺と青はそれぞれ仕事で外出していました。

祐円さんはまだ検査は続くそうですが、退院は許可されました。そして、玉三郎とノラのことを聞いていたらしく、退院後すぐにそのまま我が家に顔を出してくれました。意識が戻ったときからすぐに帰りたがるのを止めるのに苦労したと康円さんが言ってましたね。

「そうかいそうかい」

祐円さんは眼を閉じて頷きました。麦茶を一口飲みます。今まで何匹もの玉三郎とノラとの別れを一緒にやってきましたよね。庭の一角が、今まで堀田家で一緒に過ごしてきた猫たちのお墓になっているのも知っています。

家の中には、今はポコとベンジャミン、犬のアキとサチしかいません。普段騒いでいるわけではないですけれど、やっぱりどこか淋しいですね。

「どら、ちょっと挨拶してくるか。花陽ちゃん、研人もちょっとおいでよ」

祐円さんと勘一が庭に下りていきました。花陽も研人も何だろうとついていきました。小さく土を盛った庭の隅で、祐円さん、大きく息を吐きます。

「花陽ちゃんと研人は淋しかったろう」

花陽と研人がちょっと恥ずかしそうな微妙な表情を見せます。もう淋しいからといって人前で泣くような年齢じゃないですもんね。でも、あの日は二人とも自分の部屋で隠れて少し泣きましたよね。わたしは知ってますよ。

「生まれたときからずっと一緒だったから。ちょっとね」

花陽が言います。研人も頷きましたね。

「花陽ちゃん、研人」

祐円さんが、花陽と研人の頭に手を載せてごしごしと撫(な)でました。二人が何だか苦笑いしています。小さい頃はそうやって祐円さんに可愛がってもらいましたよね二人とも。

「きっとさ」

祐円さんが言います。

「玉三郎とノラはさ、俺と春美さんの悪いところを全部二匹で持ってってくれたんだよな。まさしく、身代わりにさ。俺もお迎えが来るのはそんなに遠いわけじゃないけどな、まぁもうちょっとだけ長生きさせてやるよって感じでさ」

あぁ、そうですね。そう思いましょう。勘一も微笑んで頷いています。

「そうだな、きっとよ」

「よし！」

祐円さん、パン！ と手を叩きました。

「花陽ちゃん、研人待ってろ。俺がな、玉三郎とノラのために神葬祭をやってやる」

「しんそうさい？」

花陽が首を傾げましたね。研人も何だそれは、という顔をします。そうですね、二人とも知らないでしょう。

「神葬祭はな、神社の葬式だ。お前たちが知ってる仏教の葬式とはちょいと違うんだ。神葬祭はな、亡くなられた方の御霊（みたま）をその家にとどめて、家の守護神となってもらうための儀式なんだぞ」

「守護神？」

研人がちょっと嬉しそうにしました。

「そう。玉三郎とノラはな、この家の神様になるのよ。猫の神様だ。どうだいいだろ」

「いいね！」

花陽と研人が顔を見合わせて嬉しそうに笑いました。祐円さんも、うん、と大きく頷きます。

「勘さん、せめてもの礼だからただでやってやるぜ」

「馬鹿野郎、あたりめぇだ」

＊

夜も更けてきました。

「あれ、親父何やってるの」

研人が二階から居間にやってきましたね。小腹でも空いたのでしょうか。紺は一人ノートパソコンに向かって作業していましたが、執筆ではないようですね。トイカメラが繋がっていますよ。

「あぁ、ほら、かんなと鈴花ちゃんが撮ってる写真を取り込んでるんだけど、消さなきゃならないのがあるんだよ」

「消す？　何で？」

研人が隣に座りました。紺が苦笑いしました。

「鈴花ちゃんのはそのままでいいんだけどさ。かんなが撮る写真には、ほら、たまに写ってるんだよ」

画面には家の中を撮った写真が出てますね。

あら、これは。研人が笑いました。

「大ばあちゃんだ。すげぇ、かんなは撮っちゃうんだ」

そうなんですよ。わたしがしっかりと、まるで生きているみたいにそこに写っています。まぁ、こうして自分の姿を見るのは随分と久しぶりですが、おばあちゃんのまんまなんですね。そうだと思っていたんですが、やっぱり死んだら若い頃の姿になるというのは嘘ですね。ちょっと残念です。

「研人が会うばあちゃんもこの姿か？　いつもの普段着の着物の」

「そうだよ。ねぇ大ばあちゃん」

研人がわたしの方を見て笑いました。そうなんですよ、いつも着た切り雀なんですがどうしようもないですね。

「さすがに、大ばあちゃんがまだうちにいるってのは内緒にしておいた方がいいからな」

「そうだね」

「そうですよ、そうしておいてください」

「あれ、話せたんだ」

「そうみたいですね。研人には相変わらず聞こえていないんですね？」

「あー悔しいなー。親父と喋ってる大ばあちゃんはちゃんと見えてるのに声は全然聞こえない」

「本当に不思議だな。ここにかんながいたらどうなるんだろうな」

「見えて喋れたらスゴいね」

「それはもう少し後にしましょうかね。それよりも紺、あの田中翼くん。今度来たときには優しく迎えてあげないとね」

「わかってるよばあちゃん。何と言っても将来のお得意様になるかもしれないんだから」

「あぁ、あの翼って奴の話してんの？　大丈夫だよ。メアドとか聞いといたから。いろいろオレが話してみるからさ」

「研人なら、誰とでも友達になれるから大丈夫でしょうね。それから紺、池沢さんのこと。今はいいけれど、春美さんや真幸ちゃんのための時間が必要なくなる日がいつか来るんですからね。青と一緒に気を遣ってあげてね」

「あぁ、そうだね。親父はまったくあてにならないから」

「あ、大ばあちゃん見えなくなった」

「うん、こっちも聞こえなくなったな」

紺と研人が少し笑って、仏間まで来て、おりんを鳴らして手を合わせてくれました。はい、ありがとうございます。研人は勉強大変ですけど、早く寝なさいね。また明日かんなちゃん鈴花ちゃんに起こされますよ。

いつも感じている猫や犬の寝息が少なくなってしまったのは、やはり淋しいものですね。でも、我が家には猫の神様がたくさんいるんでしょうから、いつかまた新しい出会いを呼び込んでくれるでしょう。

あれですね。わたしが言うのも何ですが、生きているからこそ、ですよね。

生きているからこそ翼くんのように悩んだり何かにぶつかったり、躓(つまず)いたりします。たくさんの人と出会えばお互いの色が混じり合い、自分の色が濁ってしまうように思ったりすることもあります。それで眼が曇って間違ったことをしてしまうこともあるでしょう。

それでも、大丈夫です。混じった色合いは濁ることもありますが、青と黄色が交差すれば緑になるように、きれいになったりもするのです。そうやって、人と人の間に色が生まれて人生が彩られていく。だから〈人間〉と昔の人は言ったのじゃないですかね。

生きていれば出会いがあります。いつか自分の色と響き合う誰かと出会い、他の人との暮らしが楽しくなる、生きていく甲斐(かい)ができるものですよ。

秋 本に引かれて同じ舟

一

秋深き隣は何をする人ぞ、という有名な芭蕉の句がありましたね。若い頃わたしはこの句を秋深し、で覚えていて、勘一にそれでもいいけど正確には〈秋深き〉だな、と、指摘されたものです。

この季節、我が家の隣人といえば裏の左隣の三代続く豆腐屋さん、杉田さんの庭にあるハナミズキに赤い実がたくさん生って、野鳥に落とされ地面が赤く染まります。それから道路向かいの隣人である畳屋の常本さんのお宅の庭には柿の木があります。こちらは四代続くお店でして柿の木も随分と古いのですが、まだしっかりときれいな柿色の実をつけています。花や緑が少なくなる季節ではありますが、その代わりに色づくものはたくさんあります。

外を歩く方々の手袋や帽子、コートなどの秋冬のファッションもそうですよ。カラフルなものがたくさんありますから、銀杏(いちょう)並木や他の木々の紅葉、果実のように、街全体が彩られて少し楽しくもなりますよね。

夏に二匹になってしまった我が家の猫のベンジャミンとポコは、もう日溜まりができる居間の辺りから動こうとしません。ときにはカフェや古本屋の暖房の前で寝そべってもいますね。犬のアキとサチはこの時期になると元気に庭を駆け回って遊んでいます。犬にしてみれば涼しくなって動き回るのにちょうど良いのでしょうかね。今日も遅咲きの秋海棠(しゅうかいどう)の周りで二匹でじゃれあって遊んでいます。散歩に連れて行くのは主に紺や青、マードックさんなどの男性陣なのですが、少し遠回りして走ってくるのにも、秋はちょうど良いですよ。

金木犀(きんもくせい)の香りも、ご近所のそこここに漂い、いよいよ秋深き、という雰囲気になってきましたね。

そんな十月のある日。

ゆったりとした、もしくはおセンチな気持ちになりたい秋であろうとなんだろうと、我が家の朝はいつも賑やかです。家そのものは芭蕉の句のように、いえそれ以上に枯れているのですが、家の中がそんな雰囲気になるということはありません。

我が家のアイドル、かんなちゃんと鈴花ちゃんは今月の誕生日を迎えると四歳になります。子供の年齢を数えると月日の流れる早さに本当に驚きますね。ついこの間まで籠の中で眠っていたと思えるのに、今はこの家で誰よりも喋って誰よりも走り回ります。でも、いつでも賑やかなのは楽しくて良いですよね。

賑やかといえば、先月末に、我が家の常連さんの木島主水さんと、蔵の中身をデジタルデータにするお仕事で頑張ってくれた仁科由子さんの結婚式が執り行われました。いえ、お式自体は祐円さんの神社で厳かに行われたのですが、その後の披露宴は賑やかでしたね。

木島さんはフリーの記者ではありますが、藤島さんのIT企業〈FJ〉と、かつて藤島さんと三鷹さん、永坂さんで作ったIT企業〈S&E〉の両方でよくお仕事していまず。そして木島さん、元々は藤島さんが社長だった頃の〈S&E〉の社員でもあったわけですから、現社長の三鷹さんが葉山にある会社の保養施設でやろうと言い出しまして、出かけてきましたよ。

まさか全員でお邪魔するわけにもいきませんから、我が家からは勘一と我南人、そして女性陣代表で亜美さんすずみさんが出席しました。もちろん、木島さんたってのご希望でかんなちゃん鈴花ちゃんも連れて行きました。

木島さんは自分のことを汚れ仕事をする人間だ、などといつも卑下するように言っていましたが、そんなことはありませんよね。木島さんと仁科さんを祝福するために随分とたくさんのお友達が集まってくれていましたよ。それは人徳があるからこそですよ。

その後、日を改めて、我が家に木島さん仁科さんがやってきました。別々に暮らす木島さんの娘の愛奈穂(まなほ)ちゃんは花陽と同じ塾に通いとても仲良しですからね。愛奈穂ちゃんも参加して内輪のパーティです。コウさんが作ってくれたお料理を皆で楽しみました。本当に良い結婚式でしたよ。

あぁ、そうでした。先月にはそうやって新しい家族ができることもあれば、悲しい別れもありました。

小料理居酒屋〈はる〉さんの、真奈美さんのお母さん、春美さんがとうとう旅立たれました。

お医者様に言われた余命よりもはるかに長く、春美さんは落ち着いた状態のまま、残される皆と話をしながら最期を迎えられたのです。真奈美さんも、母にこんなにも静かに死を受け入れてもらえたのは皆さんのお蔭と喜んでいましたね。コウさんも、自分のような随分年を喰(く)った義理の息子を喜んで受け入れてくれた、度量の広いお義母さんだったと悲しみの中にも感謝をしていました。勘一も我南人も祐円さんも、そして藍子も紺も青も、皆が長い間ご近所さんとして共に過ごしてきた春美さんとの日々を思い、手を合わせました。池沢さんは、涙に暮れていましたね。春美さんは自分を特別扱いすることなく、まるで長年の友人のように親しく優しく接し、思ってくれていたと。

　そうやって出会いと別れを繰り返しながら、人生は続いていきますね。

　今朝もいつものように、かんなちゃん鈴花ちゃんに起こされた皆が居間に集まってきます。

　居間の真ん中に鎮座まします欅の一枚板の座卓。この座卓は実は秋も深くなりますと、炬燵（こたつ）になるんですよ。もちろん特製の長い長い炬燵布団が掛けられます。こんなにも長い炬燵はまずどこにもないでしょうから、初めて見た人はまず驚きますよね。

　自分で新聞を取ってきた勘一が上座にどっかと座り、新聞を広げて読み始めます。まだ寝ぼけた顔をしている我南人があくびをしながら、その反対側に座りました。台所ではかずみちゃん、藍子に亜美さん、すずみさんが朝ご飯の支度を手際よくやっていきます。

　かんなちゃんと鈴花ちゃん、二人の朝の席決めも相変わらずです。

「はい！　かずみちゃんはここ」

「あみおばさんはここ」

「はい！　かよちゃんだよ」

「けんとにぃね」

「はい！　すずみおばさん」

「まーどっくんね」

「はい！　あおじさんはここ」

「こんおじさんね」

「はい！　あいこおばさんここ」

決まりましたか。やれやれと皆が座り始めます。

何故か最近かんなちゃんの中では、元気よく「はい！」を付けるのが流行っているようです。そして、おじさんおばさんと呼ぶ中でかんなちゃん、青は短縮されて〈あおじさん〉になっていますよ。青はなんだかそう呼ばれる度にがっくり来てますが〈あおおじさん〉って確かに言い難いですよね。子供の感覚っておもしろいですよ。そうそう、マードックさんはいつの間にか〈まーどっくん〉になっていましたね。

大きくなるにつれて性格がどんどんはっきりしてきた二人。かんなちゃんは本当に活発で元気でちょっと男の子っぽいところがありますね。その反対に鈴花ちゃんは大人しくおっとりしていて、いつもかんなちゃんに手を引っ張られながらにこにこしています。

大勢の大人の中で育つせいでしょうかね。言葉を覚えるのも随分早かったですし、歯磨きも一人でできるようになりました。考えてみれば花陽も研人もそういうのは早かったですね。

でもまだいつも二人一緒でなければお互いに嫌みたいで、髪形も服装も全部一緒にしてますよ。亜美さんとすずみさんは正直その方が楽で助かると言ってますね。

今日の朝ご飯は、白いご飯におみおつけ、昨夜の残り物の椎茸の肉詰め、サラダは薩摩芋とリンゴで、いただきものの焼鮭におこうこはやはり秋茄子です。他にはいつもの裏の杉田さんの黒胡麻豆腐に焼海苔。おからも温かいものがありますよ。

全員揃ったところで「いただきます」です。

「とうふにケチャップかけていい？」

「オレのさ、あの白いセーターが出てないんだけど。じいちゃんに貰ったやつ」

「今日、午後からちょっと亜美ちゃんすずみちゃんとお買い物行くからよろしくね」

「このサラダ美味しいねぇえ、僕好みだなぁ。ヨーグルトサラダぁ？」

「かんなちゃん駄目よ。それはね、えーともっと大きくなってからにしようね」

「リンゴがおいしい。リンゴもっとほしいな」

「けんとくん、その sweater って、きょねん、bazaar にださなかったですか？」

「藍ちゃんついでに錆び止めのスプレー買ってきて。蔵の鍵とかに使うやつ」

「ヨーグルトサラダですよお義父さん」

「おい、バター取ってくれバター」

「勘一のせいだよ。二人とも真似するんだからやめておくれね変なものかけるのは」

「はいリンゴ。でも薩摩芋も食べてね」

「マジ？　そうだっけ？」

「いいわよ。何か他にある？　メモ書いておいて。最近すぐに忘れちゃうから」

「はい、旦那さんバターです」

「あぁバターいいねぇえ、僕もバター醬油ご飯にしようかなぁあ」

「じゃあお願いします。白いセーター買ってください」

「旦那さん！　焼鮭にバターつけるんですか！」

「おかしかねぇだろ別によぉ。ムニエルとかでもバター使うじゃねぇか」

それはそうですけれど、焼鮭につけることはないでしょう。ムニエルを食べたいならそう言ってくださいよ。それにバター醬油ご飯ですか？　近頃はそういう食べ方もあると聞きましたけれど、わたしの若い頃にはあまり見かけなかったですよ。美味しいんでしょうけどね。

今日は平日です。花陽と研人は学校へ、かんなちゃん鈴花ちゃんは幼稚園へ。そしてマードックさんは大学へ講師のお仕事ですね。

「行ってきまーす」

花陽と研人がそれぞれの制服を着て出かけるのをまずはかんなちゃん鈴花ちゃんが見送ります。どうやら二人は、花陽と研人の学校の制服をとても気に入ってるようなんですよ。二人がそれに着替えるのを見るとニコニコするんですよね。

「いってらっしゃーい!」

「いってらっしゃーい!」

二人を見送ると今度は二人でダッシュして、自分たちの準備です。幼稚園のスモックを着て、帽子を被って、小さな鞄を肩にかけます。それでカフェに飛んでいきます。

「おはようございまーす!」

「おはようございまーす!」

幼稚園の制服姿の小さな二人を、常連のお年寄りの皆さんは嬉しそうに迎えてくれますよ。お年寄りばかりではなく、中年のサラリーマンの方や学生さんにも二人は大人気です。一通り愛嬌を振りまくと、今度は庭から外に出ます。一緒に幼稚園に行く裏の会沢の小夜ちゃんを迎えに行くんですよね。そして今度は三人で近所の和菓子屋〈昭爾屋〉さんこと道下さんところのひなちゃんのお宅まで行きます。そこから幼稚園のお迎えバスに乗るんですよね。

お店で忙しい亜美さんとすずみさんの代わりに、かずみちゃんがいつも一緒に行きます。

どこのお家でもそうでしょうけれど、小さいお子さんがいる家は子供のいない午前中が、お母さんが一息つける時間ですよね。もっとも我が家は子供の世話をする人がたくさんいる上に、お母さんはそれぞれ仕事がありますからあまり変わりはしません。

それでも、やはりかんなちゃん鈴花ちゃんの声がしない平日の午前中は、どこかののんびりした空気が流れますね。

いつものように、勘一が帳場の文机の前にどっかと座り込みます。

「はい、おじいちゃん。お茶です」

藍子が熱いお茶を持ってきます。ようやく熱いお茶が美味しい季節が来たのではないですか。

「おう、ありがとな」

すずみさんが本棚に軽くハンディモップをかけていきます。近頃の掃除道具は本当に便利ですよね。軽く撫でるだけで埃がどんどん取れます。

「ほい、おはようさん」

いつものタイミングで、勘一の幼馴染みで近所の神社の元神主、祐円さんがお店に入ってきます。今日は古本屋の入口から入ってきましたね。祐円さん、カフェから入ってくるのと古本屋の入口から入ってくるのを毎日変えていますよね。どっこいしょ、と、帳場の前の丸椅子に座ります。

「祐円さん、体調はどうですか?」

「ありがとな、すずみちゃん。心配してくれんのは堀田家の可愛い女の子だけだぜ」

「日本茶にしましょうね」

相変わらずの軽口はスルーされます。夏に一度倒れてしまった祐円さん。それからはいろいろ周りが気を遣ってますよね。

「はい、祐円さん。お茶です」

亜美さんがお茶を持ってきました。

「ありがとさん。いやぁ亜美ちゃんは四十になって色香が増したねぇ」

「ま、だ、三、十、九、で、す」

祐円さん、女性の年齢についての冗談は洒落にならないので止めた方がいいですよ。

「おめぇよ、亜美ちゃん怒らすとせっかく拾った命を縮めるぞおい」

勘一も失礼ですね。本当に怒られますよ。

「いいんだよ。こうやってな、女性に対していろいろ考えるだけでボケ防止になるんだってよ」

どこの誰がそんなことを言っていたんでしょうか。まぁ枯れてしまうよりは確かに生命力に溢れていていいのかもしれません。

「あぁ祐円さんぅ、おはようございます」

「よぉ我南人。おはようさん」

何の気紛れか我南人もそのまま帳場に腰掛けました。手にはコーヒーカップを持っていますからカフェから貰ってきたのですね。

「そういや女性って言えばよ、昨日真奈美ちゃんとコウさんから聞いたんだけどな。最近〈はる〉に妙に色香の漂うおばあさんが来るんだってよ」

「なんだよそりゃ。ばばぁに色香があっても使い道がねぇだろうよ」

悪気はないとはいえ、我が夫ながらとことん失礼な言い草ですね。頭をはたいてやりたいですけど、そうもいきません。

「最近は熟女が流行っているからねぇえ」

「いやそれがさ。そのおばあさんな、いつも開店してすぐの頃にやってきて、酒を飲まずに晩ご飯を食べていくんだそうな。それでな、こう老眼鏡をかけて背筋を伸ばしてご飯を食べながらずっと本を読んでいるそうなんだよ」

「ほう」

どうでもいいと思っていた勘一が興味を持ちましたね。読書をしながら食事をするというのは、あまりお行儀はよろしくないですけれど、そういう方はいらっしゃいますよね。特にうちのカフェなどは食事もできますから、古本屋で本を買ってそのままご飯を食べながら買った本を読んでいる方はけっこういらっしゃいます。

でも、小料理居酒屋である〈はる〉さんで、というのは珍しいかもしれませんね。どのような本なのでしょうね。

「幾つぐらいのおばあさんなのぉ？」

「真奈美ちゃんが言うには、若くは見えるけれど、年の頃なら六十後半か七十。かずみぐらいの年かなってな。読んでいる本は単行本だったり文庫本だったり、新刊から明治の文豪まで何でもござれって感じだってさ」

うむ、と、勘一頷きます。

「で、そのおばあさんがどうしたって話なんだよ。本好きならそれで結構なことじゃねぇか。〈はる〉に行く前にうちに寄って本を買ってってくれってもんだ」

「そこよ」

「どこだよ」

祐円さん、ずい、と身を乗り出します。

「実際のところさ、小料理居酒屋で一人、飯食って本だけ読んで帰る老婦人ってのもそうそういないじゃないか。でな？　真奈美ちゃん話しかけてみたんだってさ。読書がお好きなようですけど、うちの常連さんに〈東京バンドワゴン〉っていう古本屋さんがいるんですよ、すぐそこなんですよって」

「おう、真奈美ちゃん、さすが商売がわかってるじゃねぇか。それで？」

「そしたらそのご婦人な。にっこり笑って言ったたってさ。『ええ、存じ上げております。この本も今日そこで買ったんですよ』って」

あら、うちのお客様だったんですか。ふむ、と、勘一煙草に火を点けて、腕を組んで天井を見上げました。我南人もコーヒーを飲みながら考えていますね。

「六十後半か七十絡みで、ばあさんのくせに色香のあるご婦人、か。すずみちゃん、覚えがあるかい」

本を片づけながら一緒に話を聞いていたすずみさんも首を捻りましたね。

「その年頃のお客様は、ちょっと記憶にないですね。いつの話ですか？　それ」

「俺は昨日聞いて、真奈美ちゃんがそのおばあさんと話したのはその三日前だったたってさ」

「てぇと、四日前の客か」

ポン！　と、すずみさんが手を打ちました。

「いらっしゃいました！　覚えてます。焦茶色(こげちゃいろ)のトレンチコートを粋に着こなした女性の方！　私は五十代ぐらいの方かなって思ったんですけど若く見えるっていうんなら、その方かもしれません」

「初めての客かい」

「ひょっとしたら、この一ヶ月ぐらいで二、三回いらっしゃってるかもしれません。どんな本を買ったかまでは覚えてないんですけど、単行本でした」

もちろん一概には言えないですけれど、古本屋で単行本をお求めになるお客様というのは、その本を探してやってくるかなりの本好きである確率が高いですよね。まぁそもそも古本屋に来る時点で本好きなのは間違いないんですが、新刊書店にはなくなってしまった本で、単行本という形態を好むので探しに来たというパターンが多いですよ。

「そうそう、何でも最近になってこの辺りに引っ越してきたって言ってたらしいぜ。これからも通うからよろしくってよ」

「そうかい。じゃあまぁまたうちにも来てくれるんだろうさ。今度そういう女性が本を買いに来たら〈はる〉に行きましたかいって声を掛けてみるさ」

「おう、そうしてくれよ。何でしたら今度〈はる〉で一杯ご一緒しませんかってさ」

祐円さんはいくつになってもそんな感じですね。本当によく神主が務まっていたものだと思いますよ。でも本当にもうお酒はほどほどに、いえ、一杯だけにしてくださいね。

からん、と、古本屋のガラス戸が開きます。朝早くからお客様ですね。

「おはようございます」

開店してすぐのお客様にはそうやって勘一は言います。お客様は、年配の男性ですね。スーツ姿で四十か五十絡みでしょうか。鞄を提げて、いかにも朝の通勤途中の方のようです。

ひょい、と、祐円さんが腰を浮かせてカフェに移動していきます。年配の方が真っ直ぐに帳場に向かってきたからですね。

「おはようございます。こちらのご主人でいらっしゃいますか？」

「さようで」

「朝早くからご商売のところに申し訳ありません」

鞄を床に置いて、背広のポケットから名刺入れを取り出しました。

「私、近くの区立図書館で館長をしております真田と申します」

あら、思い掛けないお客様ですね。

「こりゃご丁寧にどうも。店主の堀田勘一です。生憎名刺はないもんで、こちら店のカードですいませんね」

「頂戴いたします」

うちの店名と電話番号、住所とメールアドレスを印刷したカードですね。手作りなので、減ってきたら紺か青がパソコンとプリンターで作ります。勘一が受け取った名刺を見ました。

「真田一也さん、と。前任の笠原さんが異動なされて、何年になりますかな」

「はい、二年になります。実は、こちらのお店の話は笠原から聞いてはいたのですが、図書館の改装などのタイミングが重なり何かと慌ただしく、ご挨拶が遅れまして本当に申し訳ありません」

勘一が苦笑いして、手をひらひらさせました。

「そんなに恐縮されちゃあこっちが困りますぜ。こちらはただの古本屋で、笠原さんは個人的にここに通っていたお客様ってだけですからな。あなたが挨拶しに来る義理なんかねぇんですから、お気楽に。ま、お座りください」

そうですよ。お互いに、できるだけたくさんの方に本を読んでもらうために毎日仕事をする者同士。お仲間ですよね。

「これから出勤ですかい」

「そうなんです。実はちょっと確認したいことがありまして、途中下車して寄らせていただきました」

区立図書館はここからも歩いて行けますが、一駅向こうの駅からの方が近いですからね。館長さん、実は、と言いながら一冊の本を鞄から出しました。

「この本なんですが、こちらで取り扱ったものではありませんよね？」

「ちょいと拝見」

勘一が受け取ります。これはかなり古い本ですね。すずみさんも興味津々で覗き込みました。

「ほう。内田百閒『明暗交友録　百鬼園抄』ですな。こりゃ懐かしい表紙だ。昭和の二十四年の本ですから、おおよそ六十年も前のものになりますか。こりゃ大した立派な古本ですな。状態もかなり良い」

わたしも久しぶりに拝見しました。

「あぁ、良い本だねぇ。大好きだよぉお」

我南人が言います。そういえばこの子は内田百閒さんの本を好んでよく読んでいましたよね。

奥付に我が家の屋号入りの値札は貼ってないですね。ふむ、と勘一が虫眼鏡でじっくり見ます。

「剝がした跡もないようですから、うちで売っていた本ではありませんな。その他に値付けをした形跡も、見たところはないようですな」

カタカタと音を立てて、後ろですずみさん、パソコンで検索しています。

「うちに在庫は一冊ありますね。ちょっと待ってください」

素早く立ち上がり、本棚の間を走ります。

「ありました！」

「ってことですが、これがどうかしたんですかい」

「はい、実はですね。ここ数ヶ月の間、うちの図書館ではこれを含めて〈謎の本〉が開架書架に置かれているんです」

「謎の本？」

「置かれている？」

すずみさんと勘一が首を捻りました。

「誰かが勝手に本を置いていってるんですか？」

すずみさんが訊きました。

「そのようです。本を整理している司書が発見するのですが、時には週に四冊も見つかることがありました。ご利用のお客様が勝手に本を置いていくこと自体は、昔からごくたまにあることなんですが、最近はあまりにも頻発するものでして」

「そりゃあ、ちょいと困りますな」

「そうなのです。そして、置かれている本が、ほぼ全部、このようなものも含めていずれもけっこうな古本なんです。少なくとも新刊を扱う本屋さんで購入したのではないようなものなのです」

ふむ、と、勘一腕を組みました。

「個人の蔵書か、あるいは古本屋で入手したような本ばかりってことですな」

「そういうことなんです。もちろん、通常なら勝手に本棚に置かれた本は忘れ物として扱いますし、然るべき手続きをして寄贈本や、リサイクル本、もしくは除籍本とするなどいろいろ方法はあるのですが、どうも、ここ数ヶ月に頻発するこれは、私が見る限りではどれもこれも〈古書〉としても貴重なのではと考え、ひょっとしたらどなたか一人の仕業ではないかと思いましてね」

それでうちを訪ねてきたということですね。勘一が成程ねぇ、と首を捻ります。

「犯人は単独犯ってことですな」

「いえ、お客様ですから犯人扱いなどしませんが」

「冗談ですよ。確かにこの状態の本をいくつも持っているとなると、しかも置いていくとなればそうそう何人もいるはずがないですな」

「この本ですと、お幾らぐらいになるんでしょうかね」

「そうですなぁ、こいつぁかなり状態が良いのでねぇ。まぁ二千円、いや三千円はつけたいところですな。店によっては四千円つけるところもあるかもしれませんな」

そんなにしますか、と、真田さん驚きます。

「その謎の本ってのは、ここ数ヶ月でどれぐらいの数になったんですかい」

真田さん、はい、と少し考えました。

「昨日の段階で、二十七冊ですね」

それは、本当に結構な数ですね。それだけの数の本を、勝手に図書館に置いていく人がいるのですか。

勘一も、そいつは厄介ですな、と頷きます。

「あれですな、とりあえずその本のリストがあるんならそれを預けてくれりゃあ、もう一度我が家の蔵書を調べてますし、古本屋の仲間内にも訊いてみますぜ。これらの本に何か心当たりはねぇかとね」

「いや、そんなお手間をとらせては申し訳ないですので」

「なぁに、そんな大した手間でもねぇし、困ったときには相身互いってもんですよ。リストはどうせデータになってるんでしょうや。メールでそのカードのアドレスに送ってくれりゃあ一発ですからね」

そうですよね。お互い本に囲まれた中で仕事をしている者同士です。それにきっと勘一は紺や青に任せますからね。どうぞご心配なく。

挨拶して、真田さんが帰っていきます。我南人がその後ろ姿を見ながらコーヒーをまた飲みます。何か少し考えるように首を捻りましたね。

「ふぅうんぅ」

「なんでぇ変な声出してよ」

「いやぁ、何でもないねぇえ」

そのまま立ち上がってふらふらと家の中へ戻っていきました。我が息子ながら、相変わらずこの男が何を考えているのかさっぱりわかりませんよ。

二

今日も子供たちのいない平日の一日がいつものように流れていきました。

カフェでは藍子と亜美さんと青が働き、古本屋は勘一とすずみさん、紺は居間でカタカタとキーボードを打って執筆して、かずみちゃんは家事をこなしてくれています。

我南人は外出しましたが、珍しく居場所がはっきりとわかっています。近頃は新しいアルバムのための曲作りや録音、練習などでバンドの〈LOVE TIMER〉の皆さんとスタジオに籠ったりしているのですよね。今日からは葉山に住んでいます音楽仲間の龍哉さんのお宅にあるスタジオにお邪魔しているとか。

龍哉さんには、勘一の妹であり亡くなった淑子さんの件から随分お世話になっていますよね。研人もよく遊びに行ったりしていますから、親しき仲にもなんとやらで、いつかきちんとお礼をした方がいいと思いますよ。

朝の混雑の時間帯が過ぎて、カフェにものんびりとした空気が流れてきた頃、サングラスをかけた長身長髪の方が入ってきました。我南人じゃないですね。風一郎さんじゃないですか。

「あら、お久しぶりです」

藍子が言うと、風一郎さん、軽く手を上げました。

「藍ちゃんどうも」

我南人の後輩であり、ロックンローラーの安藤風一郎さん。若い頃はよくうちに遊びに来ていて、藍子や紺、青とよく遊んでくれていましたよね。ミュージシャンという職業の常でしょうけど、浮き沈みがありまして、それでちょっとしたゴタゴタもありました。本人もアルコール依存症で苦しみましたよね。

「今日はね、ただの客。近くまで来たから寄ったんだ。勘一さん、いる？」

「いますよ」

「じゃ、コーヒーね」

そのまま風一郎さん古本屋へ向かいます。

「よぉ風の字じゃねぇか。なんだよ太ったんじゃねぇか？　幸せ太りか？」

勘一がからかいます。一時期はどん底まで行ったと自分で言ってましたけど、今はすっかり復活しましたよね。少し前のヒット曲〈ホームタウン〉は、研人との共作ということになっています。

「勘弁してください。ようやく昔に戻っただけですよ」

風一郎さん、笑いながら帳場の端に腰掛けます。

「健康になったからって油断すんなよ。今度は糖尿病とかが来るぞ。奥さんや娘さんは元気かい」

「お蔭様で。ご無沙汰しちゃってすいません」

「元気でやってりゃいいやな。おめぇの方も順調なんだろう？」

近頃は風一郎さん、ライブを精力的にこなして、新しいファンの方もかなり増えたと我南人も言ってましたよ。

「なんとかやってますよ。今日は我南人さんは葉山ですって？」

「おう、そうだ。久しぶりに新しいアルバムを作るってな。近頃は随分と一生懸命働いていて静かでいいぜ」

風一郎さん、うん、と頷きます。

「聞きましたよ。何でも四十年前のあの曲なんかも新しい録音で入れるって」

「あの曲？」

「まだ聞いてませんでしたか？　ほら、当時いろいろ放送禁止とかで騒がれたじゃないですか」

あぁ、と、勘一頷きます。

「そういう歌な。そういやぁそんな騒ぎもあったな。あいつの場合はやることなすこと騒ぎになったんでもう全部忘れちまったぜ」

ありましたね。確かプロテストソングとか言いましたね。

あの頃は、体制批判や戦争反対や、様々な問題提起の曲をたくさんのミュージシャンの方たちが作っていました。我南人も例外ではなかったですね。あまりにも過激な歌詞のためにラジオやテレビでは放送禁止歌などと言われて、掛けられなくなりました。

「すげぇ楽しみにしてるんですよ。あ、まだオフレコのはずなんで、家族の人以外には内緒ですけどね」

「そいつはわかってるけどよ。そんなもん新しく録音してまた騒ぎになるんじゃねぇのかあいつは」

風一郎さん、軽く笑いました。

「時代が違いますよ勘一さん。全然平気だと思いますよ」

歌は世につれ世は歌につれ、などと言いますけど確かにそうですよね。わたしも随分といろんな音楽を好んで聴いたりしてきましたが、時代の空気と大衆音楽は確かに背中合わせに流れるものだと思います。

「俺も今度スタジオに参加してきますんで」

「そうかよ。まぁおめぇの方がぐんと若いんだからよ。あいつの尻蹴っ飛ばして我が家の家計のためにもせいぜい働かせてくれや」

我南人も六十半ばを過ぎたとはいえ、我が家の大黒柱のひとりですからね。そもそも我が家は一人一人の大黒柱の稼ぎが悪いので、何本も立てなきゃやっていけませんから。

古本屋はお客がわんさかと入ってくる商売ではありません。勘一は帳場にずっと座っていますが、その大半は本を読んでいますよ。新しいものから古いものまで、我が家に収蔵されている本は膨大なものになります。売り物がどんなものであるのかをわかっていなければ、お客様に自信を持ってお勧めなどできません。古本屋の主の日々は、本を読むことで過ぎていくようなものです。

すずみさんは帳場の隣や、ときには蔵の中で、毎日のように入ってくる古本のデータベースを作ったり本を整理したり、きれいにしたり、忙しく動き回ります。もちろん青もそれを手伝いますし、力仕事や、古本の大量引き取りなどには青が動きます。比較的新しい本であれば軽く汚れを落とすだけで済みますが、貴重な古書などを手に入れれば、その古書の紙質に見合った掃除の仕方をしなければなりませんからね。蔵の中に籠って一日中古書の掃除をしていることだってあるのです。本当に、本が好きじゃなければ務まりません。ましてやすずみさん、お母さんとしてのお仕事もありますからね。

お昼前、からん、と、古本屋のガラス戸の土鈴が鳴りました。あぁ、お久しぶりの顔ですね。元刑事の茅野(かやの)さんですよ。

「あら、茅野さん」

「よぉ、久しぶりじゃねぇか」

「どうも、ご主人ご無沙汰してました」

いつもお洒落な格好の茅野さんですが、今日はグレイのチェック柄のダブルのコートですか。

偏見かもしれませんが、刑事というお仕事にお洋服のお洒落は無縁のような気がするのに、現役の頃からずっとお洒落でしたよね。そのセンスは一体どこでどのようにして身に付けたんでしょうか。

「何だか茅野さんも少し太ったんじゃねぇか？」

「え？　も、とは？」

「いやさっき風一郎の奴が来てな。あいつも幸せ太りしてたもんでよ」

あぁ成程、と茅野さん苦笑いします。

「いやお恥ずかしい。実は一ヶ月ほど前に足を挫いてしまいましてね。どこにも行けずに家で食っちゃ寝、食っちゃ寝していたもので。ご無沙汰していたのはそのせいだったんですよ」

あら、そうだったのですね。もう足の方は大丈夫なんですね。

「気をつけてくれよ。あんたは俺より随分と若いっても、もう六十過ぎなんだからよ」

「まったくです。暇にあかせてこんなものをたくさん作ったものですから、箸休めにつまんでもらえたらと思いまして持ってきました」

「お、奈良漬けかい。こりゃすまないね」

「美味しそうですね！」

すずみさんが笑顔になります。すずみさん、白いご飯が大好きですよね。ご飯のお供があれば何杯でも食べられると言ってますから。そういえば茅野さん、この間来たときには奥さんが近頃漬物作りに凝っていると言ってましたよね。それで一緒に作られたのでしょう。


「それで、ご主人」

「おう」

「久しぶりに外出できて嬉しくてですね。お店に入る前にこの辺りをぐるりと回っていたんですがね」

茅野さん、お店を見回し、カフェの方も覗き込みます。何かありましたか。

「カフェでアルバイトを雇ったとかは、ないですよね？」

アルバイトですか？　勘一もすずみさんもきょとんとします。

「いや？　雇ってねぇぜ？」

「裏の、会沢の玲井奈ちゃんにたまに手伝ってもらってますけど」

「いや、玲井奈ちゃんなら私もすぐにわかります。実は、先程ですね。若い女の子がお宅の周りをうろうろしてまして」

若い女の子ですか。我が家で若い女の子絡みの騒ぎといえば青でしたけど、近頃はとんとご無沙汰ですよ。

「何だろう、誰だろうと思ったら、まぁ染みついた習慣でつい身を隠して様子を窺ってしまったんですよ」

元刑事さんですからね。勘一も苦笑いします。

「そうしたらですね、周りを気にして、誰にも見られないようにという様子でお宅の裏へ回っていきましてね。何をするんだと後を尾けましたら、庭の辺りを見回して写真を撮っているんですよ」

「庭の写真？」

「カメラでですか？」

「いや、スマホででしたけどね。誰もいないのを確認して、角度や場所を変えて、何枚も何枚も撮っているんですよ。まぁ若い女性ですし、たとえば古い建物好き、なんていう趣味の人もいますから見守っていたんです。そうしたら、そのまま立ち去りましてね」

勘一も首を捻って、顔を顰めましたね。

「我が家を写真に撮っていく古い建物好きの連中はたまぁにいるわな。わざわざ許可を取っていくのもいるし、黙って撮っていくのもな。そんなのは目くじら立てるようなもんじゃねぇから放っておいているけどよ」

さすがに裏の庭に回って撮ろうという人は、きちんと許可を取りにお店に言いに来ますよね。

「どんな感じの女の子だったんですか？」

すずみさんが訊きます。

「年の頃なら二十代前半。大学生か社会人かというと、雰囲気は社会人ですな。ある程度の落ち着きが物腰にありました。髪形は肩ぐらいまでのふわふわとしたナチュラルな癖毛ですな。染めていない黒髪で、爪も派手なマニキュアとかつけ爪もありませんでしたな。黒縁の眼鏡を掛けていまして、顔立ちは地味といえば地味ですが、清楚な感じの娘さんでしたよ。お化粧もナチュラルメイクと言うんですかな？　そういう感じです。それらを総合して、わりとお堅い職業なのではないかと判断しました。しかし今日は平日ですから、土日が休みではない、もしくはシフト制の職場ですな」

うぅむ、と、勘一が唸りました。すずみさんも少し眼を丸くします。さすが元刑事さんですね。そこまで観察していましたか。

「さすがだが、若い娘さんに庭を盗撮される心当たりはとんとねぇなぁ」

「まぁ剣呑な雰囲気はありませんでしたのでね。私もそれ以上は後を尾けたりはしなかったのですが」

そこで、賑やかな声が裏の木戸の方から聞こえてきましたよ。木戸から入って裏玄関が開いて、かんなちゃん鈴花ちゃんが幼稚園から帰ってきました。今日は午前保育の日なのですね。あっという間にその声が居間を通り越して古本屋に響きます。

「おおじいちゃんただいまー！」

「ただいまー！」

「おう、お帰り」

「お帰り、かんなちゃん鈴花ちゃん」

「かやのおじさん！」

小夜ちゃんとお母さんの玲井奈ちゃんが一緒ですね。いつも迎えに行ってくれてありがとうございます。

「玲井奈ちゃん、お昼ご飯食べて行ってねー」

かずみちゃんの声がしました。

「いつもすみませーん。勘一さん、お邪魔します。あ！　茅野さんお久しぶりです！」

玲井奈ちゃんが居間の方から店に顔をのぞかせて言いました。茅野さんも、どうも、と手を上げました。

「おう、毎度ありがとな。ちょうどいいや、大したもんじゃねぇが、茅野さんも上がって食っていけよ。奈良漬けも一緒にさ」

「いやこれは、何だかすみませんお昼時に来てしまって」

どうぞどうぞ。簡単なものしかありませんし、食事は大勢で食べる方が楽しいですからね。

玲井奈ちゃんのお母さん、三保子さんは今も現役で保険の外交をされているんですよ。ですから、三保子さん、裕太さんと夏樹さんがそれぞれ会社に行っている昼間、玲井奈ちゃんは小夜ちゃんと二人きり。午前保育の日はこうして我が家で一緒にお昼ご飯を食べることが多いですよね。

カフェと古本屋、二つも店をやっていますから、いくら家訓の〈**食事は家族揃って賑やかに行うべし**〉があるとは言っても、お昼ご飯はさすがに無理です。ですからいつも簡単なものを用意して、その日の都合を考えながら適当な順番で食べるようにしています。

今日のお昼は、大人はお稲荷(いなり)さんと肉うどん、子供たちはオムライスですか。美味しそうです。

居間の座卓にかんなちゃん鈴花ちゃん、小夜ちゃんに玲井奈ちゃん、そして勘一と紺に茅野さん、かずみちゃんも一緒につきました。カフェはランチタイムで忙しいので、藍子と亜美さんに青も手伝っています。ランチタイムにやってきてそのまま古本屋で本を買ってくれる方もけっこういらっしゃいますので、すずみさんが店番です。

「いただきまーす」

「はいどうぞー」

たくさん食べて大きくなってくださいね。

「そういえば、勘一さん」

「ほい、なんだい」

玲井奈ちゃんが話しかけます。

「うちの兄、最近どうも休日に区立図書館に通ってるらしいんです」

「ほう」

区立図書館ですか。元々読書好きの裕太さんですからね。図書館も利用されるでしょう。そういえば今朝そこの館長さんが来られましたよね。

「あんまりこっちに顔を出さないでしょう？」

玲井奈ちゃんが済まなそうな顔をしますね。そういえばそんな話をしていましたね。

以前は休日の度に本を買っていたのに申し訳ないと。勘一が軽く手を振りましたね。お箸を持ったままはお行儀悪いですよ。

「んなのは気を遣うことねえって。ご近所になったからっていつもうちで買った本を読まなきゃならねぇんなら、我が家は儲かってしょうがねぇぜ」

「そうだよ玲井奈ちゃん」

紺ですね。

「別に図書館で本を借りて読んだって、うちに申し訳ないって思う必要なんかまったくないからね」

「私もこの通り古本好きですが、図書館も新刊書店もよく利用しますよ」

茅野さんも言います。その通りですね。別に図書館と古本屋、もしくは新刊本屋さんは敵対しているわけではありません。どちらも、たくさんの方に本をお届けするためにあるものですから。

「でも、ですね」

玲井奈ちゃん、ちょっと顔を顰めました。玲井奈ちゃんは顰め面をするのが癖なんですが、その顰め面が可愛らしいと評判なんです。少しばかりカフェを手伝ってもらうときなど、お客様からオーダーを取ってメモするときにその顔が出てしまうんですよね。

「図書館から本を借りてくるのはいいんですけど、必要以上に借りてくるんです」

「必要以上？」

「そうなんです。仕事関係の本も借りてはくるんですけど、その他に小夜のためにって絵本とか自分が読む小説とかたくさん借りてきて、どうがんばっても期日までにゼッタイ読めないよね？ってぐらい。特に小夜の絵本なんか、堀田さんからもたくさん借りているのに、ダブったりするんですよ」

ふむ、と、勘一もかずみちゃんも紺も首を捻ります。確かに、我が家は商売柄絵本がたくさんあって、かんなちゃん鈴花ちゃん用にお部屋にずらりと並んでいます。しかも二人で一緒の本を別々に読みたがったりしますから、同じ本が二冊並ぶこともあります。

それを小夜ちゃんにも貸していたりしますね。

玲井奈ちゃん、ちょっと悪戯っぽくにやりと笑いましたよ。

「何かあるんじゃないかと思ってるんです」

「何かって？」

「図書館に、誰か好きな人がいるんじゃないかと」

ポン、と勘一が座卓を軽く打ちました。

「そっちの方面の話な。成程な」

そういうことですか。図書館にお勤めとなると、司書さんですかね。

「勘一さんは仕事柄、あの図書館の司書さんを知ってるとかないですか？」

勘一と紺が顔を見合わせましたね。確かにここからいちばん近いのは区立図書館ですけどね。

「前任の館長さんはよく来てくれたがな。偶然ちゃあ偶然だが、真田さんってのが今の館長さんでよ。今朝ちょいと用事があって初めて来てくれたが、その程度だな」

「僕もたまには図書館を利用したりするけれど、特に親しい司書さんはいないなぁ」

そうですか、と、玲井奈ちゃんがっかりします。

「でもよ。あれだ、裕太の野郎が最近こっちに顔を出さねぇとか話したのは何ヶ月も前だよな」

「それなのにいまだに何にも玲井奈ちゃんは知らねぇってことはよ、あれじゃねぇのか。仮にそうだったとしても、進展がまるでないってことじゃないのか」

そこなんです！　と、玲井奈ちゃん力を込めました。

「ワタシとしては早くあの堅物の真面目一徹の兄に彼女なりなんなりできてほしいんですよ。人生には仕事以外にも楽しいことがあると知ってほしいんです。なので、何故図書館に通い詰めているのか調べたいんですけど、なかなか忙しくて」

そうですね。小さい子供がいるお母さんは大変なんです。ましてや玲井奈ちゃんは、あの家で主婦として旦那さんの夏樹さんに兄の裕太さん二人分の世話もしているんですからね。毎日のご飯の準備にお洗濯、お掃除にお買い物だけで手一杯ですよね。

「そういうことなら、私が少し調べてみましょうか？」

茅野さんが言いました。

「いいんですか茅野さん！　そんなつまらないことを頼んじゃって」

「どうせ毎日時間を持て余している身ですからね。ましてや図書館となると、私は何時間でも過ごせますからね」

そうですね。

「どうせ裕太が図書館に行くのは休みのときだけだろうからな。お言葉に甘えな玲井奈ちゃん。元刑事はきっとあっという間に調べを付けてくるぜ」

三

翌日は雨になりました。

秋の雨、というのは文字面や映画などではなかなか情緒も風情もあるものですが、実際の暮らしの中では、冷たく身体に染み込むような感じがして、ちょっと困りますね。猫のベンジャミンとポコ、そして犬のアキとサチは縁側で並んでガラス戸に当たる雨の滴(しずく)を眺めています。おもしろいですね。ベンジャミンとポコは寝そべっていますが、アキとサチはちゃんとお座りしています。

犬や猫たちは雨が降るとときどきそうしていますよね。ガラスを流れる雨の滴が気になるのか、何か他に理由があるのか、訊けるものなら一度訊いてみたいものだといつも思っています。

カフェも雨の日はお客様が少しばかり減ります。古本屋はいつもとそんなに変わりませんが、本にとっては雨の滴は大敵ですので、いらしたお客様のために傘立てを用意します。これは背の高い陶器の壺(つぼ)の口を工夫したもので、十本ぐらいはきちんと立てられるのですよ。その他にもレインコートやハットなどでいらした方のためにハンガーも用意します。

実はこれも開店当時から続く伝統なのです。その頃は今より本の紙質も悪く、ものによっては墨で手書きの本などもありましたからね。雨の日は随分と気を遣ったものだと聞いています。わたしがお店に出ていた頃はお客様にタオルなどをお出しすることもあったのですが、今はなかなかできませんね。

ランチタイムが過ぎた頃、お客様が少ないので居間で藍子と亜美さん、すずみさんが三人揃って休憩しています。カフェは珍しく青とかずみちゃんが二人でやっていますね。この二人のコンビというのもなかなか見られない貴重なものです。

かんなちゃん鈴花ちゃんは、小夜ちゃんのおうちで遊んでいます。マードックさんは大学へ行き、紺は出版社との打ち合わせとかで出かけています。我南人は昨日から葉山の龍哉さんのスタジオに行きっぱなしですね。しばらくは帰ってこないのでしょうか。

からん、と、古本屋のガラス戸が開きました。あれはマッキントッシュというブランドのレインコートですね。我南人も持っていますから知っています。オリーブグリーンと言えばいいのでしょうか。渋い色合いのお揃いのレインハット。

間違いなく茅野さんですね。

「おう、茅野さん」

「どうも、ご主人」

　茅野さん、慣れた様子で、さっとコートを脱いで雨滴を外で払い、ハンガーに掛けます。

「連日のお出でかい」

　勘一が笑いながら言いましたが、茅野さん、真面目な顔をして帳場に近づき丸椅子に座ります。

「いやそれがですね。実は今、区立図書館に行ってきたんですよ」

「図書館？　昨日の裕太の件でかい」

　そうなんです、と、茅野さん頷きます。

「しかし裕太の野郎は今は会社に行ってるだろう」

「ええ、ですが、今まで図書館の司書さんの様子などまったく気にしていませんでしたものでね。とりあえず何人の司書さんがいるのか、そして裕太くんの恋のお相手とはどんな人物だろうと、あたりだけでも付けておくかと見に行ったんですよ。ほら、裕太くんが若い男とはいえ、恋の相手も若い女性とは限らないじゃないですか」

　おお、と、勘一頷きます。

「そういやぁそうだな。案外年増好みとかな」

「ひょっとしたら男の人ってことも考えられますよね。それはまぁ個人のあれですからともかくも、司書さん全員を把握しておこうとしたんです。本を探すふりをしながら司書さんを一人一人確認していって、びっくりでして」

「どしたい」

「ここの庭の写真をこっそり撮っていた、怪しい若い女性の話をしたじゃないですか」

「したな」

「その娘さんが、あそこの図書館で司書をやっていたんですよ！」

「あぁ？」


ちょいとゆっくり話をしようかと、茅野さんに居間に上がってもらいました。藍子と亜美さん、すずみさんも興味津々ですね。

「茅野さんが言うんだから間違いねぇんだろうな」

お茶を飲みながら勘一が言います。

「そりゃもう。保証します」

「図書館の司書の方なら、茅野さんが言っていた〈堅い職業で土日が休みじゃない、もしくはシフト制の職場〉っていうのもピッタリですね！」

すずみさんです。

「さすがの推理ですね」

亜美さんも頷きました。

「で、その娘さんですがね。お名前は野島真央さん。年齢は二十四歳と。お住まいは豊島区ですな。ご出身もそちらなのでおそらく実家住まいですね」

「もうそこまで調べたんですね」

　藍子が感心します。

「お前たちは元刑事ってことを忘れてんじゃねぇのか。で、その真央ちゃんかい。うちの庭の写真を撮っていった女の子。年齢的には裕太としっくり来るが、玲井奈ちゃんのいうところの恋のお相手ってことは考えられるのかい」

　茅野さん、こくりと頷きました。

「ちょうどお昼時が来たんでね。司書の方々も交代でご飯を食べに出るだろうと張ってましたら、真央さんともう一人、年配の河原さんという女性が二人で出てきましたんで後を尾けたんですよ。近くの定食屋に入っていったのでこれ幸いと私も入りました」

「で、首尾よく同じ卓についていろいろ話を聞けたと」

「そういうことです」

　亜美さんが、ずい、と前に出ましたね。

「いつも不思議に思っていたんですが茅野さん」

「はいはい」

「もう刑事じゃないですから、警察手帳はないですよね。そういう若い女性と話をするために知り合うのにどういう手段を使うんですか？」

茅野さん、苦笑します。

「手段も何もないですよ。この通りの定年過ぎた老人ですからね。ちょっと足元がふらついたふりをしてコップのお水をこぼしたりすれば、いやすみませんと謝罪で挨拶できますからね。向こうが心優しい方なら、大丈夫ですか？　と年寄りを心配してくれる。そうなればもう、しめたものですよ」

勘一が頷きます。

「俺ぁ前によ、ほら茅野さんの上司で亡くなられた橋田さんに聞いたことあるぜ。茅野さんはこの通りいつも刑事とは思えねぇダンディな格好じゃねぇか。その理由ってのが、女性への聞き込みをしやすくする工夫だってな。現役の頃は、女性相手の聞き込みや捜査は茅野に任せろって評判だったらしいぜ」

藍子も亜美さんもすずみさんも、ポン、と手を打ちました。

「それでですか！」

茅野さん、照れましたね。

「いや、お恥ずかしい」

確かにそうですよね。うらぶれた薄汚れた感じの刑事さんより、こうしてパリッと決めた刑事さんの方がなんとなく話しやすいし、信用もおけますよね。

「若い頃にね、先輩の刑事に言われたんですよ。お前は決してご面相がいいわけではないが、洒落た格好が似合うしそれが嫌みにならない顔をしている。だから、いつも変装するつもりでそういう格好をしてろと。そうすれば相手の女性は胸襟（きょうきん）を開いてくれるだろうと」

「それがもうすっかり習い性になっちまったってな」

女性陣、納得の顔ですね。

「それで、ですな。さすがに短い時間で突っ込んだ話はできなかったんですが、真央さんですな。とても好ましい感じのお嬢さんでしてね。一緒にいた四十絡みの河原さんという方とも仲良くやっているようでして、怪しいことをするような女の子には思えないんです。本が大好きで、それに携わる仕事ができて嬉しいと笑ってましてね。まぁすずみさんみたいな女の子ですよ」

「とてもいい子ですね！」

すずみさんの冗談に皆が笑います。

「それじゃあよ、うちの庭の写真をバシャバシャ撮っていたのは、単に趣味って感じかね」

「それがですな」

茅野さん、顔を少し顰めました。

「帰りしなに、私が古書好きで〈東京バンドワゴン〉という古本屋に入り浸っているんだと話したらですね。一瞬でしたが、間違いなく顔が強ばりました」

「強ばった」

藍子が言うと茅野さん頷きます。

「間違いなく、何かしら負の感情がそこに入っていましたね。明らかに彼女の中にこの店への何らかの思いがあるようですね」

うぅむ、と勘一が唸りましたね。

「人様に恨まれるようなことはしてねぇつもりだがなぁ。ましてや若い女の子だろ？三人ともその名前に覚えはねぇよな？」

藍子と亜美さんとすずみさんに勘一が訊きましたが、三人揃って首を傾げましたね。

「まったく覚えがないですね」

亜美さんが言います。

「顧客登録してあるお客様にもそういう名前の女性はいないです」

すずみさんです。

「青ちゃんってことはないわよね。もう添乗をしなくなって随分経つしね」

藍子ですが、すずみさんも唇をちょっと曲げましたね。

「ないとは思いますけどねー」

立ち上がってささっとカフェまで走り、訊いています。すぐに戻ってきましたよ。「名前も聞いたことないし、まったく覚えがないですって。そこは信用してあげましょう」

そうですね。もっと若い頃は確かに軽い男でしたけど、決して嘘つきではないですからね。

「まぁ裕太くんのことまではさすがに訊けなかったのですが、それは今度の土日、あ、明日が土曜ですか。裕太くんが図書館に行くようなら確かめれば済むことなんですが、写真の件はねぇ。直接どういうことか訊いてみないことにはねぇ」

「そうさな」

勘一が煙草に火を点けて、煙を吐きます。

「一石三鳥ってか」

「なんです？」

「いやな、ほら、昨日の朝に区立図書館の館長が来たって言ったろう？」

「言ってましたね」

「そんときに妙な話を聞かされてよ。後で説明するが、そいつと裕太の恋と謎のお嬢さんだ。偶然たぁいえ図書館絡みの話が別々に三つも転がり込んできたんでな。ついでに全部まとめて茅野さんに調べてもらおうかとさ」

茅野さん、眼がきらきらしてきましたね。

「お安い御用ですよ」

何ですかいつもそんなことばかりお願いしてすみません。

夜になりまして、晩ご飯が終わった後に寝酒に一杯だけ飲みませんか、と、藤島さんから電話がありました。何やらちょっとだけ話があるとかで。

勘一と紺と青が、小料理居酒屋〈はる〉さんへ出かけていきます。そんなに頻繁に出かけるわけではありませんが、その間女性陣は留守番ですね。マードックさんはアトリエでお仕事です。

我が家のお風呂は二、三人なら一緒に入れる広さが自慢のお風呂です。ですから、かんなちゃん鈴花ちゃんはいつもお風呂に一緒に入る大人を、誰にするかを自分たちで決めるんですよ。

お父さんである紺と青は娘と一緒に入りたがるのですが、実は一週間に二回ぐらいですかね。後は、お母さん二人とだったり、花陽とかずみちゃんだったり、藍子だったり、勘一とマードックさんだったり、いろいろです。でも、指名された大人たちにもいろいろ都合はありますからいつも二人の要望が通るとは限りません。紺とすずみさんが一緒に入るわけにもいきませんからね。この間は花陽と研人が指名されましたが、二人でうーんと唸って、やっぱりもう無理だと笑ってましたね。

かんなちゃん鈴花ちゃん、今日は花陽とすずみさんと一緒に入って、青とすずみさん、つまり鈴花ちゃんのお部屋で寝ました。我が家の庭の蔵の反対側、離れが青とすずみさんと鈴花ちゃんの部屋です。

二人がすやすやと寝てくれれば、いえほとんどいつもあっさりと寝てくれて助かるのですが、その後は大人の時間です。

とても仲の良い我が家の五人の女性陣ですが、かずみちゃん、藍子に亜美さん、すずみさんに花陽と年代の幅が広いですからね。それぞれに気を遣わずに自分の好みでそれぞれの時間を過ごします。

かずみちゃんの部屋で花陽が一緒に映画を観たり、亜美さんとすずみさんで、居間で梅酒を飲んで話に花を咲かせたり、藍子がご主人であるマードックさんのアトリエで一緒に絵を描いたり様々です。

それこそ絵に描いたような大家族ですが、女性陣は全員が血の繋がった家族というわけではありませんよね。こうして皆がうまくやっていく秘訣は気を遣わずに相手を尊重して、のんびりとやることですよ。

お風呂から上がってきた花陽が居間で新聞を読んでいます。すっかり習慣になりましたよね。男性陣がいないので、藍子とかずみちゃんが入れ替わりにお風呂に行きましたか。あの二人は〈藤島ハウス〉にもお風呂がありますけれど、やっぱりこっちの広い方がいいと言ってますよね。

すずみさんも二人を寝かしつけて居間に戻ってきました。

「花陽ちゃん、紅茶飲む？」

「あ、欲しい。いただきまーす」

お湯は常に電気ポットにありますから、すぐに用意できますよね。台所からティーポットとティーカップを持ってきて、すずみさんが座ります。

「研人くんの受験勉強はどうなの」

うーん、と、花陽が首を捻ります。

「かなり頑張ってはいるよね。私、あんなに勉強してる研人見るの初めてだもん」

「そうだよね。はいどうぞ」

「あ、ありがとー。でも、頑張ってるのと受かるのは別問題だから」

そうよねぇ、と、すずみさん頷きます。

「もし落ちちゃったら、研人くん落ち込むだろうなぁ」

「彼女と同じ高校へ行くって決めてそうなったらねー」

そうですよね。あれで研人はけっこう繊細なところがありますからね。

「別れちゃったりしないよね？」

すずみさんが心配そうに言います。花陽も唇をちょっと歪めました。

「私は大丈夫だと思うけど、そればっかりはね」

「だよね」

二人で顔を見合って頷きます。花陽も再来年は医大受験。今は恋なんて考えている暇はないと言ってますけど、研人と芽莉依ちゃんのことはいつも気に掛けていますものね。

さて、男どもは何の話をしているんでしょう。ちょっと〈はる〉さんに行ってみましょうか。

あら、藤島さんだけかと思えば三鷹さんもいらっしゃいますね。皆でカウンターに並んで、美味しい肴(さかな)とお酒に舌鼓を打っています。

藤島さんと三鷹さん、そして今は三鷹さんの奥さんとなった永坂杏里(あんり)さん。三人で大学時代に作った会社が、今は三鷹さんが社長の〈S&E〉ですよね。藤島さんは今は〈FJ〉という会社をやっています。そういえばいつも来るときはご夫妻で一緒なのに永坂さんがいらっしゃいませんね。

「裕太くんは、とことん生真面目ですよね確かに」

藤島さんが言います。裕太さんの話をしていたんですか。

「以前うちの会社にも面接に来たんですけど、優秀な学生であるのは間違いないんですが、あまりにも生真面目だったので、大丈夫かなぁと心配しましたよ」

「そうそう、社風に馴染まないんじゃないかってな」

三鷹さんも笑います。そういえば裕太さん、学生時代に〈S&E〉でアルバイトをしていましたよね。

「そういう真面目な奴ほど恋に狂うと怖いっていうけどよ」

「まだ恋してるとは決まってないけどね」

紺が言います。

「裕太くんはさ、姪(めい)っ子の小夜ちゃんを自分の娘みたいに可愛がっているからね。結婚して子供ができたらいいパパになると思うよ」

青が言いました。そうですね、かんなちゃん鈴花ちゃんも可愛がってくれていますし。

あら、何ですか藤島さんがわざとらしく咳払(せきばら)いをしましたね。三鷹さんを見ています。

勘一も気づきましたね。

「なんだよ。どうした三鷹」

「実は、堀田さん。今日はご報告がありまして」

三鷹さん、以前にお寺で修行したときに剃(そ)った頭を気に入って、今も坊主頭ですよね。その頭を何度か撫でて、照れくさそうにしていますよ。

「杏里が、永坂が妊娠いたしまして」

「おっ！」

「へぇ！」

「やったじゃん！」

そうでしたか。それはおめでとうございます。皆が一斉に笑顔になりましたね。カウンターの中で真奈美さんもコウさんも思わず手を打ちました。

「おめでとう三鷹さん！」

真奈美さんがすかさずお銚子を手に取りました。

「今日はうちの奢り！　あ、三鷹さんだけね」

「いやぁすみません」

三鷹さん、満面の笑みでお猪口にお酒を受けます。

「本当なら杏里も一緒に堀田家にご報告に上がるところなんですが、どうもつわりがひどいらしくて。落ち着いたら改めてお伺いします」

「いやいやぁそんな堅苦しいのはいいぜ別に。いつでも好きなときに顔を出してくれよ。いやしかしそりゃ目出度いなおい」

来年の夏には可愛い赤ちゃんがまた見られますかね。

「じゃあ、永坂さんはしばらく休職？」

青が訊きました。

「そうなります。本人はぎりぎりまで働くつもりだったんですけど、さっきも言った通りつわりがひどくて」

「あれはね本当に辛いのよ」

真奈美さんが言います。そうですよね、真奈美さんもけっこうひどかったですよね。

「なので、今は実家に帰っています」

「大変じゃねぇか。永坂さんがいねぇとよ、天下の〈S&E〉の屋台骨が揺らいじまうんじゃねえのか？」

勘一が言います。

「それは、そうだな。気をつけろよ」

藤島さんも笑いました。

「うるさいよ。俺を信用しろ」

皆で作り上げた会社ですよね。それぞれへの信頼もとても厚い三人です。藤島さんも本当に嬉しそうですよ。

でも、何度も言いますけれど藤島さん。

まぁそれはいいですかね。

四

一日雨が降った翌日が晴れると、空気がきれいになったような気がしますよね。

病院嫌いな勘一ですが、まったく自分の体調を気に掛けないということではありません。花陽が生まれたときにも花嫁姿を見るまで死なないと言ってましたが、かんなちゃん鈴花ちゃんが生まれてからはさらに長生きしないといけなくなりました。

それで、藍子に言われて、散歩をよくするようになりましたよ。散歩自体は昔からやっていたのですけれど、今はきちんと身体に良いように歩く、ウォーキングというのですかね。それをやっているのです。毎日ではなく、今日のように天気の良い日に、気が向いたらという感じなのですが、それでも何もしないよりはましですよね。

朝からまるでお客様がやってこなかったので、昼飯前に腹を空かすか、などと言ってスニーカーを履きました。このスニーカーは青と一緒に買いに行ったものですよ。どうせなら目立つ方がいいと、蛍光色できらきらしています。

「おい紺。今日はずっといるんだろ」

居間でノートパソコンに向かっている紺に言います。すずみさんは蔵の中に入っていますね。

「おう。ちょいと行ってくるから店番頼むぜ」

「あいよ。気をつけてね」

勘一が手を振って店を出ようとしたときです。

「うん？」

何か聞き覚えのある声がしましたね。走る足音も響いてきました。紺も気づいて外を見ます。人影が店の前に現れたかと思うと、勢いよく古本屋のガラス戸が開けられまして、からん！　と土鈴が大きな音を立てます。

飛び込んできたのは若いお嬢さんですよ。

「おっとどっこい」

勘一が思わず手を広げました。お嬢さん、通路に立っていた勘一にぶつかりそうになって慌てて立ち止まります。

「いらっしゃいませ」

四角いファイルを手に持った眼鏡を掛けたお嬢さん、何だか息急き切ってますね。はぁはぁ言いながら眼の前にいる勘一を、可愛らしい眼でじっと見ました。いえ、何だか睨(にら)んでいるようにも見えますね。

「あの！」

力強い良い声を出します。

「ほい」

お嬢さん、まだ息切れしてますね。男性ならじろりと睨め付ける場面ですが、女性には年齢関係なく優しい勘一が微笑んで何か言おうとしたときです。

「野島さん！」

今度は男の人が飛び込んできました。

「よぉ、裕太じゃねぇか」

はい、裏の裕太さんですね。今日はお休みでしょうけど、こちらもまた息切れしていますよ。どこかから走ってきたのですか。

「待てって、言ってるのに！」

「待てません！　あの！　〈東京バンドワゴン〉さん！」

野島さんと呼びましたよね。ということは、ひょっとしてこちらの女性が図書館司書の野島真央さんでしょうか。紺も何事があったかと立ち上がってきました。

「はいな。〈東京バンドワゴン〉ですがね」

「いきなりで大変失礼なのですが！　こちらは！　一体どんな危ないことをしてらっしゃるのですか！」

「あ？」

勘一が思わず口を開けます。そこに、またしても誰かが駆け込んできました。

「いや、まいり、ました。やっと、追い、ついた」

まぁ、茅野さんですね。トレンチコートを翻して走ってきたのでしょう。こちらもぜいぜい言ってますよ。大丈夫ですかそんなに息を切らして。勘一と紺が顔を見合わせました。何を騒いでいるのかと、藍子も亜美さんもカフェからやってきました。

さて、何事があったのでしょうね。


まずは、居間に上がってもらいます。

裕太さんが図書館司書の方と一緒に来たということで玲井奈ちゃんも話を聞きたいだろうと、子供たちにはマードックさんのアトリエでお絵描きしてもらいます。三人ともお絵描きを始めると一時間二時間はずっと遊んでいます。でも一応、花陽がついていってくれました。三人で騒ぎ出すとマードックさん一人じゃ手に負えないですからね。研人は今日も芽莉依ちゃんの家に勉強しに行ってますし、我南人はまだ葉山から帰って来ていないようですね。

カフェは忙しい時間帯になっていきますから、藍子と亜美さんと青に任せます。すずみさんは古本屋の帳場に座りましたが、じりじりと後ろに下がってきて聞き耳を立てています。

かずみちゃんが、皆にお茶を淹れてくれました。何せ全員がぜいぜい言ってましたし、茅野さんなどは今にも酸欠で倒れそうでしたからね。お茶のお代わりをあげて、落ち着くまでしばらくは無言で待ちました。

「さて、と」

勘一です。ようやく茅野さんの息も整いましたか。紺とかずみちゃん、玲井奈ちゃんも並んで座って話をじっくり聞く態勢ですね。玲井奈ちゃんなど、何かわくわくした顔をしていますよ。

「こりゃあ、誰から話してもらうのがいちばんいいのかね？　裕太か？」

裕太さん、こくん、と頷きます。

「お騒がせしちゃって、すみませんでした。あの、まず、ご紹介します」

若いお嬢さんを見ました。肩ぐらいまでのふわふわした髪の毛と、黒縁の眼鏡が印象的な方ですね。こうしてみると、あの茅野さんが説明してくれた様子と本当にぴったりですね。プロの観察眼というのは本当に大したものです。

「野島真央さんです」

やっぱり、この方が我が家の庭の写真を撮っていたという真央さんだったのですね。ぺこん、と勢いよく頭を下げます。

「野島です。区立図書館で司書をやっています。あの、突然やってきてお騒がせしてごめんなさい」

　また頭を下げました。でも、勘一を見る顔がどこか怒ったような雰囲気ですよね。何かしでかしたんでしょうか。勘一も、ひょいと頭を下げます。

「こりゃどうも。まぁ我が家は古本屋ですからな。唐突にやってこられてもいっこうに構わないんだがね」

　裕太さんと真央さんの顔を見ますね。裕太さん、慌てたように頷きます。

「実はですね、堀田さん。野島さん、図書館で司書はやっているんですが、ウェブ担当でもあるんです。今新しい企画のページを作っていまして、それで、あの、ちょっと待ってください。現物見た方が早いですね。紺さんすみません、区立図書館のサイトを開けますか？」

「うん。オッケー」

　紺が自分のノートパソコンを開いて、何やら打ち込んでマウスを動かします。

「ここだね」

　紺がパソコンを裕太さんの方へ向けました。あぁ、そのようですね。区立図書館のサイトが見えます。

「それで野島さんが作っている新しい企画のページというのはこれなんです。まだ公開していないんですけど」

裕太さんが何やら打ち込むと、別のページが現れました。ディスプレイを向けると勘一も皆も覗き込みます。

「ほぅ」

「へぇ」

「あぁ！」

皆が揃って笑顔になりましたね。〈街を見る〉というタイトルが付けられていて、古い写真がいろいろ並んでいますね。あぁ、これは全部この辺りの古い写真や、絵葉書なんですね。

「こうやって、図書館に収蔵している本や雑誌に掲載された街の写真や、区民の方から寄せられた古い写真を、その当時の区内の地図に照らし合わせて掲載して、今と昔がどれぐらい変わったかというのを楽しめるページなんです」

「こりゃあ、おもしろいな」

勘一も嬉しそうですね。

「そうやって古い写真が集まれば集まるほど、昔のこの辺りの風景が年代別に甦ってくるってぇわけだな？」

「そうなんです」

今度は野島さんが大きく頷きました。

「すごく楽しくて、もちろん司書の仕事もきちんとしてますけど、この資料をどんどん集めるのも楽しいんです。収蔵の本から探したり、あちこちに〈載せていい建物の写真を貸してください〉って告知してますので、区内だけじゃなくて、全国から載せていいよと写真をいただいているんですよ」

昔はこの辺りに住んでいて、今は引っ越してあちらこちらに住んでいらっしゃる方も多いでしょうからね。

「これなんか、大正時代にうちのすぐ近くにあったカフェだね。そうか、カフェだから外観だけじゃなくて、店内の写真もあるんだ。これはいいデータベースになるね」

紺が感心したように言いました。大正時代となるとさすがにわたしも生まれていませんが、懐かしい雰囲気ですよね。そのお店の様子はもちろん、当時のファッションなどもここから読み取れますね。きっと、このお店には勘一のお父さんお母さん、草平さんや美稲(みね)さんも通ったのではないでしょうか。

さて、勘一も気づいたようですね。

「てぇと？　あれだな、この三人が揃ってやってきたってことはよ、野島さんが我が家の庭の写真をこっそり撮っていたのを、俺らが知ってるってのも、もうわかったことなんだな？　そしてそれはこのページに関係してるってことかい？」

野島さんの表情が変わりましたね。裕太さんが慌てたように言います。

「あの、実は、順番に言いますと、僕と野島さんは図書館で知り合いまして、その、まだお付き合いとはっきり言えるほどじゃないんですけど、親しくしてて」

「デートはしたそうですよ」

茅野さんがちょっと笑って言います。玲井奈ちゃんの眼が真ん丸になって、嬉しそうに口元が綻(ほころ)びました。

「じゃあもう立派にお付き合いしてるんじゃねぇか。上手くいくかどうかは別にしてよ。とにかくお付き合いを始めたんだな？」

裕太さん、ちょっと困ったように真央さんを見ます。真央さんはわりと普通に小さく頷きましたね。

「そうです。そうして僕がここの裏の家を借りて住んでいると言ったらですね。野島さんは、驚いたんです。『あの家は、危険な家じゃないんですか⁉』って。そして、関わらない方がいいんじゃないかと言うんです」

「危険な家ぇ？」

我が家の皆が一斉にきょとんとしました。確かに古い家ですが、造りもしっかりしていますので危ないところなどないですよね。

でも、そういう意味じゃないんでしょうね。

「どういう意味で危ないの？」

紺が訊きます。真央さん、ふーっと大きく息を吐きました。

「こちらが、歴史ある古本屋さんだというのは、いろいろ調べてよくわかりました。そこにある蔵には私たちの図書館がひっくり返っても敵わないほどの貴重な古典籍があるかもしれないことも、うちのベテランの司書さんたちが皆言ってました。でも、私は、その他にもとんでもないものを隠していて、その昔は犯罪になるようなこともしていたのではないかと思っていたんです」

勘一が眼をパチパチさせましたね。それはまぁ、義父の草平の時代にはかなり危ない事件にも巻き込まれたと聞いてますし、わたしがここに来た経緯も話せばかなりぶっそうではありますが。

「何か、その証拠があるんだね？　野島さんはそれを知ってるんだ？」

紺が言うと、野島さん、持っていたファイルから何やら取り出して座卓の上に置きました。一枚の写真ですね。それもかなり古そうです。保護のために透明なシートに挟まれていますね。

「おっ！」

覗き込んだ勘一が声を上げました。

「まぁ！」

かずみちゃんです。驚いたように口に手を当てました。紺も玲井奈ちゃんも覗き込んで、びっくりした顔をしていますね。

わたしも驚きました。そこには、武器が写っていたのですよ。拳銃や、刀、手榴弾(しゅりゅうだん)に、自動小銃のようなもの。それらがゴザの上に並べられて、手入れか何かをしているのでしょうか。しかもそこは、うちの庭なのです。離れが写っているのではっきりとわかります。桜の木も見えていますね。

「十郎(じゅうろう)の旦那じゃねぇか！」

「十郎さんよ！」

勘一とかずみちゃんが同時に言って笑顔になって、写真を手に取り眺めます。

本当に、懐かしいですよね。終戦当時、我が家に一緒に住んでいた、元陸軍情報部の和泉(いずみ)十郎さんの姿もそこに写っていたのです。

「いやこいつぁ驚いた！　十郎の旦那の写った写真なんざぁ一枚きりしかねぇんだよな」

「嬉しいわぁ。まさか写真でまた会えるなんて」

二人のあんまりの喜びように、こんどは真央さんがきょとんとして首を傾げました。

なんだかわたしはわかってきましたよ。この写真があったので、真央さんが我が家を〈危ない家〉と判断したんですね。

「しかし、こいつぁかなり不思議な写真だなおい」

「そうだよね。こんな場面を写真に撮っておいたって、どういうことだろうね」

「記録として残しておいたのか？　いやしかし十郎の旦那ぁ何もかも捨てて身分も消してアメリカに渡ったはずだがなぁ」

「それに、十郎さんが写ってるってことは誰かが撮ったんだよねぇ。ジョーちゃんかマリアちゃんかしらね」

わけがわからない皆を置き去りに、勘一とかずみちゃんが昔話に花を咲かせますね。

「あの、じいちゃん」

紺が言います。

「昔、うちにいた十郎さんって、アメリカのシカゴかどっかに行ってパン屋さんになった人だよね？」

「おう、そうよ。和泉十郎さんだ」

「ということは、この危ない武器一式は」

勘一が笑いました。

「そういうこった。真央ちゃんよ」

「はい！」

「あんたが我が家を〈危ない家〉だって思ったのは、この写真をどっかから手に入れて見たからなんだな？」

「そう、なんです。私、一度増谷くんに連れられてこの辺を歩いたんです。裏を通ってこちらの庭も見たのですぐにわかったんです。この写真はここの庭だって」

勘一が大きく頷き、にこりと笑いながら言います。

「で、裕太に言ったわけだ。こんなものを隠しているかもしれない家とはご近所付き合いなんかしない方がいいってな。裕太は裕太でそんなわけにはいかないと反論した。気まずくなったりなんだりで、裕太は顔を出さなくなったりして、そこで、今日の大騒ぎになったってわけだな？」

「ご主人そこは私がどうやらミスをしましてね」

あら、茅野さんがですか。

「この真央さん、一度見ただけの庭からその写真をここだと判断した記憶力といい、観察力といい大したものですよ。昨日私が接触したときにね、怪しいと思ったんだそうです。この人は自分から何かを探ろうとしている。ひょっとしたら〈東京バンドワゴン〉の回し者なんじゃないかと。そうして私が今日、裕太くんの後を尾けていたのも勘づかれましてね」

勘一が大笑いしました。

「そりゃあ本当に大したもんだな。確かに俺らの回し者だったしな。で、いよいよ真央ちゃんは裕太のためにもハッキリさせた方がいい、裕太は裕太でいやちょっと待て、と言いながらここまで走ってきたわけだ」

裕太さんが、頷きます。

「そういうわけなんです」

勘一が、優しく笑って真央さんを見ました。

「真央ちゃんよ」

「はい」

「あんたはちょいと早とちりかもしれねぇが、優しくて、真面目で、強い女性なんだな。好きになった裕太を守ろうと思ったんだろうな。大したもんだ」

「いえ、そんな」

真央さん、ちょっと恥ずかしそうに頬を赤らめました。わたしもそう思いますよ。この子も裕太さんもきちんとされてる方なんですよ。

「この写真のせいで、胸ん中ざわつかせちまって悪かったな。実は、この危ねぇ武器は、終戦当時のごたごたんときに、ここに写っている和泉十郎、陸軍情報部の軍人が集めたもんなんだ」

「軍人さんだったんですか！」

「そうよ。平和な今となっちゃあ信じられねぇだろうけどよ。あの当時、進駐軍と日本の愚連隊、果ては日本政府に、下手したら命まで狙われそうなトラブルに巻き込まれた、何の罪もない可哀相（かわいそう）な女性をこの家で匿（かくま）って守ることになってよ。いざというときのために用意しておいたもんなのさ」

真央さんも裕太さんも、玲井奈ちゃんもびっくりして眼を丸くしました。うちの家族は皆知ってる話ですけど、それは驚きますよね。ごめんなさいね。

「そんなことがあったんですか」

真央さんが言います。

「どんなトラブルだったかってのは、さすがに今になってもちょいと言えねぇんだがな、うちで匿って守っていた女性ってのは、ほれ」

勘一が仏間を指差しました。

「あそこの写真の、サチだ。先に逝っちまった俺の恋女房さ」

「奥さんが!?」

真央さんが驚きます。

「正確には、そういう連中から守りきって、ようやく片が付いたあとに結婚を申し込んだんだけどな」

「あのときは楽しかったわよねぇ。勘一がサッちゃんにトラックの荷台の中でプロポーズしたってもう皆で大騒ぎして、勘一は真っ赤なゆでダコみたいになってねぇ」

かずみちゃんが笑います。そうでしたね。わたしも真っ赤になっていたと思うんですけど。

「うるせえよそういうのはいいんだよ。とにかくよ、真央ちゃん。確かにこいつぁうちにあったもんだ。だけどな、結局は使うこともなく、サチも身軽になって、日本が平和になったときに何もかもこの十郎って奴が処分した。その十郎の旦那もあの世で俺が来るのを待ってるさ。うちの蔵にあるのは、紙切れと本ばかりだ。誓って言うが、俺らぁお天道さんに顔向けできねぇことは何ひとつやってねぇ。危ねぇことは何にもねぇからさ。安心して、裕太の奴とお付き合いして、うちにも遊びに来てくれや」

真央さん、じっと勘一を見ます。そして、いきなり座布団を外して勢い良く頭を下げました。

「申し訳ありませんでした！」

真央さん、声に張りがありますよね。歌を唄っても相当上手いのではないでしょうか。

「勘違いでこんなにお騒がせしちゃって、何て言うか、本当に、お恥ずかしいというか」

勘一も紺もかずみちゃんも、そして玲井奈ちゃんも笑ってますね。

「いいからいいから。それもこれも裕太のためっていうかよ」

「LOVEだねぇ」

いきなり古本屋から声が響きました。

真央さんの数倍張りのある声の主は、我南人ですよね。ここで登場するのですか。帳場にいて話を聞いていたすずみさんが、我南人の陰で何だか申し訳なさそうな顔をして手を合わせてますね。止められなかったごめんなさい、ということですね。

「おめぇかよ」

　勘一が溜息をつきます。

「真央ちゃんだっけぇ？　いいねぇえ、LOVEのために走り回れるっていうのはぁ、なかなかできることじゃないんだぁ。そういう女の子はねぇ、きっとずっと素敵なLOVEに囲まれて生きていけるよぉ」

　どういう理屈かはわかりませんが、誰かのために一生懸命になるのは確かに良いことですよ。でも、真央さんは驚いてますよ。

「で、何だよ。おめぇの出番があるのかよ」

「それがあるんだねぇえ、親父ぃ。だってぇ、その写真を真央ちゃんに渡したのが誰かわかんないんでしょうぉ」

「そう、それだよ」

　紺が手を打って言います。

「こんな貴重というか、本来秘密にしなきゃならないような写真だよね。一体どこで手に入れたの？」

「それは、実は利用者の方が持ってきてくれたんです。使えるものがあれば〈街を見る〉のページにどうぞと。中には使える貴重な写真もあったんですが、その中にこれも交じっていて、びっくりしたんです。これは、事情をはっきりさせないと使えないので私が個人的に保管していたんですが、その方はお名前も何も残さずに行ってしまったもので、困っていたんです」

そうですよね。写っているものがものですからね。

「で、その人を連れてきたんだぁあ」

「なにぃ？」

皆が驚きます。我南人がひょいと横にずれると、背の高い我南人の後ろに隠れていたのですね、女性の姿がありました。焦茶色のトレンチコートを粋に着こなしていらっしゃいます。スカーフも素敵ですね。

あら、すずみさんが指を振って、この人です！　という顔をしています。真央さんも思わず口を開けた後に頷いていますよ。

と、いうことは、どうやらこの方、我が家で古本を買って〈はる〉さんで食事をしていた女性ではないのでしょうか。そして、真央さんに写真を渡した人。

同一人物だったのですね。

「ご無沙汰しております、勘一さん」

あら、ご存じの方なのでしょうか。

「こりゃどうもご丁寧に。しかし申し訳ねぇですが、この通り随分年を喰って記憶力も落ちてましてね。どちら様でしたかね」

勘一の隣でじっとその女性を見ていたかずみちゃんが、急に背筋を伸ばし、膝立ちになりました。

「おけいちゃん!?」

おけいちゃん、ですか？

かずみちゃんが立ち上がって、満面の笑みを浮かべながら駆け寄りました。

「畳屋のおけいちゃんでしょ！」

「そうよ！　かずみちゃん、お久しぶり！」

思い出しました。向かいの畳屋さん、常本さんのところのおけいちゃん、桂ちゃんじゃありませんか。かずみちゃんとひとつ違いの女の子で、大の仲良しでいつも一緒に遊んでいましたよね。

「そうか！　幸司の奴の妹のな！」

勘一もようやく思い出したようですね。我南人がうんうんと大きく頷きます。相変わらずこの子はどこで何をしてこうやって何かを見つけてくるんでしょうか。

「そしてねぇえ、二つお届けものがあるんだぁあ。紺さぁ、裏に古本を入れた段ボール置いといたから後で整理してねぇえ」

「古本？」

「図書館の館長さんが言ってた〈謎の本〉二十七冊だよぉ。あれはおけいちゃんの仕業だったんだぁあ」

「あぁ？」

おけいちゃん、勘一に向かってにんまりと笑いました。あぁ何だかその顔で子供の頃を思い出しました。まだかずみちゃんとおけいちゃんが十歳とかの昔に、よくそんな顔をして悪戯をしていましたね。そうですそうです。おけいちゃん、近所でも評判の大した悪戯好きの子供で、よくお父さんの常本さんや、勘一に怒られていましたっけ。

「それからぁ、これぇえ。今回の件とはまったく関係ないけどぉ」

足元に置いてあった段ボールをそっと持ち上げます。

「今はお腹一杯で静かに寝てるからぁあ、子供たちにはまだ知らせないでねぇえ」

「寝てる？」

蓋（ふた）が開いているところからすずみさんがそっと覗き込んで、その途端に思わず口に手を当てて大喜びの顔になりましたよ。口が「可愛い！」というふうに動きました。

まぁ、子猫じゃありませんか。

茶トラの子猫が二匹、タオルにくるまれてすやすやと眠っています。

「新しい、玉三郎とノラだねぇえ。今朝、図書館の〈返却ポスト〉のところに捨てられていたんだってさぁあ。館長さんが困っていたから貰ってきちゃったんだぁ」

さぁ大変です。匂いを嗅ぎ付けたのでしょうか、いつの間にかベンジャミンとポコ、そしてアキにサチもやってきましたよ。くんくんと鼻を動かしています。気配を感じたのか子猫も起きてにゃあにゃあと鳴き出しました。

猫と犬たちの世話は、花陽を呼んで、すずみさんと一緒に任せました。当然かんなちゃん鈴花ちゃん、小夜ちゃんも飛んできましたよ。玲井奈ちゃんと裕太さん、真央さんもどうやら動物好きだったようで、笑顔で加わってくれました。すみませんがお願いしますね。

居間では懐かしい人との再会に、さすがのかずみちゃんもちょっと涙ぐみましたね。それにしてもおけいちゃん、あの当時から美人さんでしたが、今も変わりませんね。真奈美さんとコウさんが色香のあるおばあさんと言ったのもよくわかります。

おけいちゃんは確か二十歳でお嫁さんに行って、貿易の仕事をしている旦那さんと九州で暮らしていたはずですよ。

「するってぇとあれかい。旦那を亡くして一人でのんびり向こうで暮らしてたけど、もう年だからって東京で仕事をしてる子供に呼ばれたってことかい」

「そうなんですよ。心配性でね。ありがたい話だけど」

「でも、常本さんがご実家ですよね？」

紺が訊きます。おけいちゃん、ちょっと悪戯っぽく顔を顰めました。

「ちょっとね。勘一さんも聞いてるかもしれないけど我が家もいろいろあって、今は敷居が高くってね。一度は顔を出したけれど、のんびりできないのよ」

あぁ成程な、と、勘一が首の辺りを掻きました。そういえばそんな話を聞きました。今、畳屋さんを仕切っているのはおけいちゃんの甥ごさんですよね。血の繋がった家族、身内だからといって、皆が皆仲良しということもありません。身内だからこその問題も、いろいろありますよね。

「それもあったし、随分とご無沙汰しちゃってこの辺りにも親しい知り合いはいなくなっちゃったしでね。何十年ぶりかで東京に呼んでもらったのはいいけど、性分なので元気なうちは一人で暮らすからって、息子の家の近くのアパートを借りたの。そして、〈はる〉さんに顔を出したらね、かずみちゃんが堀田家に戻ってるって小耳に挟んだのよ」

「そこさぁあ」

我南人ですね。

「祐円さんが話したときにぃ、すぐにピンと来たんだぁ。おけいちゃんが二十何年ぶりかで実家に顔を出したって話も僕は聞いていたしぃ。おけいちゃん昔っから本の虫だったしねぇえ」

「それですぐさま探したってかい」

そういえばあの頃、小さい我南人の面倒をよく見てくれましたよねおけいちゃん。

でも本当にこの男はそういうところ、マメですよね。それにあちこちふらふらしているからいろんな話が耳に入るのですよね。そしてまたそれをよく覚えているんですよ。

記憶力の良いのは家系なんでしょうか。

「びっくりしたわよ。我南人ちゃん、懐かしかったわぁ。スーパースターになってるのはもちろん知ってたけど、喋り方なんか十郎さんみたいで」

この子の喋り方はそうですよね。もうすっかり自分の癖になっていますが、元々は十郎さんがこんなような話し方をしていました。

「で、なんで本を置いたり、この写真を預けたりよ。そもそもこの写真は何で持っていたんだ？」

おけいちゃん、にっこり微笑みました。

「かずみちゃん覚えてない？　よく二人で、あの離れの十郎さんとジョーさんの部屋に忍び込んでいたじゃない。入るなって言われるほど入りたくなってね」

「あぁそうそう！　二人で押し入れに隠れて驚かそうとしたりね」

「そうしたらこれをあげるからもう悪さするんじゃないよぉ、って十郎さんがくれたのよ。あの当時はまだ写真も珍しい頃で、私ももうわくわくしちゃって、小さい頃はずっと大事にしまっておいたのね。でも、大人になるにつれてすっかり忘れていて、こっちに引っ越してくるときに押し入れの奥の荷物の中から出てきて、そりゃもうびっくりよ。かずみちゃん覚えてなかった？」

「そんなことあったかね。私は忘れちゃったわ。でも、そういえば十郎さんは遊んでいる私たちにいろんなものをくれたわね。お菓子とか玩具とか、『皆には内緒ですよぉ』って笑ってね」

十郎さんはとても子供好きでしたからね。よくかずみちゃんと一緒に遊んでいた着流しの後ろ姿を思い出します。

おけいちゃん、勘一の顔を見て笑います。

「そして、あの古本はね、全部その昔に、草平さんにもらったものよ勘一さん。まだ私の部屋にあるわ。あと十冊ぐらいかな？」

「親父にかい」

そうだったんですか。おけいちゃん、少し恥ずかしそうに微笑みます。

「あの頃ね、ほら、かずみちゃんは堀田家の子供で、いつでも本をたくさん読めたじゃない。かずみちゃんは医者になるって当時から言ってて勉強家だったし。皆がそれを応援していたし」

「そうだったかね。まぁ確かに本には不自由していなかったね」

「でも、私は畳屋の娘でね。女が本なんか読んでる暇があったら家事をやれ、仕事を手伝えって怒られてね。ちょっとあれよ、まぁ鬱屈したものを抱えていたのよ。そんな私を草平さんはわかっていたのね。内緒だって言って、本をときどき渡してくれたの。返さなくてもいい。プレゼントだからって。一生懸命読んで勉強しなさいって」

思い出したんですかね。おけいちゃんの瞳が少し潤んでいます。何となくわかります。義父は、草平さんはそういう人でしたよね。勘一もうんうんと頷いています。

「そして、〈東京バンドワゴン〉と言えば、**〈文化文明に関する些事諸問題なら、如何なる事でも万事解決〉**じゃないですか勘一さん！　あの頃、草平さんが周りから問題を持ち込まれて、その解決によくあっちこっち走り回ってたのを私はしっかり覚えてましたよ。子供心にもね、格好良いなぁって思ってたのよ。勘一さんもそうでしょ？　草平さんの手伝いをして、なんかあちこちでその名を轟かせていたじゃない」

「まぁ、そんなようなこともあったよな」

たくさんありましたよね。

「羨ましかったなー堀田家が。それでよ、勘一さん。あんまりにもご無沙汰でひょいと顔を出すのも気恥ずかしかったし、何を今更って言われるのも怖かったしでね。今も〈東京バンドワゴン〉が些事諸問題を万事解決してるんなら、こんなことでもしてたら、ひょっとしたら私を見つけてくれるかな。そうしたら、私もこの年になってようやくご近所で〈万事解決〉された仲間入りで嬉しいなぁって思ってね。見つけてもらえなくても、それならそれで死ぬ前に身軽になってちょうどいいわって」

おけいちゃん、明るく笑いながら喋っていますけど、声がちょっと涙でくぐもってきましたか。鼻声になりましたか。瞳がにじんでいますね。

「ごめんなさいね」

ティッシュを取って、ちょっと洟（はな）をかんでハンカチで目尻を拭きます。かずみちゃんが笑いながら、おけいちゃんの腿の辺りを叩きます。やっぱりちょっと涙ぐんでますかね。

おけいちゃん、うんうんと頷き、それから、顔を上げてカラカラと笑ってまた言いました。

「ごめんなさいねぇ、勘一さん。とんだ騒ぎを起こして。でも、嬉しかったわぁ。楽しかった」

いろいろな、思いがあったのですね。

勘一も頷き、それから大きく笑いました。

「まったくよぉ、とんだ悪戯小娘が帰って来やがったなおい」

＊

夜になって皆が寝静まると、庭から虫の声が聞こえてきます。

新しく我が家の一員になった子猫の玉三郎とノラですが、どうやらベンジャミンもポコも問題なく受け入れたようですね。ベンジャミンなどはすっかり母性を取り戻したみたいですよ。犬のアキとサチはもともと小さな生き物なら何でも大好きですからね。かんなちゃん鈴花ちゃんが赤ちゃんのときのように、ぴったりと二匹に寄り添って守っていましたよ。

あぁ、紺がやってきましたね。話ができるでしょうか。お線香に火を点けて、おりんを鳴らします。

「ばあちゃん、いる?」

「はい、お疲れ様です。かんなちゃん鈴花ちゃんはよく寝てるかい? 子猫に興奮して眠れないんじゃないのかい」

「少しね。でももうぐっすりだよ。明日の朝は一段と早起きするかもね」

「子猫たち、玉三郎とノラはしばらくの間は大変だね。誰かが見ていなきゃならないから」

「子猫は久しぶりだからさ、皆が楽しんで見てるから平気だよ。親父が持ってきた本も、図書館の除籍本ってことにして引き取ったから」

「あぁそうだね。それがいちばん無難だね」

「しかしあれだね、ばあちゃん」

「なんだい？」

「我が家を取り巻くお年寄りたちは、じいちゃんを筆頭に皆元気だよね」

「本当にね。年を取るとどんどん子供に返っていくっていうから、ますます我儘になるかもしれないよ。わたしももう少し長生きすれば、かずみちゃんにもおけいちゃんにも会えたのにね」

「まぁそれは言いっこなしで。代わりに僕らが一緒になって、我儘を楽しませてもらうからさ」

「そうしてくださいな」

あら、話せなくなりましたかね。

紺が頷いて、もう一度おりんを鳴らして仏壇に手を合わせてくれました。おやすみなさいね。また明日も一日頑張りましょう。

かずみちゃんも、おけいちゃんも、もちろん勘一もなのですが、長く生きてきて、そりゃあ辛いことも悲しいことも山ほどありましたよね。今もおけいちゃんは実家には帰り辛い、帰れないというのも、それぞれの家庭でいろいろな事情があるからとはいえ可哀相です。

でも、それも人生。あれも人生。起こってしまった悲しいこと辛いことを掌に載せていつまでも見つめていると、そこで足が止まってしまいます。前に進んで行けません。人は後ろに眼はありませんよね。それは、顔を上げて、前を向いて、進むために、歩いて行くために前しか見えないんだと誰かが言ってました。

本当にそう思います。

前を向いて、明日を見つめて、毎日を元気に過ごしていきましょう。明日にはきっといいことがある。それを探しに行こうと思えば、先にあるもの全てが楽しみに変わっていきます。

朝にお天道さまが昇って明るくなるのは、わたしたちにいいことや楽しみを探しやすくしてくれているのですよきっと。

㊎ 男の美学にはないちもんめ

一

もう昨年の話になってしまったのですが、十二月の二十五日、クリスマスの朝に東京では珍しく雪が降りまして、文字通りのホワイトクリスマスになりました。

ほんの数センチなのですが、雪に慣れていない都内はちょっとの積雪でも交通機関が乱れます。でも、大人たちが困り顔で騒いでも、子供たちには関係ありません。かんなちゃん鈴花ちゃんはもう喜びに満ち溢れた顔で大騒ぎでした。

何せ、クリスマスの朝です。

サンタさんがクリスマスツリーの下にプレゼントを置いていってくれているはずですから、朝の四時半に起き出してパジャマのまま向かいます。そうしたら、まだ暗い中縁側から見えたのが雪景色ですからね。そのまま庭に飛び出そうとして、アキとサチが吠えたので皆が気づきました。風邪を引いちゃうところでしたよね。

庭のシクラメンの花が雪の中で咲いていまして、それはそれは美しい風情でした。裏の杉田さんのところの南天の実も赤く景色の中で浮き上がり、藍子やマードックさんじゃありませんが、絵心を刺激されましたよね。

犬が喜び庭駆け回るのは本当でして、アキとサチは雪で白くなった庭をぐるぐる回っていました。ただし、雪はほんの一センチぐらいで、すぐに融(と)け始めてしまいましたから、足の裏やお腹が泥だらけになって、家に上がる前に青と研人に抱きかかえられてお風呂に直行です。かんなちゃん鈴花ちゃんも、もこもこに着膨れした格好で長靴を履いて庭に出ましたが、残念ながら雪合戦はできませんでした。その代わりに、紺や青が小さな雪だるまを作ってくれて、喜んでいましたよ。

もうかなり大きくなった玉三郎とノラが、庭で何をやっているんだろうと縁側から興味津々で見ていました。大先輩のベンジャミンとポコは暖かい炬燵のところでのんびりです。猫は炬燵で丸くなるっていうのも本当ですよね。

クリスマスと言えば毎年、亜美さんのご両親である脇坂(わきさか)さんご夫妻が大張り切りですよね。研人と花陽が小さな頃からクリスマスになると、本当にいいんですかというぐらいに、いろんなものを買って届けてくれていましたが、かんなちゃん鈴花ちゃんが生まれるとさらに加速度がつき物量も増しましたよね。

脇坂さん、実の孫は研人とかんなちゃんだけなのですが、以前から花陽も、そして鈴花ちゃんも孫と思って同じように接してくれて、同じだけのプレゼントを持ってきてくれます。こちらとしてはお金を使わせてしまって申し訳なく思いますし、亜美さんにしてみればあんまり子供たちを甘やかさないでほしいと思っていたのですが、どうやら諦めましたよ。亜美さんはもうこの時期は悟り切った菩薩のような表情で何でも持っていらっしゃいと頷いていました。お蔭様でここ数年我が家ではクリスマスツリーのオーナメントを一切購入しなくて済んでいて非常にありがたいことです。

そしてこちらも毎年のことですが、十二月二十四日の夜には、お知り合いで都合のつく方を呼んでクリスマスパーティをしました。

脇坂さんご夫妻に、家族同然の藤島さんはもちろんですが、ご近所さんの増谷裕太さんとお母さんの三保子さん。妹さんの会沢玲井奈ちゃんと夏樹さん、小夜ちゃんの一家に、裕太さんの彼女である野島真央さんも来てくれましたよ。そして結婚した木島さんに仁科さん、三鷹さんと永坂さん。池沢さんに、亜美さんの弟さんの修平(しゅうへい)さんと佳奈(かな)さんも顔を出してくれまして、それはもう賑やかでした。

マードックさんの作った、イギリスのクリスマスの料理であるローストチキンや、ミンスパイ、クリスマスプディングが座卓に並びました。小料理居酒屋〈はる〉さんのコウさんと真奈美さんが、和食の美味しい料理をお重で届けてくれました。

本当ならコウさんにも真奈美さんにも、そして真幸ちゃんにも参加してほしいのですが、お店がありますからね。あと何年か経って、真幸ちゃんが皆と一緒に楽しめるようになったら、そのときだけお店を閉めて参加しようかと話していますよ。

いろいろな意見はあるでしょうけど、わたしはこのクリスマスという行事が好きですよ。皆が楽しみにして、大好きな人にプレゼントを贈ったり、贈られたり、賑やかにパーティを楽しんだり。そして、たくさんの人に向かって「メリークリスマス」と、優しい気持ちになれますよね。世界中の人がその日だけでも、優しい気持ちを持ちよって、分け与えて過ごせるのならそんなに素晴らしいことはないと思います。

そのクリスマスが終わればもう年末です。

本当に師走は行事が目白押しですよね。

毎年二十七日頃に行われる、この界隈の名物行事である二丁目の〈昭爾屋〉さんの餅つき大会もありました。

もちろん和菓子屋さんですから商売用のお餅なのですが、どうせならとご近所の臼と杵を集めて、〈昭爾屋〉さんの店先とお隣の玩具屋の高橋さんの駐車場をお借りして行うのですが、もう二十年も続いていますから立派なお祭りですよね。それこそ青は十歳ぐらいの頃から参加していましたからね。

花陽と研人が小さい頃はこれを年末いちばんの楽しみにしていましたが、今はかんなちゃん鈴花ちゃんが眼を輝かせて参加します。さすがにまだ杵を持ってのお餅つきには参加できませんけれど、次々に運ばれてくるつき上がったお餅をどんどん自分でちぎって、黄な粉餅や納豆餅に砂糖醬油餅と、好きなお餅が自由に食べられるのです。いつも食べ過ぎてお腹がぱんぱんに膨れ上がりますよね。

駐車場には、その昔に〈昭爾屋〉さんで使っていた薪ストーブが置かれて、薪が赤々と燃えます。大きなお鍋がストーブの上に置かれてお汁粉が作られます。近所の皆さんが集まって、そういう昔の風情を楽しむことができるのも、この辺りならではですよね。

〈東京バンドワゴン〉の年末の営業は、多少の例外はありますけれども、毎年二十八日までです。二十九、三十、三十一日は大掃除とお節作りなどの年越しの準備に追われ、明けて三が日をしっかりと休み、四日五日ぐらいからはほぼ通常営業に戻ります。

今は大晦日もお正月も関係なく、開いているお店が多くなりましたよね。確かに開いていれば便利でついつい利用もしてしまうのですが、昔のように三が日はどこのお店もお休みして、家族や友人だけで過ごすというのも、メリハリがあっていいとわたしなどは思うのですがね。

二十八日の営業最終日、この日は営業中の空いた時間に、門松と注連飾りと鏡餅を飾ります。鏡餅は、その昔はお餅をそのまま飾っていたのですが、今は真空パックの黴びないものがありますよね。やはり便利ですから、お店に置くものはそれを使います。でも、仏間の床の間にはやはり本物を、というので、〈昭爾屋〉さんから買ってきた立派な鏡餅を飾ります。鏡開きをする頃には黴びちゃってますけれど、それをこそげ落として食べるのも風情というものですよ。

門松も以前は購入していたのですが、マードックさんが何年か前にぜひ作ってみたいと言い出しまして、それからは研人と二人で庭で作るのが恒例になりました。紺や青も手伝いますが、さすがアーティストのマードックさん。立派な門松を作ってくれて、これを正面真ん中の扉のところに飾ります。注連飾りは近所のお店で買ってきて、玄関を含めてあちこちにつけますよ。

二十九日の朝から、大掃除をする組とお節料理を作る組に分かれます。大掃除をするのは勘一に我南人、紺に青に研人にマードックさんの男性陣ですが、これに監督役として花陽が加わります。お節料理を作るのはかずみちゃん、藍子に亜美さん、すずみさんの女性陣です。かんなちゃん鈴花ちゃんは主に掃除と、玉三郎とノラ、ポコにベンジャミンの猫、アキとサチの犬たちの面倒を見る係に指名されて、ハンディモップを手にしながらあちこち叩いたり、そのモップで犬猫たちを追い回したりしていましたよ。

黒豆に栗きんとん、なますに煮しめ、昆布巻きや田作りなどを作っていきますが、さすがにお節料理を全部作るのは大変ですし、そこにこだわる人もいません。買って済ませるものも当然ありますよ。いつも料理を作る女性陣が三が日楽できればそれでいいんですし、そもそも我が家の三が日は男性陣がご飯を作ることに張り切りますからね。

マードックさんを筆頭にして、我が家の男性陣はこれで料理が上手い人が多いのですよ。勘一なども、その昔はわたしが具合が悪いときに、よく鍋焼きうどんなどを作ってくれました。

大掃除をして、料理をして、勘一は古本屋関係の年末のご挨拶回りにも行きます。以前は紺を連れて回ったものですが、近頃はすずみさんと青がお供します。カフェの冷蔵庫も空っぽにしなきゃなりませんから、この三日間のご飯はそこからメニューを決めます。そして何故か、大晦日の夜はお茶漬けを食べると決まっていた堀田家ですが、子供が増えてそれだけじゃなんだろうと勘一が言い出しまして、ご飯のお供と呼ばれるものをやたらとたくさん並べる食卓になっています。

そして今日は一月の一日、元日の朝です。

皆様、明けましておめでとうございます。どうぞ本年も〈東京バンドワゴン〉をよろしくお願いします。

一年三百六十五日、ほとんどの朝を、午前六時ぐらいから賑やかにやる我が家ですが、さすがに元旦は違います。

何せ、一年に数回しかないお休みの日なのです。ましてや前日は大晦日。全員でテレビを観ることなど滅多にない我が家も、大晦日のテレビ番組を、お菓子や年越し蕎麦を食べたりお風呂に入ったりしつつ観ていまして、深夜零時を待ちます。

明けて、除夜の鐘の最後の音が聞こえると、皆で正座して頭を下げて「明けましておめでとうございます。今年もよろしくお願いします」と挨拶し、皆で仏壇に手を合わせ、勘一は神棚にもお神酒を置いて一礼です。年寄りも若者もそこからやれ今年も新年を無事に迎えられたなと、軽くお酒を飲んだり、さらにテレビを楽しんだりしています。皆が寝入るのは一時二時になりますよね。

ですから、いつもならかんなちゃん鈴花ちゃんが朝早く起きて皆を起こしに回るのですが、元日の朝だけはいつもより遅くなります。かんなちゃん鈴花ちゃんもさんざん言われましたから理解しました。そっと二人で起きて、まだ誰も居ない居間にやってきて、猫や犬たちと遊んでいます。そうして、八時になると喜び勇んで皆を起こしに回ります。

新年の朝といってもいつもと変わらない朝なのですが、何故か家の中が少し清浄な空気に包まれているような気になりますよね。

勘一が仏壇と神棚に火を灯し、手を打って手を合わせ、神棚に供えたお神酒を持って座卓の上座にどっかと座ります。その正面には我南人です。かずみちゃんに藍子、亜美さんにすずみさん、花陽の女性陣が台所からお重とお正月用の食器を運んできます。

新年早々もかんなちゃん鈴花ちゃんがお箸と箸置きを持って席決めするのは変わらないのですが、何やら考え込んでいますよ。二人が席を決めないと座れないので皆でうろうろしていますね。何を二人で考えているんでしょうね。しかも特に話し合ってはいないですよね。眉間に皺を寄せていたかと思うと、二人で「うん」と頷き合いました。通じ合っているんでしょうか。

「はい！　かずみちゃんはここ」

「あみおばさんはここ」

「はい！　かよちゃんだよ」

「けんとにぃね」

「はい！　すずみおばさん」

「まーどっくんね」

「はい！　あおじさんはここ」

「こんおじさんね」

「はい！　あいこおばさんここ」

ようやく決まったようですね。

どうやら新年最初の朝は、それぞれの家族でまとめたということなのでしょうか。かずみちゃんは勘一の隣、藍子にマードックさんに花陽、紺に亜美さん、研人にかんなちゃん、青にすずみさんに鈴花ちゃんと並んでいますよ。

朝ご飯はお雑煮(ぞうに)とお節料理です。お正月なのですから、当然ですね。

我が家のお雑煮は醬油仕立てで、角餅に鶏肉に小松菜です。ですが、厳密にそれを守っているわけではなくて、きっと明日の朝には違ったパターンのお雑煮が出てくると思いますよ。昨年などは亜美さんが食べたいと言い出しまして、白味噌仕立てにあんこのお餅が入るという、香川の方のお雑煮を紺が作りましたからね。

勘一が神棚に供えていたお神酒を開けまして、全員分のお猪口に注(つ)いでいきます。もちろん子供たちの分もあります。さすがにかんなちゃん鈴花ちゃんのお猪口には香りが付く程度で飲ませたりはしませんが、縁起物ですからね。

皆に回ったところで改めまして「新年明けましておめでとうございます。本年もよろしくお願いします」です。

「眠いなー。朝からもう眠い」

「僕は正月明けてからぁ、しばらく葉山にいるからねぇ。二、三日かぁ一週間ぐらいい」

「おもちにきなこかけていい?」

「すずかもいい？」

「かんなちゃん鈴花ちゃん、お年玉はたくさんもらえるかなぁ？」

「ちゃんと初詣行くんだよ。合格祈願しておかないと」

「栗きんとん旨いねぇ。なんか全然旨いねぇ。誰作ったのぉお？」

「お昼は脇坂の家だからね。忘れないでね」

「おい、餅、もう一個焼いてくれねぇかな」

「二、三日と一週間じゃ全然違うよおじいちゃん」

「きなこもちがいいの？　でもお雑煮の汁は飲んでね」

「もらえません」

「もらえませんよ」

「研人は外出するときは必ずマスクね。帰ってきたらうがい手洗い。忘れないでね」

「おい、ポン酢取ってくれポン酢」

「え？　貰わないの？」

「今からそんなに気をつけてもしょうがないじゃん」

「え？　どうしておとしだま、もらえないんですか？」

「油断してたら駄目だよ。みかん食べなさいみかん。毎日三個みかん」

「はい、旦那さんポン酢です。何にかけますか？」

「おとしだまは、まっすぐちょきんです」

「そう、ちょきんするから、もらえないの」

「旦那さん！　焼餅にポン酢ですかー」

「別におかしかねぇだろうよ」

まぁ問題はないですけれど、どうなのですか。あまり美味しいとは思えないのですが、本人は美味しそうに頬張ってます。死ぬまでこの変な舌は治らないのでしょうね。あ、お餅を飲み込むときには気をつけてくださいね本当に。

そしてかんなちゃん鈴花ちゃん、お年玉はすぐに貯金なんですね。きっとお母さんに言われたのを覚えていたんですね。良いことですよ。研人なんかあっという間に使ってしまいますから。

お正月の家の中がどこか清々(すがすが)しく厳かに感じるのは、大掃除をしてあちこちがきれいになったのもありますが、居間の襖(ふすま)が新しくなったのが大きいですよね。

我が家の頼りになるアーティスト、マードックさんが毎年少しずつなのですが、襖の張り替えをしているのです。しかも、マードックさんが描いた日本画の襖絵なのですよ。版画の他に日本画にも造詣(ぞうけい)が深く、たくさんの作品を描いているマードックさん。それぞれの部屋に必ず襖がある古い家ですから、皆が自分の部屋の襖絵をリクエストしています。

今年はマードックさん、居間と仏間を仕切る襖に見事な龍虎の襖絵を描いてくれました。これがまた枯淡（こたん）の味わいがある白と黒の見事なものなのです。これはぜひ新年の朝に替えなきゃならん、と、勘一が起きてすぐに替えたのですよね。

そうそう、お正月には猫や犬たちにも普段はあげない高いキャットフードやドッグフードをあげるのですよ。でも、犬猫を飼っている方ならお分かりかと思いますが、急に違うものをあげると、それが妙に気に入ってしまって普段のものを食べなくなる子がいますよね。毎年それで、ちょっと悩んでしまうことがあります。

朝ご飯が終わりますと、食器などを洗うのは男性陣にお任せして、女性陣が初詣の準備をします。もちろん、お参りに行くのは祐円さんの神社ですよね。

初詣は全員が晴れ着に着替えて出かけるのが堀田家の習慣です。紋付き袴（はかま）を着るのは勘一と我南人だけで、紺と青、研人にマードックさんはスーツですが、女性陣が大変です。全員がお着物を着ますから、準備に多少時間が掛かります。さっさと着替えられる男性陣は、お茶を飲んだり煙草を吹かしたり、お正月のテレビ番組を観たりしてまったりと待っています。

勘一が「おう、まだかよ」と声を掛けてきて、藍子に「まだです」と怒られるのもいつものことです。我が家ではかずみちゃんも藍子も、そして亜美さんも着付けができますので、そんなに急かされるほどの時間は掛かっていないのですけどね。

花陽もかんなちゃんも鈴花ちゃんも可愛らしいお振り袖です。さすがにかんなちゃん鈴花ちゃんのものはレンタルですね。小学校の高学年になれば、花陽が昔に着たものがありますから待っててください。

花陽は高校生になってからはシックな黒地のお振り袖を着るようになりました。これは藍子も若い頃に着ていたものです。着物は、新しく買ったものもありますが、ほとんどがわたしが残したもの。あの時代にこれだけはと大切にしていたものを、藍子から花陽、そして大きくなればかんなちゃん鈴花ちゃんに着てもらえるのは本当に嬉しいですよ。

既に着替えをすませた男性陣が居間でのんびりと待っていますと、ピンポン、と裏玄関の呼び鈴が鳴ります。

「はーい、どうぞー」

青が出て行きます。誰が来たかはもうわかっていますよ。からからと戸が開いて、いらっしゃったのは小料理居酒屋〈はる〉さんの、コウさんに真奈美さんに一人息子の真幸ちゃん。そして池沢さんですね。

いつごろからだったでしょうね。真奈美さんが〈はる〉さんを任され始めた頃から、こうやって一緒に初詣に行くのが恒例になりました。もちろんその頃は、藍子の後輩で幼馴染みの真奈美さんとしてだったのですが、今はこうして甲一家として、になりました。一人息子の真幸ちゃんはコウさんの腕の中で眠っちゃってますね。コウさんは黒の礼服、真奈美さんはシックなコートに黒のワンピースの洋装です。喪中ですから色物は控えますと言ってました。

そしてまぁ、池沢さんは相変わらず美しいです。流水柄に梅をあしらった訪問着、色合いは地味なのですが、着る人が着るとやはり違います。そうでした、実は今年、藍子と亜美さんが着ている訪問着は、池沢さんにいただいたものなんですよ。さすがに良い物を持っていると勘一も感心していました。

「おはようございます。本年もよろしくお願いします」

「こちらこそ、本年もよろしくお願いします」

居間に上がってもらって、皆でまずは新年のご挨拶。女性陣が忙しいので、紺がお茶を出します。

「今年も予定通りのお休みかい」

勘一がコウさんに訊きます。

「そうです。三が日は休みまして、四日に準備して五日から営業します」

「そうかい。じゃあ五日にお初で皆で顔出すか」

それもいつものことですよね。お節に飽きた皆も〈はる〉さんにご飯を食べに行くのを楽しみにしています。

「よろしくお願いします」

「玲井奈ちゃんところは別々に行くの？」

　真奈美さんが紺に訊きます。

「そう。何せこっちは人数多いしね。無理に予定を合わせてもらうのも悪いし」

　裏の裕太さんたちですね。一緒に初詣に行ってもいいのですが、これで裕太さんの一家も加わると団体旅行並みの人数になってしまいますよね。のんびりと、家族水入らずで行かれるのがいいんじゃないでしょうか。

「お待たせしましたー」

　ぞろぞろと女性陣が二階から下りてきました。かずみちゃん、藍子に亜美さん、すずみさんに花陽、そしてかんなちゃんに鈴花ちゃん。どうですか、これだけ晴れ着の女性が揃うと本当に華やかですよね。

「待ったぜ待ったぜ。さっさと行くぜおい」

　仕事のときにはのんびりと何時間でも座っているくせに、どこかへ出かけるとなるとせっかちになるのが勘一の悪い癖です。

「さ、かんなちゃん鈴花ちゃん、はげちゃびんの祐円んところへ行くぜ」

「はげちゃびん！」

「はげちゃびん！」

そういう言葉を教えないでください。祐円さんだからいいようなものですけれど。

祐円さんの神社である〈谷日神社〉へは歩いて三分ですが、子供もいるし皆晴れ着ですから十分は掛かりますか。本当にご近所さんなんですよ。

小さな神社なのですがその歴史は古く、江戸時代の書物にはもうその名があるそうです。ただし、一体いつからここにあるのかというのは実はわかっていないとか。鎌倉時代にここの村の産土神が祀られたという伝承はありますので、おおよそそれぐらいであろうという話ですよ。

神社の鳥居をくぐりますともうそこから空気が変わります。小さな境内ですがきれいに掃き清められ、ご近所の方もたくさん初詣にいらしています。祐円さんはもう引退はしたのですが、さすがにこの時期にのんびりはできません。今頃大忙しで働いていると思いますよ。

御手洗で手を洗い、お賽銭を賽銭箱に入れて、鈴を鳴らして、二礼二拍手一礼。お願い事をしっかり心の中で言います。かんなちゃん鈴花ちゃんも教えられて、二人で小さな手を打ちました。何をお願いしましたかね。

勘一がこのときに願うことは常に決まっているそうですね。二人で初めてお参りに来たときに教えてくれました。〈天下泰平〉だそうです。

願い事はそれぐらい大きい方がいいとわたしも思います。でもさすがに今年の願い事は、研人の合格祈願じゃないでしょうかね。

「がなっちゃん。明けましておめでとう」

「あぁ新ちゃんぅ」

大きな声が聞こえてきました。我南人の幼馴染みの新ちゃんですね。さすがに立派な体格ですから羽織袴姿に押しが利いています。〈昭爾屋〉さんの道下さんの姿も見えました。幼馴染みが三人集まりましたが、皆もう六十半ばのおじいちゃんですよね。元気な姿で新年を迎えられるのは本当にありがたいです。


初詣が終わると、今年はそのまま紺と亜美さん、研人とかんなちゃんは脇坂家へお年始に伺います。青とすずみさん、鈴花ちゃんは、すずみさんのお父さんのお墓へお参りした後に、叔母である聡子さんのお宅へ。

帰ってきた勘一、我南人はさっそく着替えます。マードックさんと藍子と花陽は、イギリスにいるマードックさんのご両親とネット上で急いでご挨拶します。ロンドンとは時差がありますからね。新年を迎えたばかりのご両親が寝てしまわないうちに、花陽の晴れ着姿を見せるのですよ。外国の方と簡単に画面上で会えるというのは、本当に凄い時代になったものです。

そうやって、元日は初詣や、年始のご挨拶で日が暮れていきます。全員がようやくまた揃うのは晩ご飯の前になります。

新しい年が、始まりましたね。

二

三が日もつつがなく過ぎていきました。

今年の東京はずっと天気が良く、穏やかな休みを過ごせましたね。

堀田家には二日に藤島さんや三鷹さんご夫妻がお年始に来てくれました。三日には、葉山に住んでいる我南人のお友達でミュージシャンの龍哉さんとくるみさんご夫妻、アメリカから帰国中の光平（こうへい）さんも久しぶりに顔を出してくれましたよ。木島さんご夫妻に、茅野さんもやってきて、今年もよろしくお願いしますと笑顔でひとときを過ごしました。

正月気分の冬休みも終わり、いよいよ今日から新しい年の仕事や勉強が動き出します。子供たちの学校も幼稚園も今日から始まります。

何せ研人は受験生。来月には試験ですから今更焦ってもしょうがないという意見もありますが、本人もここでふんばらないといけないと言っていました。良い心掛けですね。もちろん花陽も医大を受験するという目標がありますから一層気を引き締めて毎日を過ごしていかなきゃなりません。

そして古本屋〈東京バンドワゴン〉も〈かふぇ　あさん〉も、今日から開店です。いつものように慌ただしくも賑やかな朝ご飯を済ませて、皆がそれぞれの仕事を始めました。

カフェのカウンターに藍子に亜美さん、そして毎年この日は朝にやってくるお客様が増えますので、青もすずみさんも手伝います。何故正月明けに増えるのかと考えると、まだお休みのリズムで身体が慣れなくて、朝ご飯をここで済まそうという方が多くなるのじゃないですかね。

かんなちゃん鈴花ちゃんを送り出したかずみちゃんは家事を、我南人は元旦に言っていたように、さっそく葉山の龍哉さんのスタジオに出かけていきましたね。ここ半年ぐらいずっと続けていた新しいアルバムの制作がいよいよ終盤に入ったと言っていました。

紺はいつものように居間の座卓でノートパソコンを開いて執筆と、細かな雑用ですね。紺は自分の部屋に机がありますから、そこで執筆した方が静かではかどりそうなものですけれど、どうもここにいた方が慣れていていいみたいですね。

古本屋の帳場にはいつものように勘一がどっかと座ります。藍子が熱いお茶を持ってきますよ。

「はいおじいちゃん、お茶です」

「おう、ありがとな」

「寒くない？」

しばらく人気がなかった古本屋とカフェですから、空気が若干冷たく感じますよね。

「おう、大丈夫だ。冷えたら膝掛け使うからよ」

冬の一日、家の中のあちこちでオイルヒーターが活躍しています。何せ古本屋ですから紙のものばかりです。火を使わないオイルヒーターは暖房にはちょうど良いですよね。かといって暖房での乾燥は古本にもあまりよろしくありません。加湿器なども動いていますから、この時期の我が家の電気使用料は毎年けっこうなものになります。なので、小まめな節電とかを皆で心掛けてやっています。

「ほい、おはようさん」

祐円さんですね。今日は神主らしい、袴姿でカフェの扉からやってきました。

「おはようございます」

「藍ちゃん亜美ちゃんすずみちゃん、今日はコーヒーね。新年早々美しい三姉妹だね」

義理の三姉妹はにっこり笑って流します。祐円さんはいつものように、そのまま古本屋へ歩いていきますよ。

「おはようさん」

「なんでぇまだ神社は朝から忙しいんじゃねぇのか」

祐円さん、帳場の横に腰掛けます。

「引退した八十過ぎの爺をそんなにこき使うなってさ。また倒れたらどうするんだよ」

勘一が笑います。確かにそれはそうですけれどね。

「はい、祐円さんコーヒーです」

すずみさんがコーヒーカップを持ってきます。祐円さんはいつもブラックですよ。

「ありがとね。どうだいすずみちゃん。今年は二人目の赤ちゃんを」

すずみさん、またしてもにっこり笑います。お母さんですけどいつまでも可愛らしい笑顔ですよね。

「授かり物ですのでー」

そう言ってさっさとカフェに戻ります。祐円さん、あんまりそういう話ばかりしていると今に笑ってもくれなくなりますよ。

「しかしあれだよ勘さん」

「なんでぇ」

「不景気が続くと神社が儲かるってのは本当だよな。ここ何年か我が家の年末年始の忙しさったらハンパないぜ」

むぅ、と勘一唸ります。

「まぁ沈むところがあれば浮かぶところもある。世の常ってやつさ」

「それからすると古本屋はいつも沈んでばかりだな」

「馬鹿野郎、古式ゆかしい潜水泳法ってのがあるんだよ」

幸いにして明治の昔からこうしてお店を続けていられますが、本当にありがたいことですよ。

「どうも」

カフェからひょいと顔を出されましたね。木島さんじゃありませんか。先日はわざわざお年始ありがとうございます。

「よぉ木島。仕事始めから熱心だな」

木島さん、そのまま丸椅子に座ります。

「改めて、明けましておめでとうございます。本年もよろしくお願いします」

「こちらこそ。よろしくお願いします」

「なんだかパリッとしてないかい木島ちゃん。年始回りか？」

祐円さんが訊きます。確かにそうですね。いつものよれよれのスーツではありません。

木島さん、にやりと笑います。

「ま、これから藤島社長んところに顔を出すんで、単純に新調したのを新年早々着込んだだけで」

「どうせあれだろ。かみさんに少しは見栄え良くしてくれって怒られたんだろうさ」

「そんなところで」

奥さんの仁科さんもいわば仕事仲間ですからね。気を遣ってあげた方がいいですよ。それに木島さん、きちんとすると中々渋い良い男なんですよ。

「じいちゃん」

紺が顔を出しました。祐円さん木島さんとも挨拶です。

「親父からメールがあって、昼前に夏樹くんをこっちに寄越して、親父の部屋でちょっと作業させるんだって。終わったら昼飯でも出してやってってさ」

「おう。了解だ」

夏樹さんが来るんですね。お仕事なんでしょうけれど、我南人は顎でこき使ってないでしょうね。

からん、と、古本屋のガラス戸が開き、土鈴が鳴ります。

「おはようございます」

勘一がひょいと見ます。中年の男性の方ですね。コートを着ていますがその下はスーツだとわかります。一見したところ、サラリーマン風の方ですね。祐円さんがどれ、とカフェに戻っていきました。木島さんも立ち上がって棚の前まで移動しました。常連がわいわいとやっていると、普通のお客さんが気まずい思いをすることがありますからね。いつも気を遣っていただきすみません。

男性の方、ぐるりと店内を見回し、ゆっくりと棚の間を歩き始めました。その様子を見て、勘一は積んであった読みかけの本を開きます。

長いこと古本屋をやっていますと、棚を眺める様子だけでそのお客様がどんなタイプかわかりますよね。

この中年の方、明らかに古本屋で本を選ぶのに慣れている方です。そうして、何か気になるものがあれば確実にチェックしようとしています。つまり、根っからの古本好きの方のようですね。

ゆっくりと棚の間を巡り、全部の本を確かめようとしています。それも最近の現代小説などの棚は割合に流して、本当に古い本の辺りを重点的に見ていますね。

古本屋では音楽などは流していませんが、カフェで流している音楽がこちらにも少し聴こえてきます。我南人というロックンローラーがいる我が家ですが、年齢層が高いこともあってジャズやオールディーズポップスなどが中心になりますね。

ゆっくりと棚を回っていた中年男性、帳場の前で立ち止まりました。勘一がひょいと顔を上げましたね。

「新年早々すみません。ご主人の堀田勘一さんですね？」

「さようで。堀田でございますが」

名前を知っていたんですね。どなたかに聞いていらしたんでしょうか。

「実は私、こういうものでして」

名刺を出します。あまり慣れていませんね。少なくとも営業関係の方ではないようです。勘一がこりゃどうも、と、名刺を受け取りました。

名刺を見て勘一の眼が少し細くなりましたね。

「ほう。こりゃあ珍しいところの方がお越しで」

名刺には長い部署名が書いてありました。

〈宮内庁書陵部図書課宮内公文書館公文書第五係　国坂直治〉

成程、これは確かに珍しいところの方ですね。

初めてというわけではありません。その昔には何度かこちらの部署の方はいらしてましたね。でも、ここ二十年三十年ばかりはまったくお出でにならなくなっていましたけれど。

「改めまして、明けましておめでとうございます。どうぞお見知り置きを」

「ご丁寧にどうも。こちらこそよろしく」

型通りの挨拶の後、勘一、じろりと国坂さんを見ます。あぁ、木島さんが国坂さんに見られない位置の本棚の陰で聞き耳を立てていますね。しょうがないですね。これも記者の性分なのでしょう。

「正月明け早々にお出でとは何か理由でも？」

国坂さん、いえいえと手を振りました。

「特に理由はありません。強いて言えば伺おうと思ったのが年末だったものですから、慌ただしいときより年明けにしようと」

成程、と、勘一頷きます。

「公務でお越しですかい？　それとも個人的に？」

「個人的にです」

国坂さん、銀縁眼鏡の奥でにっこりと笑いました。年の頃なら五十かそこらでしょうか。白髪というよりは銀髪が見事ですね。しかも大変にボリュームがある髪形です。中肉中背で、やはり豊かな銀髪が目立ちますね。

「そもそも、こちらに公務で来る人間ももう絶えて久しいと聞いています」

「そうでしょうな。昔は随分と足しげく通ってもらいましたが」

どうにものっけから皮肉の応酬みたいになってしまいました。紺がいつの間にかこちらに来てその様子を眺めてましたね。何かを取りに来たら出くわしたという感じですか。

「実はですね、堀田さん」

国坂さん、唇だけで笑顔を作りました。

「折り入ってご相談があるのですが、どこか、人に聞かれない場所でお話はできませんか。たとえば」

言葉を切りました。

「蔵の中とか」

蔵の中は多少冷えていますが、こちらでもオイルヒーターが動いています。常連さんはまだしも、こういう方を居間を横切り縁側から蔵に案内するわけにはいきません。勘一は渋い顔をしながら、ぐるりと外を回ってお連れします。

店番は紺に代わってもらいました。勘一、さりげなく名刺を文机に置いていきましたので、紺と木島さんがそれを見て、顔を顰めました。

「新年早々に、そう来ましたか」

木島さんが唇を尖らせます。

「あれかね？　堀田さん、この部署をよく知ってるような口ぶりだったけど、昔々のあの関係かね」

紺が小さく頷きます。

「僕も話しか聞いたことないですね。でもまぁ、来たら追い返していた人たちであることは間違いないけど」

うぅん、と、木島さん唸ります。

「宮内庁書陵部図書課宮内公文書館っていやぁ、単純にやんごとなき方の資料を保存したりするところだよな。ここにある資料を寄越せって話かなぁ」

紺も、うーんと唸ります。

「まぁたぶん、あんまりいい話じゃないことは確かかな」

「紺ちゃん、念のために堀田さんの傍にいたらどうだい？　俺が行くわけにはいかねぇから、お茶持っていってさ。店番は俺がやっておく。客来たら隣からすずみちゃん呼ぶから」

「そうするかな」

そうした方がいいでしょうね。また勘一が怒鳴るようなことにならなければいいですけどね。

蔵の中に行ってみましょうか。

あぁ、国坂さんが眼を輝かせて、辺りを見回していますね。

「こりゃあ、凄い！　本当に凄い！」

まるで子供みたいに眼をきらきらさせて喜んでいますね。この方も本好きの方であることは間違いないんですから、勘一もそう警戒しないでもいいと思いますよ。

そこに、紺がお茶を持ってきました。中二階へどうぞと勧めます。そこには作業台も椅子もありますからね。

「いやぁ噂には聞いていましたが本当に素晴らしい」

国坂さん、興奮した口調で言って、お茶を啜ります。

「できればこれを全部そのまま私たちのところに持っていきたいぐらいです」

「お褒めにあずかりどうも。しかしそう大したもんでもありませんぜ。古いものは確かに多いですがね」

勘一もお茶を一口飲みます。

「それで？　国坂さん。お話とは何でしょうな。暇な古本屋とはいえ仕事中なんでね。手短にしてもらえると助かるんだがね」

「あぁ申し訳ないです」

そこで、勘一の隣に座った紺を見ました。

「こちらは、息子さんですか？」

「いやいや、孫の紺ですよ。ご心配なく。我が家の勧進元みたいな男ですから」

「あぁ！　作家の堀田紺さんですね？」

作家と言われて紺が照れますね。

「いえ、ただの物書きの端くれです。お気になさらず。どうぞお話を」

国坂さん、うん、と頷きます。

「では、単刀直入に伺います。こちらには、この蔵の中には私共が預かるべきような文書があると聞いてきたのですが、それを見せていただけませんか」

　やっぱり、その話なのですね。もう何十年も前に終わった話だと思っていたのですが。

　勘一、苦笑いして首筋をぽりぽりと掻きました。

「そんな大層なものはありませんな。どうも昔っから誤解されて困ってましてね。それこそ何十年も前に何度もねぇ、そちら含めていろんな方にお話しして、ここにはないと納得してもらったはずなんですがね」

「ええ、そういう記録も残っています。ですがね、堀田さん。小耳に挟んだのですが、こちらに私共とも縁の深い方がやってきて、堀田さんとじっくりお話しになったとか」

「縁の深い方？」

　紺が首を捻りました。

「書家の方ですよ」

　勘一の眼が細くなりました。紺も気づいたようですね。

　それは藤島さんのお父さんのことでしょうか。〈藤三〉さんこと、藤島三吉さんですねきっと。

「その方の名誉のために申しますと、決して会談の内容を話したわけではありません。しかし、あそこには確かに何かがある。そういう匂いがある、といたく感心していました。あの方の、本物の達人だけが持つ感覚を私共が信じないわけにはいきません。どうですかね堀田さん、新年を迎え、新しい気分になって、今まで隠していた本当のところを教えていただくわけにはいきませんか」

あぁ、いけません。そういう言い方がいちばん勘一の癇に障るのですよね。一瞬にして勘一の身体が大きく膨らんだような気がします。紺が気づいて止めようとしましたが、その前に、勘一がふーっと大きく息を吐きました。

どうやら自分で抑えたようですね。

「国坂さんよ。もう一度言いますぜ。ねえものは、ねえ。お宅らにお見せするような文書も、本も、一切、ねえ!」

最後は我慢し切れずに少し大声になりましたが、通常の範囲内でしょう。

「お話は、これまでにさせてもらいますぜ」

国坂さん、慌てていませんね。ゆっくり頷きました。

「では、デジタルデータはどうですか?」

デジタルデータですか。その話も知っているのですか。

「こちらの蔵の全てのものを、デジタルデータにしたと小耳に挟んでいます。何もかも、です。それを閲覧させてもらえませんか? 別に構いませんよね? ここに置いてあるものはほとんどが売り物にできるものですよね? データの内容を写させてくれなどとは言いません。全部のデータを見せていただけるだけで良いのですがね」

「国坂さん」

紺です。これ以上勘一に喋らせると怒鳴り出すと判断しましたね。

「生憎ですが、我が家では目録も作りません。デジタルデータもあくまでも内容保存のために作ったものであって、閲覧させるために作ったものではないんです。なので、お見せすることはできません。もし、この蔵の中の本を見たいと仰るのであれば、棚に出ているものはどうぞ、こちらの白手袋をつけてご覧ください。ただし、一時間程度にしていただけると助かります。メモも写真もご遠慮ください。何か買いたいものがあるのでしたら、ご相談に応じます」

紺が白手袋を作業台の上に滑らせました。勘一が、小さく頷きましたね。国坂さんも、ふぅ、と息を吐きました。

「そうですか。どうあっても、見せていただけませんか」

「見せないんじゃねぇ。見せるものは、ねえ、と言ってるんだぜ」

国坂さん、ゆっくり立ち上がります。

「デジタルデータは、こちらで保管しているんですね？」

「当然ですね」

紺も立ち上がり、頷きます。勘一は座ったまま眼を閉じていますよ。

「では、バックアップがありますよね。複製したデータです。デジタルデータ化したのにバックアップがないっていうのは愚の骨頂ですからね。それは別の場所に保管するのがリスク管理というものです。きちんとした会社ならそうしてるはずですよね。ということは、藤島さんの会社〈FJ〉にバックアップがあるんですね？」

今度は紺の眼が細くなりましたよ。大丈夫ですか。紺に限って頭に血が上って怒鳴ることはないでしょうけれど、でも、この子も十年に一度ぐらいは受け継いだ勘一の血が騒ぐことがありますからね。

「もう一度言います。あったとしても、お見せすることはありません」

静かに、でも強い口調で紺が言います。

国坂さん、大きく溜息をつきました。

「わかりました。もうこれ以上は無駄なようですね。どうも失礼しました」

そのまま蔵を出て行きます。諦めてくれたのでしょうかね。とりあえずは勘一が怒鳴ることもなく良かったですよ。

すぐに木島さんが蔵の入口に顔を見せました。

「おい木島、ちょうどいいや。藍子に貰って塩撒いとけ塩」

「いや、それより」

木島さんが急いで中二階に上がってきて言います。

「あの野郎の後をちょいと尾けますぜ。いいですね？　ダメって言っても尾けますんで！」

そう言ってすぐさま飛ぶようにして木島さん、出て行ってしまいました。勘一がふぅ、と息を吐きます。

「相変わらず腰の軽い奴だぜ」

「でも、大丈夫でしょう木島さんなら。別に無茶はしないよ」

そうだな、と、勘一も頷きます。

紺が、ちょっと考えましたね。

「じいちゃん」

「おう」

「この件、藤島さんにはすぐに言っておいた方がいいよね」

勘一が首を捻りました。

「そうさな。奴も忙しいだろうからよ、メールでもしておけや。我が家のことで面倒掛けても申し訳ねぇしな」

「藤三さんのことはどうしよう。伏せておいた方がいいかな。どう考えてもあの人がぺらぺら喋るはずないよね」

「そうだろうよ」

勘一も頷きます。

「そもそもあの人も、うちのことは、あっちの方面から話を聞いていたって言ってたからな。その繋がりで、まぁちょいと国坂って野郎が小耳に挟んだってことだろうさ。それは藤島には言わなくてもいいやな。何かありゃあ、あっちは親子なんだ。確認してくれりゃあいいことだからな」

「わかった」

このまま何事もなく終わってくれればいいですけどね。

＊

思わぬお客様で少しバタバタしましたけれど、それ以外はいつもと変わりなく時間が過ぎていき、お昼になりました。

幼稚園に行っているかんなちゃん鈴花ちゃんは、今日はお弁当の日です。通っている幼稚園では一ヶ月に一度だけ、お弁当の日があるのですよ。新年初めての今日がその日になりました。今頃は皆で仲良く、楽しそうにお弁当を頬張っていることでしょう。それぞれのお弁当はちゃあんとお母さんの亜美さんすずみさんが作っています。二人ともお料理は上手いですからね。ひょっとしたら女性陣でいちばん料理が不得意なのは、案外藍子かもしれません。

大人たちも順番でお昼ご飯です。

お昼はいつも簡単なもので済ませることが多いです。今日はカツ丼ですね。カツ丼と言っても我が家の場合は人数が多いですから、大鍋に放り込んでさっと煮込んだ野菜とカツを卵でとじて、あとはそれぞれ丼ご飯にかけるだけのものです。冷めたらレンジでチンですよ。

我南人の事務所で働いている、玲井奈ちゃんの旦那さんで小夜ちゃんのお父さん、夏樹さんがやってきて、二階の我南人の部屋でずっと作業をしていました。何でも膨大な量のレコードやCDを年代順に揃えたり、カセットテープをデータ化したりしていると か。大変ですよね。自分できちんと整理しないから人任せになるのですよ。

そろそろご飯にしますかと呼びました。

勘一と紺、青と夏樹さんが最初に座卓につきました。自分たちで勝手によそって、それぞれに「いただきます」です。夏樹さんも何度も我が家で食事をしていますから、もう勝手知ったる台所って感じになってきましたよね。

「どうでぇ、忙しいのか仕事の方は」

ご飯を食べながら勘一が夏樹さんに訊きます。夏樹さん、こくんと頷きます。

「そうですね。なんだかんだで忙しいです。といっても我南人さんたちはけっこう自分たちで動いちゃいますから、あんまり事務所でも会わないんですけどね」

「そうかい。まぁあいつらに付き合っても面倒臭ぇだろうから、その方がいいだろ」

夏樹さん、苦笑いします。我南人の所属する〈FJ〉の音楽事業部にはたくさんのミュージシャンの方がいますよね。その中に、我南人のバンド〈LOVE TIMER〉の個人事務所があります。

ああいうところのお仕事は、とにかく細かいことが多いですよね。マネージャーとしての仕事の他に営業や広告の制作や、一人で何役もしなければならないと聞いてます。

「あの、紺さん」

夏樹さんが言います。

「なに？」

「こんなこと訊くのは失礼かも、ですけど、古本屋の収入ってそんなに多くないですよね」

夏樹さんが済まなそうな顔をして言います。勘一も紺も青も苦笑いします。

「別に失礼じゃないよ。お察しの通り、古本屋の売り上げだけで暮らしていたなら、我が家はとっくに一家離散しているね。まぁここは持ち家だから、とりあえず住むところが保証されてて助かってる」

そうですね。家も土地も我が家のものですから、余程のことがない限り、衣食住の住だけは保証されてますよ。

「何だよ、経営状況を知りたいってか？」

「あ、いや、俺も事務所で先輩になってきて、いろいろと経費や売り上げやそういうのを考えるようになってきたんで。そういえば〈東京バンドワゴン〉さんは、明治からずっと店を経営しててスゴいなぁとか」

紺も青も、あぁと頷きますね。

「ある程度仕事を覚えて、経費計算とか任されだすといろいろ考えるよな。俺もそうだった」

青が言います。紺などはずっと我が家の勘定奉行をやっていましたからね。毎月毎月胃が痛くなる思いだったでしょう。

「あれだ、夏樹よ。俺もまぁずっと自営業だから大きな会社のことはよくわからねぇがな。給料の倍稼がねぇと、会社としてはそいつに赤字を出してるってよく言うな」

「倍、ですか」

「おうよ。給料分の他にそいつの保険とか税金とかなんだかんだとな、倍近い経費が掛かるのよ。つまりな、おめぇの事務所での給料が仮に十万だとすると、二十万分仕事で稼がねぇとおめぇは赤字を作る社員ってことよ」

紺も頷きますね。

「まぁ大ざっぱな話だけどそんな感じだね。大きな会社っていうのは差し引きゼロだったら利益なしで赤字と判断するからね」

「そうなんですか」

何だかしゅんとしちゃいましたね夏樹さん。どうしましたかね。

「俺、稼いでないなーって思うんですよね」

勘一が苦笑いします。

「おめぇの場合は業種の違いってもんよ。稼ぐのは我南人たちに任せて、その我南人たちミュージシャンをいかに気持ち良く仕事させて売り込むかが仕事じゃねぇか。我南人が稼げば、それは俺たちが稼がせたんだって胸張りゃあいいんだよ。んなこと言ったら俺ら古本屋だって、人様の本を売って小銭を稼いでいるんだからな」

そうですよ。自分で物を作る人がいれば、それを売って稼ぐ人もいる。たくさんの商売があって、この世の中回っているんですからね。

今度は藍子に亜美さん、すずみさんにかずみちゃん、女性陣でお昼ご飯ですね。カフェには紺と青が入って、古本屋ではもちろん勘一が帳場に座ります。夏樹さんはお昼ご飯を食べると、こちらでの仕事が終わったらしく、事務所に戻っていきました。

「へぇ、宮内庁」

すずみさんの話を聞いて、亜美さんがちょっと眼を丸くしました。午前中のお客様の話を、紺がすずみさんにしたのですよ。古本屋のことは何もかもすずみさんに把握しておいてもらわなきゃならないですから。

「失礼な人だったって話ですよ！」

すずみさん、ちょっと怒ってますね。

「大昔にいろいろあったからね。覚えてるよその辺の騒ぎは」

かずみちゃんです。そうでしたね。かずみちゃんがこの家で過ごした時期でした。

「でもまぁ、私たちは何を訊かれても、知りません、って言っていればいいんだから」

藍子が言います。

「それ、新しい家訓で必要じゃない？〈何があろうと知らぬ存ぜぬ〉とかで」

「いいですね！　新しい家訓必要ですよ。〈調味料を使い過ぎるな〉とか」

「それは勘一の手に書いておきな、だね」

皆で笑います。新しい家訓というのはいいですね。今壁に書いてあるのは全部お義父さんが考えたもの。時代が移り変わればいろいろと他にも必要でしょう。

呼び鈴が鳴って、ごめんください、と裏玄関の方から声がしました。あの声は修平さんではありませんか？　あぁ、そうです。亜美さんの弟の修平さんと、奥さんの佳奈さんです。

「あら」

声で修平さんとわかったので、亜美さんが玄関に出迎えましたね。どうぞどうぞと招き入れます。

佳奈さん、芸名は折原美世さん。以前は池沢さんと同じ事務所の新進女優さんでしたが、移籍してもうすっかり有名な女優さんになりましたよね。この間も主役でドラマに出ていましたよ。

明けましておめでとうございます、本年もよろしくお願いします、と、二人で挨拶です。佳奈さんのすごいところは、こうして役を離れて普通の格好でいるとすっかり一般の人になってしまうところですよね。修平さんと並んでも違和感がないのがすごいです。

「九州に行ってたのよね」

亜美さんが言います。そうでしたね。お二人で年末から旅行に行っていて、正月明けてから顔を出しますと言っていたそうですから。

お土産にとお菓子を持ってきてくれたのですが、これはどこのものでしょう。

「昨日、福岡から帰ってきたんだ。それで」

修平さんが言います。

「おう、修平、佳奈ちゃん」

勘一がのそりと古本屋から現れました。

「明けましておめでとうございます」

いやいや、今年もよろしくな、と、勘一もにこにこしながら座りました。

「久しぶりだな。と言っても佳奈ちゃんはな、テレビで観てるから久しぶりって感じがしねえけどな」

はい、と、佳奈さん微笑みます。結婚して二年になりますかね。もうすっかり二人でいることが馴染んできましたね。

「亜美さん、研人くんは学校ですよね？」

佳奈さんが言います。亜美さんが頷きました。

「それで、ちょうど福岡に行ってきたのでこれを貰ってきたんです」

佳奈さんがバッグから出したのは、あら、お守りですね。亜美さんがちょっと眼を大きくしてました。

「ひょっとして、太宰府天満宮の？」

「そうなんです。月並みだし、プレッシャーになってもまずいかなって話もしたんですけど」

修平さんと顔を見合わせました。

「でも、研人くんなら大丈夫でしょ？　本人に直接渡すのもそれこそプレッシャーだなって思って、昼間に持ってきたんだ。お年玉と一緒に渡しておいてよ」

「いやーありがとう佳奈ちゃん修平。あのバカ息子に確かに渡すから」

亜美さんがありがたくいただきました。太宰府天満宮は、今も学問の神様として有名ですよね。

「でも、実際どうなの？　青さんは五分五分だって言ってたけど」

修平さんに訊かれて、亜美さんは首を横に振ります。

「五分五分なら希望が持てるけど、七三で分が悪いわね」

「あらら、そうか」

「でも、都立だってありますから」

佳奈さんがフォローしました。

「まぁ、その辺はな」

勘一が笑います。

「試験で全部満点でも取りゃあ受かるだろうぜ」

それはそうでしょうけれど、そんな奇跡を願っても駄目ですからね。

「で？　こうやってのんびり旅行して帰ってきたってことは、佳奈ちゃんは新年早々に仕事かよ」

「いえ、まだしばらくは主婦業に専念します。次のお仕事は四月からなので」

にっこり笑って頷きます。

「雛祭りにはお邪魔させてもらいます」

そうですね。女性が多い我が家の雛祭りは、たくさんの雛飾りを出して賑やかにやりますから。

＊

三日ほど何事もなく日々が過ぎていきました。

不思議なもので、こうして会社や学校が始まって注連飾りも鏡餅も門松も片づけると、それまで漂っていたお正月気分があっという間に消えてなくなってしまいますよね。

今日も一日が終わり、晩ご飯も終わって、かんなちゃん鈴花ちゃんがお母さん二人とお風呂に入っている頃、我南人がひょいと帰ってきました。かずみちゃんも藍子もマードックさんも、隣の〈藤島ハウス〉に戻っています。研人と花陽は二階で勉強中ですね。

居間でのんびりとお茶を飲んでいたのは、勘一と紺と青です。

「おう、お帰り」

「ただいまぁあ」

どさりと我南人が座ります。

「どうしたこんな夜に」

勘一が訊きます。

「紺からメールでねぇえ、明日の日曜日に帰ってこられるかってさぁ。だから今日のうちに帰ってきたねぇ」

「明日？」

そうなんだ、と、紺が頷きます。

「何かあったの？」

青が訊きました。紺がちょっとだけ苦笑いします。

「それがね。研人の友達に頼まれてさ。話があるので、研人のいないときに会えますかって。僕と親父とさ」

「研人の友達？」

「バンドの友達だねぇ。ベースとドラムの子だよぉ。なんたっけぇ？」

「ドラムが甘利くん、ベースが渡辺くん」

そうでしたね。同じバンドで音楽をやってるので、とても仲良しだと聞きました。そもそも二人とも研人とは小学校から一緒です。研人が音楽をやり始めて興味を持って、集まったと聞いてますよ。

「だから、明日の日曜なら研人は芽莉依ちゃんの家で勉強するはずだから、そのときに来てくれればいいよって言っておいたんだ」

「そうかよ」

勘一が頷きます。

「何の話かね。さっぱり見当がつかないんだけど」

青が首を捻ります。紺も我南人も勘一も、さて、と、腕を組んだり天井を見上げたりしますね。

「まぁあ、明日になればわかるねぇえ」

その通りですね。

翌朝です。

いつものように賑やかな朝食を済ませた後は、それぞれにそれぞれの時間を過ごすために動き出します。

カフェでは藍子と亜美さん、青が働き、マードックさんはアトリエ、かんなちゃん鈴花ちゃんは裏の小夜ちゃんの家へ遊びに行きました。きっと後でアトリエにも行きますね。

花陽は塾へ、かずみちゃんは家事を、そして研人は芽莉依ちゃんの家へ出かけていきました。予定通りですね。

居間で我南人がのんびりとお茶を飲み、紺がノートパソコンのキーボードを叩いていると、メールが入ったようですね。

「これから来るってさ。なんだか近くの店で張ってたらしいよ。研人が出かけるのを待ってたって」

そうなのですか。でも中学生ぐらいの男の子のやりそうなことですね。

「了解ぃ」

我南人がそう答えた途端に、古本屋のガラス戸の土鈴がからんと鳴りました。

「おはようございまーす！　明けましておめでとうございます！」

元気な声が響きました。甘利くんと渡辺くんですね。

「おう、いらっしゃい」

勘一も笑顔で迎えます。ドラムの甘利くんは、いつも髪の毛が左右に跳ねている子ですよね。そしてベースの渡辺くんは背が高くて、中三でもう一七五センチあると言ってました。

まぁどうぞどうぞと居間に通します。勘一も何だか嬉しそうにして座卓につきましたね。この人は若い子たちと話したり、一緒にいたりするのを楽しみにしていますよね。ひょっとしたらそれが元気の秘訣なのかもしれません。帳場に座るのはすずみさんに任せました。

カフェからジュースを持ってきてもらいます。中学生はまだジュースをがぶがぶ飲みますよね。

確か、甘利くんはよく喋る子でしたよね。反対に渡辺くんは無口ですが、いつもにこにこしている子です。

「あの、なんか、大したことじゃないんだけど、ごめんなさい」

研人のお父さんですからね。紺が正面に座って話を聞いて、微笑んでいます。

「いいよ気にしなくて。どうせ僕たちはいつも家にいる商売なんだから、迷惑でもなんでもないよ」

「はい」

照れくさそうに甘利くんが笑います。中学生の男の子が、友達のお父さんに向き合うって恥ずかしいですよね。わかりますよ。

「研人のことなんですけど」

「うん」

「あいつ、気にしてると思うんですよ。オレと、ナベのこと」

「気にしてる？」

甘利くんと渡辺くん、二人で頷きます。

「ずっとやってこうぜ、って話してるんです。バンド。気が合うし、オレもナベも、研人の作る曲も声も大好きだし、や、どこでどうなるかわかんないけど、とにかくやっていこうって」

我南人もにこにこしながら話を聞いています。音楽をやってきた先輩として、二人の気持ちがわかるのでしょうね。何十年も前の自分の姿を見ているようなのではないですか。

「でも、それを気にしてるんじゃないかって」

甘利くん、我南人に向かってそう言ってからちょっと自分で首を傾げました。緊張してますか。何を言ってるのかわからなくなりましたか。

音楽をやっていると、我南人という男はかなり大きな存在だと聞きますよね。会ったことはあるそうですけど、やっぱりこうして向き合うと困りますよね。

甘利くんに突っつかれて、渡辺くんが口を開きます。

「つまり、僕たち研人のことが好きだから。好きなやつが、好きな人と一緒の高校へ行くのってこっちもウレシイです。だから、全然気にするな、どうせバンド活動できるのは放課後とか休みの日なんだから高校が別になっても関係ないって言いたいんですけど、直接言うとあいつ逆にけっこう気にするから。それで、あの、堀田家は仲良いし、お父さんと我南人さんに言っておけば大丈夫じゃないかって話になって」

「そうそう。そういうことです。さっすが生徒会長口が上手いわー」

「オマエが説明下手過ぎ」

まぁ渡辺くんは生徒会長だったんですね。それは知りませんでした。紺が笑って頷きました。

「二人は同じ高校が第一志望なんだね?」

「そうです」

研人も受ける都立の高校だそうですよ。

「だから、もしですけど、研人が私立落ちちゃったら同じ高校に行けると思うんで、それはそれでラッキーでウレシイんですけど、それを言うとまたあれなんで」

甘利くんが言いました。二人で研人のことを心配してくれて、それでわざわざ来てくれたんですね。嬉しいじゃありませんか。

我南人があれを言うかと思ったら、言いませんね。

何も言わずに甘利くんと渡辺くんに向かって、ぐい、と、拳を突き出しました。甘利くん、渡辺くん、嬉しそうに笑って、その我南人の拳にそれぞれ自分の拳を合わせます。

それで、いいんですかね。ミュージシャンにはミュージシャンの言葉があるのでしょうか。紺がそれを見て言います。

「すごくよくわかったよ。ありがとう」

二人に向かって頭を下げました。珍しく何も言わずにじっと話を聞いていた勘一も、同じように頭を下げました。

「二人が研人のことを考えてくれているのは、きっと研人に伝えるから。もちろん、研人が気にしないような形でね」

「はい。お願いします」

「あざっす！」

ぴょこんと、二人で頭を下げました。研人はこんな良い仲間に恵まれて幸せ者ですね。二人は言いたいことを言えて、ホッとしたんでしょうね。それじゃ！　と大きな声で言って、跳びはねるようにして元気に帰っていきました。中学生ぐらいの男の子って、本当に身体が軽そうですよね。

勘一もにこにこしながらそれを見送ります。

「まぁこれでよ、研人が受かってくれりゃあ万万歳だけどな」

「落ちたって、大丈夫だよ。あんなにいい友達がいるんだから」

そうですよ。子供はね、ちょっと淋しいですけど親よりも家族よりも、いい友達がいるだけで毎日を楽しく過ごせるものなんですよ。それが、大人になっていく第一歩でもありますよね。

「じいちゃん、何も言わなかったね」

紺が言います。

「そりゃあおめぇ。ここは俺の出番じゃねぇだろうさ。研人の父親であるお前と、同じ音楽やってる我南人しか出る幕はねぇだろうさ。ひい爺さんなんか黙ってりゃいいのさ」

確かにそうですね。紺も笑って頷きます。そこに、メールが来たのか、iPhoneをいじっていた我南人が、うーん、と唸りました。

「親父ぃ」

「なんでぇ」

「どうやら、こっちでは親父の出番みたいだねぇ。黙ってるわけにはいかないみたいだねぇ」

「あ？」

勘一が首を捻りました。

「何のこった？」

我南人が、iPhone の画面を見ながら言います。

「藤島くんからぁ、火急のお願いが来てるよぉ。これから木島ちゃんを乗せた迎えの車を出すから、葉山の別荘に来てほしいってぇ。自分は迎えに行けなくて申し訳ないけどお願いしますってさぁあ」

「藤島が俺にか？　火急の用事？」

「僕も一緒だねぇえ。つまりぃ、僕と親父に関係することらしいねぇえ。三鷹くんも一緒に葉山の別荘で待ってるらしいよぉ。迎えの車は東京の〈S＆E〉から今出すってさぁあ」

勘一の顔が歪みました。

「藤島と三鷹に木島、そして俺に我南人の五人で話ってことかよ」

我南人が頷きます。

「それだけじゃないねぇえ。今度は研人じゃなくて、僕のバンドだぁあ。葉山のスタジオにいる皆も呼び出されてるらしいねぇえ」

〈LOVE TIMER〉の皆さんもですか？

「事前に説明が必要であれば、これから電話するって書いてあるけどぉ、どうするぅ？」

勘一、鋭い眼付きになって頷きます。

「あのご丁寧な藤島がそこまで急いでるんだ。よっぽどのこったろうよ。説明なんか会ってからでいい、迎えが着き次第そっちに向かうから待っててくれって返事してやれ。おう、迎えが近くに着いたら家まで来ねぇで木島が電話を寄越せってよ。大通りの車のとこまでこっちから出向くからってな」

「了解ぃ」

我南人がメールを打ちます。

「じいちゃん。まさか」

紺が顔を顰めます。

「その、まさか、かもしれねぇな」

木島さんも一緒、ということはひょっとしたら、あの件かもしれませんね。そもそも藤島さんが我が家に会社としてする話は、あの件しかありません。

「他の皆にはまだ言うなよ。そうだな」

勘一が腕を組みました。幸いまだ他の誰にも聞かれていませんでしたね。

「暇だから、気紛れでよ。年始返しに我南人にくっついて葉山の龍哉の家に顔を出しに行ったとでもしとけ。夜には帰ってくるからよ。晩飯は間に合わなきゃ先に食ってろ」

「了解」

何がどうしたのかはわかりませんが、確かにこういう呼び出しは、藤島さんらしからぬことですから、余程の緊急事態なのでしょうね。

三

三十分も経たないうちに、我南人に木島さんから電話が入ったようです。

我が家の前の道路は狭くて、大きな車が入ってこられませんからね。タクシーを呼んだときなども、大きな通りまでこちらから出なければなりません。

我南人がスタジオに戻るからねぇえ、と皆に言って、ちょいと俺も挨拶しに龍哉のところに顔を出してくるわと勘一も一緒に出て行きました。

女性陣は一瞬「?」という顔をしましたけれど、いってらっしゃいと手を振りました。これで勘一が一人なら心配なので誰かをつけるところですが、我南人が一緒ですからね。

「すいやせん」

木島さんが大きな黒塗りの車で待っていました。確か前にも見ましたけれど、〈S&E〉の社用車ですよね。何も言わずに勘一と我南人が乗り込みます。後ろの座席に男三人が乗っても余裕がありますね。

わたしは前の座席にひょいと乗り込みました。何故かこの身体は、人にぶつかるとはじき出されてしまうものですから。

「どういうこった、ってのは向こうで訊いた方がいいのか?」

勘一が木島さんに言います。木島さんが、顔を顰めて頷きます。

「ややこしい話になっちまったんで、藤島社長からの方がいいですね。とにかく、あいつの件ですよ」

「あいつってのは、宮内庁のか?」

「宮内庁ぉお?」

我南人が首を捻りました。この男は知りませんよね。

「実際のところは、あいつのせいでもないんですけどね。とにかく、向こうでじっくり」

うむ、と、勘一頷きます。やっぱりあの方の件だったのですか。

それだけわかれば、後は向こうで聞きましょうか。男三人がむっつり無言のドライブに付き合っても楽しくありませんから、わたしは一度家に戻りましょう。

その後も家では勘一の葉山行きに、「何の気紛れかしらね？」という声は上がりましたが、特に詮索するようなことはなかったですよ。紺は青にだけは教えておきました。何かあったときには二人で対応しなければなりません。

勘一と我南人が出ていった後も、〈東京バンドワゴン〉ではいつもの時間が流れていきます。かんなちゃん鈴花ちゃんが帰ってきて、花陽も帰ってきて、家の中がまた賑やかになります。研人も戻ってきましたね。

さて、そろそろ車は葉山に着いた頃でしょうか。ちょっと行って様子を見ましょう。話も聞いてきましょう。一体何があったのか気になりますから。

本当にこういうときには便利な身体です。知っている場所ならどこにでも一瞬で行けますからね。

「あぁ、待たせたねぇえ」

三鷹さんの会社〈S&E〉の葉山の保養施設のリビングルームです。我南人がそう言いながら、ひょいと手を上げました。ちょうどいいときに来たようです。我南人に続いて勘一、その後に藤島さん、三鷹さん、木島さんと続きましたから、藤島さん三鷹さんのお二人が玄関で出迎えてくれたのですね。

我南人のバンド、〈LOVE TIMER〉の皆さんがリビングルームのソファに座っていました。

ドラムスのボンさん、ベースのジローさん、ギターの鳥さんです。

もう我南人とは何十年の付き合いになりますか。高校生の頃からですから、かれこれ五十年近くになります。わたしはその頃から知っていますから、今でも学生服のやんちゃだった頃の皆さんの顔が浮かんできます。すっかりおじいちゃんになってきましたけど、さすがミュージシャン、皆さん風情が若いですよね。

我南人の音楽事務所は、藤島さんのＩＴ企業〈ＦＪ〉の系列会社でしたが、統合されて今は一部門となっています。我南人のバンド〈LOVE TIMER〉だけではなく、他にたくさんのミュージシャンの方が所属しています。風一郎さんも、それから龍哉さんもそうですよ。

「どうも、勘一さん。ご無沙汰してます！」

〈LOVE TIMER〉の皆さん、ソファから立ち上がって勘一を迎えてくれましたね。勘一も軽く手を上げて笑います。

「そんなお大名が来たみてぇに一斉に動かなくてもいいやな。ジロー、おめぇ随分痩せたんじゃねぇか？　大丈夫か？」

「いや、実はすっごい減量したんですよ」

　あら、どうしました。

「少し太り過ぎていて、検査をしたらもうなんかいろいろヤバくてですね。断食道場とかいろいろ通って落としました」

　笑ってますね。もう全員六十半ばを過ぎていますよね。健康に充分注意して、長くバンドを続けてくださいね。

　三鷹さんの秘書の方でしょうかね。女性の方が勘一と我南人に飲み物を訊いてくださいました。勘一はお茶で我南人はコーヒーですね。

「どうぞ、お座りください。お酒でも出せれば良かったんですけど」

　藤島さんが勘一に言います。頷いて勘一は一人掛けのソファに座ります。藤島さんはその向かいのソファに。その横には、長年の友人三鷹さんが座りました。我南人の横には木島さんが座りました。

「なに、酒を飲むのは後にするさ。どうせ素面（しらふ）じゃねぇと話せねぇ聞けねぇややこしい内容なんだろう？」

「そうなんです」

　大きな窓ガラスの向こうには葉山の海が見えます。もう少しすると、夕暮れの景色が見られるでしょうか。これが楽しい会合ならいい雰囲気でリラックスできるのですが、そうはいかない雰囲気がありありですね。

女性の方が飲み物を持ってきて下がると、藤島さんは、ソファから少し身を乗り出しました。

「まずは皆さん、わざわざこんなところまでお呼び立てして申し訳ありませんでした。ですが、これから話すことは極めて内密の話になってしまいます。誰にも聞かれたくはないので、ここが一番だと判断しました。そして、今日の話はご家族にも誰にも話さないでいただきたいことなのです」

勘一が眼を細めます。我南人も、ボンさんも、ジローさんも、鳥さんも、ちょっと表情を硬くしました。

「できれば、所属アーティストである〈LOVE TIMER〉の皆さん、そして本来なら関係のない堀田さんなどに相談しないで、僕と三鷹の間だけで解決したかったんですが、どうにもならなくなりました。自分の不甲斐なさを恥じて、皆さんにお詫びします」

藤島さん、頭を下げました。隣の三鷹さんも一緒です。

藤島さんの表情が、身に纏う雰囲気が、いつもとは全然違いますね。

これは、うちにやってくる常連の藤島さんではなく、〈FJ〉の社長としての藤島さんです。三鷹さんもそうですね。きちんとスーツを着込み、顔つきまでが違います。こちらも、今や六本木ヒルズで一流企業と言われている〈S&E〉の社長としての顔をしています。

勘一が、よっこいしょとソファに座り直しました。ここには何度もお邪魔していますけど、来る度に調度品が変わっているような気がします。

「まぁいいさ藤島、三鷹。いくら仕事の話とはいえ、俺らの仲だ。しちめんどくせぇことは抜きにして、すぱっと行こうぜ」

「ありがとうございます」

藤島さんと三鷹さんが、また同時に頭を下げました。

「実は、以前も少しだけお話ししましたが、デジタルアーカイブ事業の話なんです」

うん、と、勘一頷きます。この顔はもう話がどういう方向へ進むかわかっている顔ですね。

「〈東京バンドワゴン〉の蔵の収蔵品をやらせていただき、それが良い形で終わったお蔭で、着々と仕事の話は進んでいたんです。それは〈FJ〉だけではなく三鷹の〈S&E〉も一緒です。二社合同の事業、そして堀田さんも察していらした通り、実は官民一体の事業でした。細かいことはまだ社外秘の事項なので言えません。とにかく、これにはお役所も関わっている、我が社にとっても非常に重い案件なんだ、とだけ理解してください」

勘一が、我南人が、皆が頷きます。自由な印象のあるミュージシャンとはいえ、立派な大人ですからね。それが何を意味しているのかよくわかるのでしょう。

「そして、〈FJ〉の音楽事業部の所属ミュージシャンである〈LOVE TIMER〉は、この度ニューアルバムの制作をほぼ終えています。マスタリングの作業や、ジャケットや、ライナーノーツの関係がまだ残っていますが、もうほぼ終わりと言っていい状態です。ところが」

藤島さんの顔が歪みました。

「横槍が入ってきました」

「ふぅうん」

我南人が変な声を出しました。どうしてこの男はこんな場面でも変わらないのでしょうね。

「ある条件を呑まないとこのアルバムは発売できなくなりそうなのです」

ボンさんが溜息をついて、ソファの背に凭れます。鳥さんは顔を顰め、ジローさんは下を向きました。

「どんな条件なんでぇ」

何故か我南人たちではなく、勘一が訊きました。藤島さんが、小さく頷きます。

「新譜には、四十年も前に我南人さんが歌って、物議を醸したプロテストソングなどが、放送禁止歌などと呼ばれたものが新しく録音されて入っています。それらを外すのなら、つまり全部で十二曲のうち、その四曲を外すのなら、発売可能です。もちろん代わりに四曲、新曲を加えてもかまいません。ただし、物議を醸すような曲でなければ、です」

勘一が腕組みします。我南人が頭をがしがしと搔きました。

他の皆も、ただ唇を尖らせたり、唸っただけで特に驚いたりする人はいませんね。

さすが日本の音楽界の大ベテランたちですね。もしくは、そういうこともあるかと思ってはいたんでしょうか。

「まぁ、そんなこともあるか、ってな話だな。どうせあれだろ？　我南人のその放送禁止歌なんて呼ばれたものの中にはよ、大手企業が随分とお世話になってるものを批判したのが入ってるとかだろ？　いわゆるスポンサー問題だよな」

「でもぉお」

我南人ですね。

「それはまぁ予想はついたよねぇえ。だからこそぉ、事前にきちんと根回ししてぇ、時代を考えてもいけるってことで進めてきたよねぇ。藤島くんもぉ、僕らの活動には社長だからいちいちかかわってはいないけどぉ、話は聞いてたよねぇえ」

「聞いていました。問題はないと、思っていました。あったとしてもそれはどうにでもなると思っていました」

藤島さんが、悔しそうな顔をしますね。

「それで親父がこの場にいてぇ、そのデジタルアーカイブ事業云々の話を一緒にしたってことはぁあ」

パン、と、勘一が膝を打ちました。

「つまりこういう絡繰りになっちまったってことか？　藤島」

ふぅ、と息を吐きました。

「こないだ、俺んところに宮内庁の書陵部の国坂ってぇ奴が来たわな。そいつがまぁあれこれ言ってきてよ。蔵の中にあるはずの宮内庁にも関係するものを見せろとな。俺は突っぱねたよ。んなものはねぇ、とな。そしたらそいつは〈FJ〉でやったはずのデジタルデータならどうだと言ってきやがった。どうやらおめぇの親父さん、藤三さんが蔵に入ったのをちょいと小耳に挟んだみてぇだな。そこから漏れたんだろうさ。それも見せるつもりはねぇと追い返したがよ」

「まず、堀田さん」

「おう」

「本人に責任はないとはいえ、父のところからこんなことになってしまったのも、お詫びします」

勘一が手をひらひらと動かします。

「そりゃ気にするな。藤三さんのせいじゃねぇさ。ああいう連中はとかく鼻が利くもんさ」

「今の話で、それで俺にもわかった」

ボンさんですね。

「デジタルデータに複製、つまりバックアップデータがないはずがない、ってその国坂とかいうのは藤島社長に言ってきたんじゃないの？　バックアップデータが藤島社長のところにないはずがない。それを見せろってさ。見せないんなら、今回の事業はなしにさせるとか言ってきたんでしょう？」

さすが〈LOVE TIMER〉随一の智慧者と呼ばれるボンさんですね。ひょっとしたら何かを聞いていたのかもしれませんが、的確な推測です。でも、藤島さんが、少しだけ首を横に振りました。

「あちらの方も、そう大っぴらには言えません。あくまでも個人のデータですから介入することなど、誰にもできません。でも、確かに我が社に言ってきました。いえ、匂わせてきました。複製があると思うけど、何とかならないのかと」

「おめぇのこった。そんなものはない、あったとしても俺の許可なしに見せられないって言ったんだろ」

「言いました。至極真っ当な、正当な言い分ですからね。ただ」

藤島さん、大きく溜息をつきました。

「遠回りして、デジタルアーカイブ事業で関わっている役所が揺さぶってきました。つまり、我南人さんのバンド〈LOVE TIMER〉の新譜に入ってる曲はいろいろ問題になった曲だから、そういうことをするミュージシャンを抱えた会社などは、あるいはそういうミュージシャンをコントロールすらできない〈FJ〉はとうてい信用できないんじゃないか。だから、もし、アルバムの曲を変更させられたならそれで良し。そんな簡単なことも〈FJ〉ができないのなら、今回の事業の大幅な見直しをしましょうと、事業の縮小を考えましょうと詰め寄られたら、それが通ってしまうようなところまできてしまっているんです」

藤島さんはそう言って、じっと話を聞いていた三鷹さん、少しの間眼を閉じました。

勘一も、我南人も、皆がそれぞれに考え込みました。

「でもぉお」

我南人です。

「そんなことまでするぅう？　たかがうちにあるものを見たいだけでぇえ」

「確かにそうだわな」

勘一が言います。そこで木島さんが、ずい、と前に出ました。

「そこで、俺なんですよ堀田さん」

「おう」

「こないだ国坂の後を尾けたじゃないですか。まぁ何せああいうところですから限界はあるんですがね。間違いなく宮内庁の人間だってことはわかりました。ここからが問題なんすよ。俺も藤島社長に話を聞いて、けっこうヤバい橋渡って調べてきました」

木島さん、眼付きが鋭くなりました。

「全員、聞いたら忘れてくださいね。ある官僚がいたと思ってくださいよ、宮内庁のそういうところにも出入りしている人間です。そいつがたまたま宮内庁を困らせている古本屋の話を聞いた。なんだそりゃたかが古本屋じゃないかと思ったが、たかが古本屋だからこそ、お上(かみ)が一個人に圧力なんか掛けられない。で、何かないかと調べたら、なんとどっこい自分も関係しているところで話を進めている、デジタルアーカイブ事業を任せようとしてる会社もその古本屋に絡んでいるじゃないかとなったんでさ」

我南人の眼が丸くなりました。反対に勘一の眼が細くなりましたね。

「で、その官僚さん。ちょいと宮内庁にさることで貸しを作りたいところだった。これ幸いってことで、すぐさま手を打とうとした。こっちにとって運が悪かったのは、そいつが我南人さんと同世代。〈ＦＪ〉の事業の中に音楽事務所があって、よく知ってる〈我南人〉の名前を見つけちまった。しかも若い頃に聴いた、あの世間を騒がせた曲も新録音で入る。これでいけるんじゃないか！　って話ですよ。この点で揺さぶれば、〈ＦＪ〉も諦めてデータを見せるだろう。宮内庁に貸しも作れるだろう、とね」

むーん、と、我南人が唸りました。

勘一も頭をがしがしと掻きむしります。

「まぁ、偶然を上手いこと利用した、あからさまな手口だわなぁ」

勘一が言います。

「もし我南人の新譜に放送禁止の曲が入っていなかったら、こんな話は出てこなかった。俺が突っぱねなかったら出てこなかった。間(ま)の悪いことになっちまったもんだな。我南人を知ってるからこそ、我南人が新譜からあの曲たちを外すなんてことはしないってわかってるんだな。そんなことをするぐらいだったら、ロックンローラーをやめるとかってな。困った藤島と三鷹に相談されて、俺はデータを見せることを許す。結果として、あいつらは〈FJ〉から俺んところのデータを手に入れる、だ。そうして宮内庁に貸しを作れる。とことん藤島と三鷹、うちの関係を知り尽くした上で、俺らが八方塞がりで動けなくなる話を持ち掛けてきやがったってことだな」

「そういうこって」

木島さんも溜息をつきました。

「まぁ、あの国坂って奴は何もしてないんですけどね。全部あいつの与(あず)り知らぬところで動いてたんで」

「付け込まれたのは、僕の責任です」

藤島さんが言います。

「むろん、俺にも責任があります」

三鷹さんが、口を開きましたね。

「堀田さん、我南人さん。俺たちはIT業界の人間として、個人のデータを勝手に見せろという話には絶対に乗ることはできません。あくまでも突っぱねます。しかし、同時に、会社も大きくなると身動きが取れなくなります。いえ、守るべきものがたくさん出てくるんです。俺は社員五百人、家族を入れれば千五百人近い人間の生活を守らなきゃなりません。同じく藤島も、です。大きな仕事になればなるほど、それをきっちりと、対外的に何の支障もなく仕上げなければ、信用などあっという間に崩れていってしまうんです。ましてや」

三鷹さん、悔しそうに一度唇を噛みました。

「お役所というのは、そういうものを気にします。そして悔しいことにそこと関係を持つことは、大きな意義があるのです」

勘一が、大きく頷きます。

「その通りだぜ三鷹よ。ましてやお前さんは会社を守るだけじゃねぇよな。自分の家族が増えるよな。可愛い赤ちゃんがよ。自分の仕事を、自分の家族の未来を、てめぇの力でそれを守らなきゃならねぇのは、男として当然のこった」

　三鷹さんが、小さく頷き、また唇を噛みしめました。

「結論としてよ。俺が曲がりゃあいいだけの話よ。うちの蔵にある、やんごとなき方の文書をちらっと見せてやりゃあ、その官僚さんも貸しを作れたってことで、おめぇたちの事業に口出しすることは止めるんだろうよ」

「堀田さん」

　藤島さんと三鷹さんが、辛そうな表情をします。

「んな顔をするな大企業の社長さんが二人も雁首（がんくび）揃えてよ。俺がこうやって納得すりゃいいだけのこった」

「親父ぃ」

　我南人です。

「なんでぇ」

「そんなバカなことする必要ないねぇえ。堀田家の、親父のぉ、魂みたいなもんを売る必要はないよぉお。簡単じゃないかなぁ」

　我南人は笑っていますね。

「何がおかしいんでぇ。簡単ってどういうこった」

「藤島くんぅ」

「はい」

「本日この時間をもってぇえ、〈LOVE TIMER OFFICE〉と〈FJ〉の契約を解除してもらうよぉお」

「え？」

「あ？」

我南人は、ボンさん、鳥さん、ジローさんの顔を見ました。

「それでオッケーだよねぇえ」

皆が、可笑しそうに笑いましたね。驚かないんですか。

「俺らに文句があるはずないじゃないか。今までだって、これからだって、フロントマンのお前についていくのが俺らの仕事なんだからさ」

ボンさんが言って、鳥さんもジローさんも笑って頷きました。そんなことでいいんですか。

いいんでしょうね。そうやって四十年も五十年もやってきたんですからね。

「しかし、我南人さん」

「だってぇえ、言ったんでしょう？『そういうミュージシャンをコントロールすらできない会社はダメ』だってぇ。だから、言ってやりゃあいいんだよぉ。『仰る通りですから、〈LOVE TIMER〉は事務所ごと契約解除に、クビにしました。アルバムは当該レーベルからも出ません。これで問題ございませんね？』ってさぁ。コントロールしたことになるじゃないぃ」

　あ、と、三鷹さんは口を開けましたね。

「いいんだよぉ藤島くん、三鷹くん。君たちには守るものがあるんだぁ。守るもののために稼いで戦う。それも君たちの熱いLOVEだよねぇ。そうしてさぁ、しっかりお金を稼ぐ君たちみたいな企業がないとぉ、そのお金を、僕たちみたいな売れないものに回せないからねぇ。それぞれに、それぞれがLOVEなんだよぉ」

「でも我南人さん」

　三鷹さんです。

「それじゃ、新譜が発売されないことに」

「そんなのはねぇえ。個人レーベルで出せばいいだけの話だよぉ。大手から出すだけが音楽じゃないからねぇ」

「あぁそれだけどさ我南人」

　鳥さんが携帯電話を置きました。そうなんですよ。さっきから鳥さん、どこかへメールを打っていたんですよね。

「風一郎と龍哉にメールしたからさ。あいつらの、龍哉のレーベル使えばいいじゃん。ついでに藤島社長」

「はい」

「不埒な連中の〈LOVE TIMER〉の仲間である、安藤風一郎と三崎龍哉も一緒にクビにしましたってその官僚さんに言ってやってよ。我南人を知ってるなら風一郎も龍哉も知ってるでしょ。どうですか、あなたに言われて〈FJ〉はこれだけ血を流しました。それでもあなたは文句がありますか？　ってさ。そこまでやりゃあ、向こうにだって話のわかる人はいるんでしょう？」

「鳥、おめぇまさか」

勘一です。

「お互い付き合い長いですからね。スタジオから呼び出されたときにこうなるであろうことは予測してたんで、龍哉と風一郎には言ってあったんです。ま、ここまで大事とは思ってなかったですけどね。もう来ますよ」

龍哉さんのお家はこの三鷹さんの会社の保養施設とは目と鼻の先ですからね。あぁ、ピンポンと呼び鈴が鳴りました。

ややあって、風一郎さんと龍哉さんがニコニコしながら部屋に入ってきました。

「水臭いなぁ我南人さん。早めに言ってくれればもっとちゃんと準備したのに」

龍哉さんです。

「一緒に行きますよ師匠。一本より三本の矢でしょうが」

風一郎さんがそう言って、笑いました。我南人も、にっこりと笑いましたね。

「これで、オッケーじゃあない？　藤島くん、三鷹くん」

＊

嵐のような出来事だったのですが、それから二週間が経ち、世間様への表向きには我南人率いる〈LOVE TIMER〉と風一郎さんと龍哉さん、仲の良いこのメンバーが大手事務所から独立した。それにともない、〈LOVE TIMER〉の新譜も違うレーベルから発売されることになった、という形になりました。

音楽業界では特に珍しくもないことですね。その裏に不穏な動きがあったことなど、誰も知りません。

藤島さんと三鷹さんの会社の事業も、そういう形を取った結果無事に進んでいるそうです。もう大丈夫です、ご迷惑をお掛けしましたと、藤島さん三鷹さん、勘一と我南人に言ってきましたが、元をただせば我が家が原因ですからね。むしろ謝らなければならないのは勘一の方です。本人もそう言って謝ってましたから、大丈夫ですよ。これからも楽しくやっていけます。

ただですね、我南人たちが新事務所を開いて一週間経ったときです。夏樹さんが、我南人と勘一に大事な話があるので、夜になって子供が寝た頃にお邪魔していいかと言ってきました。すぐ裏のお隣さんですからね。別に遠慮なくどうぞ、と勘一言いました。

小夜ちゃんは寝たのでしょう。かんなちゃん鈴花ちゃんも今夜は紺と亜美さんの部屋、つまりかんなちゃんのお部屋で二人で寝ています。かずみちゃん、藍子にマードックさんは〈藤島ハウス〉に戻りました。亜美さんすずみさんは一緒にお風呂に入っています。花陽と研人は自分の部屋ですね。

我南人と勘一、紺に青が居間でお茶を飲んでいるところに、夏樹さんがやってきました。

「今晩は。お邪魔します」

「おう、お疲れさん」

居間に入ってきた夏樹さん、正座しましたね。話があるので来る、というのは聞いていましたので、紺と青が席を外そうとしましたが特に構わないそうです。

「で？　なんでぇ改まって話ってのは」

「はい」

我南人も、どうしたのかな、という表情で夏樹さんを見ていますね。夏樹さん、少し緊張しているようですが、勘一を見て、それから我南人を見て言います。

「俺、我南人さんの事務所を辞めさせていただこうと思ってます」

「あん？」

「え？」

皆がそれぞれに驚きました。我南人だけが何の反応もしませんが、何か知ってたんですか。それとも察していたんでしょうか。

「マジ？」

辞めるって。どうしたんでしょうか。夏樹さん、正座したまま、話を続けます。

「俺、いい加減な男じゃないですか。犯罪者になるところを我南人さんや、堀田さんに救われて、それで、皆さんの厚意で、すっげえとんでもない厚意で、ここまで生きてきたじゃないですか。つまり、自分じゃ何にもできない男じゃないですか」

「そんなことはないねぇえ」

我南人です。

「夏樹の仕事ぶりはぁあ、事務所の皆が認めていたねぇ。君が頑張って良い仕事をしているからこそ、ずっと事務所にいられるんだぁ。使えない人間だったらとっくにクビになってるよぉお」

そうですよ。確かに出会ったときには夏樹さん、自分がろくでもないことをしていたせいで、厄介なことを抱えてましたよ。でも、そこからひとつひとつ、皆の手を借りながらでも、きちんとしていきましたよね。肩代わりしてもらった借金は今も毎月少しずつでも裕太さんに返していますよね。

それに、いくら我南人の紹介とはいえ、仕事は仕事です。この不景気の折りにいい加減な男を雇っていく余裕なんかないですよ。雇われていたのは、夏樹さんがちゃんと仕事をしていたからです。

「でも！」

夏樹さん、真剣な顔をしています。

「俺が、何にもできないのは確かなんですよ。与えられた仕事をこなして、それで給料貰うだけなら俺じゃなくたってできるんですよ。我南人さん独立して、事務所をやっていくって、俺も今まで通りだって言われて移ってきたけど、それは全員が稼げる人間じゃないとやっていけないじゃないですか。俺なんか、ただのお荷物になっちゃうじゃないですか」

うーん、と、我南人が唸りました。勘一も、少し首を捻ります。

「まぁ、夏樹の言いたいこともわかるわな。結局、今の自分のままじゃあ、少人数でやっていく我南人たちの、大した力にもなれないってことだな？　いろんなサポートしたりして、力にはなれるんだが、それは自分じゃなくても、もっと若いアルバイトとかでもできるってな？」

「そうなんです。俺が辞めれば、我南人さんの新しい事務所は楽になります。俺がいることで、負担になるんですよ。個人的にはもっともっと我南人さんの力になりたいけど、給料なんかいらないって言いたいけど、小夜と玲井奈のために稼がなきゃまたどんどん自分がダメになってく。我南人さん」

「はいよぉお」

「俺、事務所辞めます」

真っ直ぐ我南人を見つめて、背筋を伸ばして、夏樹さん言いました。我南人も、頷きましたね。

「それは、君が決めることだねぇ。そしてそれが君のLOVEならぁ、僕は止めないよぉ」

夏樹さん、唇を噛みしめます。

「今まで、ありがとうございました！」

身体を折って、深々とお辞儀をします。勘一も腕を組んで、頷きました。

「そこまで決意してるってこたぁ、夏樹よ」

「はい」

「やりたいことがあるんだな？　目標があるんだな？」

夏樹さん、勘一を見ます。

「建築関係の仕事をしたいんです」

「へぇ」

紺が声を出しました。建築関係ですか。

「裕太さん、ずっと〈家〉にこだわってるんですよ」

「家？」

　勘一が訊きます。

「お父さんがいなくて、お母さんがずっと裕太さんと玲井奈を育ててきたじゃないですか。子供の頃から自分たち家族の家があればいいって、ずっと裕太さん思っていたんですって。それが、人生の目標なんですよ。今も裕太さん、自分で使えるお金のほとんど貯金して家を建てる頭金を貯めてるんです」

「そうだ。そう言ってたよあいつ」

　青ですね。裕太さんとはいちばん年が近いですから、よく話していますよね。

　そうですね。確かに言ってました。いつかは郊外に家を建てて、皆で暮らしたいって。

「堀田さんたちもスゴいけど、裕太さんってスゴいじゃないですか。俺、あの人の妹を奪っていって貧乏させて、お義母さんを騙して金を取ろうとして、しかも逃げようとした男ですよ？　そんな男を許して義理の弟にして、一緒に暮らしてくれて、いろいろ面倒を見てくれてるんですよ？　それで、自分は大学院も出てちゃんとした会社に入って貯金をしてってとんでもないじゃないですか。我南人さんみたいなスターじゃないけど、地味だけど、ただの一般人だけど、スゴいじゃないですか」

「その通りだ！」

勘一が大きく頷きます。

「有名だから偉いんじゃねぇ。才能があるから凄いんじゃねぇ。真面目にコツコツと、自分のできることを一生懸命やって、ちゃあんと暮らしていける奴がいちばん凄いんだ。おめぇの言う通りだ」

その通りです。夏樹さんの眼が潤んでいますね。

「だから、俺も、裕太さんみたいに、玲井奈と小夜のために、頑張りたいんです。裕太さんの夢に乗りたいんです。家を建てたいんです。何とかして裕太さんと一緒に頑張りたいんです。だから、建築関係の会社に入って勉強しながら、家を建てる準備をしたいんです。現場でも営業でも何でもやって稼ぎながら、頑張りたいんです!」

「よぉし!」

パン! と、勘一が手を打ちました。

「よく言った! おめぇの覚悟確かに受け取ったぜ。おい我南人、ここまで言ってんだ。気持ち良く退職金はずんで事務所から追い出してやれや」

そう言って我南人を見て、にやりと笑います。

「それがおめぇのLOVEってやつなんだろう?」

我南人も笑いましたね。

「言われたねぇえ。もちろんだよぉ」

夏樹さんが、大きく勢い良く頭を下げます。

「すいません！　でも退職金なんかいりません！」

「いや、そこは貰っておこうよ」

紺ですね。

「そうそう。夏樹くんのためじゃなくて、玲井奈ちゃんと小夜ちゃんのためだよ」

青が言います。そうですよ。お金はあって困るものじゃありません。

「夏樹よ」

勘一が、優しく微笑みます。

「感心したぜ。いい心掛けの男になったな。とことん頑張ってみろ。だけどよ、いざってときには俺たちを頼ったっていいんだからな？　そこだけ覚えておけ。男の意地を張るのは結構だが、その意地のために玲井奈ちゃんや小夜ちゃんを泣かすんじゃねぇぞ？」

「はい！　ありがとうございます！」

＊

あぁ、紺が来ました。話ができますかね。

おりんを鳴らして、手を合わせます。

「ばあちゃん」

「はい、お疲れ様。なんだかいろいろ続いたね」

「ひとつ片づけばまたひとつってさ。毎度のことながら我が家にはいろんなことが起こるね」

「今更言ってもしょうがないでしょう。そういう家系なんですよ。夏樹さんのこと、いろいろ考えてあげてくださいよ。いくら一人でやってみると言ってもねぇ」

「わかってる。じいちゃんとも話したけどさ。新さんにそれとなく訊いてみるよ。就職を世話するんじゃなくて、夏樹くんが一人で頑張って建設関係に就職するのにはどうしたらいいかって」

「あぁ、それがいいね。新ちゃんなら同じ業界だし社長さんだし、方法はいろいろ知ってるでしょう」

「うん。あくまでもさりげなくね」

「あとは、来月、いよいよ研人の受験だね」

「あぁ、それはまぁ親とはいえ、頑張りに期待する以外は何にもできないからね」

「見守るだけでいいんですよ。結果はどうあれ、子供の頑張りをしっかり見てやること。それが大事なんですよ」

「わかってる。あれ、終わりかな?」

話せなくなりましたね。紺が小さく頷いて、またおりんを鳴らして手を合わせてくれます。おやすみなさい。また明日も早いですよ。

長い人生、目標を立てて何かを目指せば、成功するときも失敗するときもあります。それはもうどうしようもないことですね。何もかも上手くいくなんてことはほとんどありません。

でも、もちろん結果は大事ですが、そこに至る過程も大事なことです。努力は報われなくても、努力をし続けたその日々は、間違いなくそれからの人生の糧になりますよ。

何よりも、目指して辿り着いたところが、目標にしていたところであろうと、違うところであろうと、その場所からどうやって生きていくのかが大切ですよね。むしろそこからが本当の人生と言えるのかもしれません。

男だからこう、女だからこう、ではありません。どちらも守るつもりで守られていたり、守られていたつもりが、守ることに繋がったりもします。

何かを決断して動くときに、傍らに大切な人がいるのなら、お互いに相手のことを思い、思われていることを知って、一緒に歩んでいくことがいちばん大切なのですよ。

駆け足をしてみたり、ゆっくり歩いてみたり、坂道を登ったり、ときには少し離れてみたり。お互いの歩く速さがわかっていれば、同じ方向を見つめていれば、決して見失うことはありませんよ。

春　ヒア・カムズ・ザ・サン

一

春は曙、と、枕草子にありましたね。

春という季節は明け方がいちばん気持ちが良いのだ、などという解釈でしたか。確かに、春になって気温も上がり、ぬるんでくる水やほのかに緑の匂いを含む風など、明け方の静かな時間にいちばん感じることができますよね。

三月になって、我が家の小さな庭にも春の兆しがどんどん現れてきます。

いつもの年と同じように、一月の白梅から始まりまして、その下に咲く沈丁花。そして桜の木の根元に咲く雪柳と眼を楽しませてくれます。

そうして、後は桜ですね。

この家を建てる前からここにあったという桜の古木は、まだ朽ちることもなく、今年もしっかりと花開いてくれそうです。その枝は広く大きく伸びてお隣さんまで届き、小路に桜色の絨毯を敷き詰めてくれるでしょう。日本人はどうして桜の木を、花をこんなにも愛でるのでしょうかね。今もわたしははっきりと覚えていますが、大昔、まだ勘一とわたしが若い頃、この家に住んでいた皆と一緒に桜の木の下にゴザを敷き、昼日中から夜中まで酒を飲み、肴をつまみ花見を楽しんだものです。

今年は塩漬けにしておいた桜の葉で桜餅を作ろうと、かずみちゃん、藍子に亜美さん、すずみさんに花陽と我が家の女性陣が張り切っていますね。

それも、三月三日の雛祭りのためですね。

我が家の事情をご存じの方ならお分かりでしょうが、実に女性が多いのです。そして、お雛様もたくさんあるのです。

元々はわたしが残した古ぼけたものだけだったのですが、亜美さんがお嫁に来て実家から持ってきたものが加わり、さらにすずみさんも持ってきたのですよね。雛壇を組み立てて緋毛氈を敷き、内裏雛に右大臣に左大臣、三人官女に五人囃子。皆でわいわい言いながら箱から出して組み立てて飾り付けするのは楽しいものですよね。男の子ですけど研人もこの雛祭りを楽しみにしていました。

そしてかんなちゃん鈴花ちゃんのために用意したお雛様もありまして、合計で五セットもあったのですよ。一体どれだけ飾ったら気が済むのかと笑ったものです。

でも、小夜ちゃんのお宅には大きな飾りはなかったので、お古で悪いけれども良かったら自分のものを貰ってくれないかと亜美さんが先日お譲りしたんですよね。玲井奈ちゃんも小夜ちゃんも大喜びしてくれました。

三月三日には、桜餅を作って、たくさんの女の子たちを呼んで盛大にやろうと話しています。

それと言いますのも、我が家では桜がひとつ散ってしまったからです。

研人が私立高校の受験に落ちてしまったのです。芽莉依ちゃんがこの春から通う高校ですね。

一緒の高校に行こうと決心してから相当に頑張って勉強したのですが、やはりそれまでの不勉強がたたったのか残念な結果になりました。ですが、都立高校には受かっていますので、それはもうおめでたいことです。頑張りました。きちんと結果は出したのです。なので、若干落ち込んでいる研人のためにも賑やかにやってやろうと話しているのですよ。

かんなちゃん鈴花ちゃんも幼稚園でひとつお姉さんになる春ですよ。そして、今度は花陽が受験生になるのです。子供たちの成長をひとつひとつしっかりと感じることができるのも、春という季節の良いところですよね。

そして何があろうと、どんな季節だろうと、堀田家の朝は賑やかです。

かんなちゃん鈴花ちゃんは早起きで、皆を起こして回りますが、最近はここに玉三郎とノラが加わりました。秋に貰われてきて我が家の一員になった、おそらくは七代目の玉三郎とノラですが、すっかりかんなちゃん鈴花ちゃんを自分たちの仲間と認識してしまったようなんですね。かんなちゃん鈴花ちゃんと一緒の布団に寝ることも多くて、一緒に飛び起きて、廊下を走って、階段を上がって、研人の布団にダイビングするところまで一緒にやるのです。本当にそりゃもう大騒ぎですよね。

広い台所ではかずみちゃんに藍子、亜美さんにすずみさんが中心になって朝ご飯を作っています。もちろん全部起きてからやるのは大変なので、前の晩のおかずが残るようにして、それを食べたりアレンジしたりするのも生活の知恵です。

居間の座卓に食器を並べたり醤油などの調味料を出したり、座布団をきちんとしたりするのは男たちの役目ですね。そうやってどんどん皆が集まってきて、朝が始まります。

毎朝毎朝、お箸と箸置きを持って皆の座るところを決めてきたかんなちゃん鈴花ちゃんですが、どうも近頃はあまり興味がなくなってきたようです。自分たちでお箸を並べることは並べるのですが、男、女、男、女、と、誰とは考えずにその順番に並べるだけになってきました。

そして自分たちの座る場所は勘一を挟んだ上座と近頃は決まっています。どうしてなのかは教えてくれません。勘一は大いに喜んでいますけどね。

その勘一が自分で新聞を持ってきて上座にどっかと座ります。その正面に我南人が座り、あとは男女の順番で皆が座ります。

白いご飯におみおつけ、菜の花の玉子和えには胡麻油と柚子胡椒、昨夜の残り物のポテトサラダにこれも残り物のブロッコリーとハムのキッシュ。納豆に焼海苔に真っ黒な胡麻豆腐。大根のお漬物は柚子大根ですね。

全員が揃ったところで「いただきます」です。

「なんかちくわときゅうりがたべたくなっちゃった」

「すずかも」

「花陽、三年生になる前に春先のコートを買ったら？　ずっと我慢してたでしょ」

「けんとくん、そつぎょうしき、にゅうがくしき、たのしみですね。こうこう、ですもんね」

「僕もスーツ新しくしようかな。今あるのは随分前のものだし」

「鈴花、ちくわは今日はないから、明日ね。かんなちゃんも」

「この菜の花の美味しいねぇえ。僕好みの味だなぁあ。誰作ったのぉ？」

「まぁね！　派手な鞄がダメってのは気に入らないけどね！」

「そうだよね？　私もそうしようかなーって思ってた。気分一新気合い入れるためにも」

「いいんじゃない？　長く使えるものをしっかり見定めていただければ」

「あ、ノラ！　おてでだめ！」

「じゃあついでに俺もスーツを」

「私だよ」

「おい、あの貰い物のもろみの味噌あったろ。あれ取ってくれや味噌」

「え？　お義兄(にい)さんはともかく、どこにそんな余裕があるんでしょうか」

「たまさぶろうも！」

「はい旦那さんもろみ味噌です。ご飯になら少しずつにしてくださいね」

「鞄は大事だねぇ。やっぱり目立ってなんぼだよねぇ」

「いやほら、まとめて買えば安くなるとかそういうのもあるじゃないか」

「旦那さん！　キッシュに味噌ですか！　しかもそんなに塗って！」

「いいんだよ淡泊なものに味噌は合うんだからよ」

もう何を言っても無駄ですけれど、塩分の摂(と)り過ぎだけは気をつけてくださいね。

まぁ誰がそう言っても、老い先短いんだから好きにさせろの一言で終わってしまいます。でも、老い先って言い出してもう二十年近く経っていますよ。

かんなちゃん鈴花ちゃん、以前の好物だったちくわと胡瓜(きゅうり)のマヨネーズ和えを食べなくなってしばらく経っていたんですが急に思い出しましたかね。今日にでも誰かにちくわを買ってきてもらいなさいな。

そして、あれなんです。

皆が思っていながら口にはしませんが、研人が妙に明るいんですよね。間違いなく皆を心配させないようにとテンションを無理やり上げているに違いありません。

まだ私立の不合格を引き摺って、落ち込んでいるようです。

そりゃあもう、発表の日は大変でしたからね。落ちたことがわかると、しばらくの間行方不明になりました。いえ、行き先はわかっていたんです。葉山の龍哉さんの家ですよ。この子は何かあると龍哉さんの家に行ってスタジオに籠るのが習慣になってしまいましたよね。

それでも、一晩泊まって帰ってきたときには元気になっていました。ちょっとは安心したのですが、皆で話し合いましたよ。芽莉依ちゃんの名前は、本人が口にするまで誰も言わないようにしようと。

どう考えても、二人の問題ですからね。中学生、いえ、もうすぐ高校生の子供とはいえ、親だろうとそういうことに関しては口出しはできませんから。

春休みは目前ですが、まだ学校はあります。朝ご飯を終えると、いつものようにかんなちゃん鈴花ちゃんに見送られて、研人と花陽が「いってきまーす」と登校します。

幼稚園のスモックを着たかんなちゃん鈴花ちゃんも、登園前の一仕事です。廊下をダッシュしてカフェに顔を出して、常連の皆さんに挨拶です。

「おはようございます！」

「おはようございます！」

ちゃんと挨拶できて偉いねぇ、と、毎朝のことなんですが、常連のお年寄りの方に褒められますね。案外、これが目的かもしれませんよ。子供は褒められるのがとても嬉しいですからね。しかも、毎回お菓子が貰えたりするのですから。

「ほい、おはようさん」

いつもの時間に、近所の神社の元神主、祐円さんがカフェの入口からやってきました。今日はジャージじゃないですね。珍しく白いシャツにスラックスと、実にシンプルで大人しい格好です。

「おはようございます祐円さん。どうしましたその格好」

藍子が訊きます。

「ジャージ洗濯してて、なかったんだよ。こりゃあ散歩の格好さ」

「おはようゆうえんさん！」

「おはようゆうえんさん！」

「ほい、かんなちゃん鈴花ちゃんおはようさん。ほい、おつむてんてんどうぞ」

二人が笑って、祐円さんのつるつるの頭を撫でて、いえ、叩いていきます。あんまり強く叩いちゃ駄目ですよ。

もう幼稚園へ出かける時間ですね。二人がバタバタと家の裏から出ていって、小夜ちゃんを迎えに行きました。いつものように、働いているお母さんの代わりについていってくれるのはかずみちゃんです。いつもすみませんね。

七十近くになるまで独身のまま、無医村を渡り歩いて患者さんのために尽くしてきたかずみちゃん。この家に何十年ぶりかで帰ってきて、兄代わりだった勘一と再会し、そうして自分の子供みたいな藍子や紺に青、孫のような花陽に研人にかんなちゃん鈴花ちゃん。お嫁さんの亜美さんすずみさんと暮らしています。

かずみちゃんはときどき、仏壇の前に座ってわたしに話してくれます。こんなに幸せな晩年はないと。嬉しいですね。

「あれだねぇ、藍ちゃん亜美ちゃん」

かんなちゃん鈴花ちゃんが元気に出て行くのを見送った祐円さんが言います。

「かんなちゃんと鈴花ちゃんがさ、ああやって挨拶してくれるのもあと何年かなぁ。俺が死ぬまでやってくれるかなぁ」

「そんな淋しいこと言わないでくださいよ」

藍子が笑います。

「そうですよ。あと十年。あの二人が中学生ぐらいになったら、今度はメイドの格好させますから。メイド喫茶ですよどうですか」

亜美さんが笑って言います。いいんですかそんなこと今のうちから言って。

「おっ、メイドさんか！　そりゃいいな！」

「そうですよ。きっと可愛いですよー」

「いやいや、それじゃあ先に冥土に行くわけにはいかんなおい」

相変わらずつまらない駄洒落ですね。藍子も亜美さんも、ただにっこりと笑って流してしまいました。

祐円さん、そのままコーヒーを貰って、勘一の座る帳場に行きます。

「おはようさん」

「なに朝っぱらからくだらねぇ話してんだよ」

聞こえてましたよね。

「いいじゃねぇか。メイドさん可愛いぜー」

確かに、わたしもニュースなどでしか見たことありませんが、若い女の子があいう格好をするのは可愛らしいですよね。

「行ったことあるのかよ、メイド喫茶」

「ないけどさ」

「俺はあるぜ」

「あるのかよ！」

あるんですか？　一体いつの間に行ったのですか。さては我南人と一緒に社会見学などと称して行きましたかね。

二人は昔から喧嘩ばかりしていたくせに、そういうところだけは、ツーカーで気が合いましたからね。まだ若くて元気な頃は、やれキャバレーだのやれストリップだのと二人で出かけていましたよね。

「おっ、祐円さん」

大きな身体がのそりとカフェの方から現れました。

「新の字かい。久しぶりだな」

「どうもご無沙汰しております」

我南人の幼馴染みの篠原新一郎（しのはらしんいちろう）さん、新ちゃんですよね。

お父さんの建設会社を継いで二代目の社長をやっています。その昔は柔道でオリンピックの候補にもなったという立派な身体ですが、それに似合わず細やかで気のつく人ですよ。もう六十半ばになるというのに、その身体の威圧感に少しも衰えはありません。今も道場やジムに通って鍛えているそうですよ。子供好きで、藍子や紺、青が小さい頃には、ツアーに忙しい我南人の代わりにディズニーランドにも連れていってくれました。

「どうしたい朝っぱらから。これから外回りか？」

勘一が訊きます。新ちゃんが頷きながら、コーヒーカップを持って帳場の横に座りました。大きな手の新ちゃんがコーヒーカップを持つとまるで子供用のカップを持っているみたいですよね。

「それもあるんですけどね。ちょっとおやじさんに話があったんで」

「なんだい」

「ほら、ここんちの裏の会沢夏樹ですけどね」

「おう。夏樹がどうした」

夏樹さんがこの間、働いていた我南人の事務所を新しい目標のために辞めてから、一ヶ月ほどが過ぎましたかね。今は自分一人で見つけた会社でアルバイトをしながら一生懸命建築の勉強をしている最中だと聞いています。

そういえば、最初に夏樹さんと出会ったごたごたのときには、夏樹さんは新ちゃんにちょっと手荒にお世話になったんですよね。夏樹さんはまだ新ちゃんの姿を見ると反射的に背筋が伸びると言ってますよ。

「そんなしみったれた顔をしてるってことは、悪い話か？」

祐円さんも訊きました。新ちゃん、コーヒーを飲みながら頷いて、難しい顔をします。

「いい話じゃないですね。いやね、実は、あいつが自分で見つけてきてアルバイトして

「確かそんなような名前だったな」

夏樹さん、あくまでも自分の力でやってみるんだと言っていました。建築関係ならば、勘一が頼んで新ちゃんの会社でも、あるいは新ちゃんの知り合いのところでもいくらでもアルバイトを紹介してもらえるのですが、まずは頼らないでやってみると、そう言っていたと玲井奈ちゃんが教えてくれました。

るのは、〈矢野建築設計事務所〉ってところなんですけどね」

「そこ自体はしっかりした会社だってのは前に言いましたよね」

「聞いたな。堅実なところでよ。社長さんもいい奴だってな」

アルバイトを決めたと聞いたときに、夏樹さんには内緒で新ちゃんに確認したんですよね。どんな会社なのかって。

「ところがね、どうもそこがヤバいらしいんですわ」

「ヤバいってどうしたんだい」

祐円さんが訊きます。

「取引先に不渡りかなんか出されて、巻き添え喰ったらしいんですよね。それで、たぶん近々あいつもクビになると思うんですわ」

「あちゃあ」

祐円さんが顔を顰めます。

「そいつは運が悪かったなおい」

「ただクビになるだけじゃなくて、下手したら事務所自体もなくなっちまう可能性があるらしいんで」

勘一も眼を細めましたね。

「難儀な話だな。夏樹もそうだが、そこの社長も社員もたまったもんじゃねぇな」

「ですから、それまでの夏樹のバイト代も出ないなんてことになったら最悪ですからね。今すぐなら、まだ間に合うんですよ。あいつのためにも、さっさと逃げた方がいいと思うんで。俺から夏樹に言った方がいいですかね？　それともおやじさんから言ってもらった方が」

うーん、と、勘一が腕組みしました。

「その〈矢野建築設計事務所〉ってのがヤバいってのは、そりゃもう確実な話なんだろうな？」

「確実です。お天道さんが東から昇るぐらい」

勘一が頭をがりがりと掻きました。

「じゃあ、しょうがねぇだろう。同じ業界の人間のおめぇから聞かされた方が、夏樹も納得するだろうさ。しかしまぁあいつも運が悪い男だなぁ」

これはばっかりはどうしようもないですね。人様の人生を運が良い悪いで片づけたくはありませんが、確かにそういうものはあるのかもしれません。

「いや、そうなんですわ。俺もまさかあそこの事務所がってびっくりしましたからね。それで、話のついでですけどおやじさん。どうします？　夏樹には俺んところで、まずはバイトで働いてもらってもいいんですけどね」

「大丈夫かいおめぇのところは」

勘一に言われて、新ちゃんが苦笑いします。

「まぁしばらくは大丈夫ですけどね」

「あれだろ？　そりゃあご近所のよしみじゃないんだろ？」

祐円さんが訊きました。

「まぁ多少それはありますけどね。俺もあいつがろくでもねぇことしでかしてから、改心して、がなっちゃんとところで働くのをずっと見てきて、まともな男になったってわかってますからね。ちゃんと働いてくれる若いのは歓迎ですよ。もちろん正社員になれるかどうかは、あいつの頑張り次第ってことで」

「そりゃそうだ。夏樹が真っ当に働くことに関しちゃあ俺も保証するがな」

しかしなぁ、と祐円さんも考えます。

「あいつが納得するかね。軟派な野郎だったけど、最近は勘さんのがうつったのか頑固になってきたぜ」

「そこですよね。話を聞くと、随分と自分の力で何とかするってことにこだわってたみたいなんで」

「ま、いいさ」

勘一が、ぽん、と文机を叩きます。

「なんもかも、腹割って話せばいいだけのこった。あいつも二十半ばの一児の父親だ。事情を話すだけ話してよ、後は夏樹がやりたいようにさせるさ。新の字、今夜おめぇは空いてるのか」

「大丈夫ですぜ」

「じゃあよ、晩飯食った後に〈はる〉で軽く一杯やって話そうぜ。俺が夏樹を連れてくからよ」

そうしてください。なんとか全部が丸く収まってくれればいいですね。

三月になって、空気が柔らかくなると窓を開けたくなりますよね。

今日は気温も少し高くなって、暖かくて気持ちの良い風が吹いています。かずみちゃんが掃除をしながら、縁側を開け放ちました。途端に、アキとサチがそこから庭に飛び出して行きます。

この我が家の犬は元気なのですが、臆病なんですよ。こうしてリードをつけないで外に出しても、決して我が家の敷地内から外へ出ようとしません。そもそも庭から出て行かないですよね。

四匹の猫たちも、縁側が開いたのかとぞろぞろ姿を見せました。

「ほら、あなたたちはまだ駄目だってさ」

かずみちゃんが言います。玉三郎とノラですね。

「あぁいいよぉおかずみちゃんぅ。僕が見張っているよぉ」

我南人です。今日はどこにも行かないのですかね。二匹をひょいと抱きかかえて、二階へ上がっていきました。自分の部屋に連れていったのですね。

ベンジャミンとポコはもう古株ですので、ちょっと外出しても必ず戻ってきますが、まだまだ新参者の玉三郎とノラは外へ出してもらえませんね。掃除が終わるまで待っていなさいね。

カフェでは朝の忙しい時間帯が終わると、亜美さんが自分の iPhone を確認していました。ちょっと首を傾げましたね。それから藍子にその画面を見せると、藍子もあら、という顔をします。

「青ちゃん」

亜美さんが居間に声を掛けました。

「なに？　義姉さん」

「ちょっとカウンター交代してくれる？　これから汀子さんが来るっていうから」

「あぁ、オッケー」

居間で古本のリストを整理していたのを中断して、青がカウンターへ向かいます。藍子と青の姉弟コンビですね。意外とですね、この誰と誰が組んでいるかを見るのが楽しみというお客様もいるのですよ。たとえば、藍子と紺の姉弟コンビは滅多に見られませんのでね。そのうちに俺がカウンターに入ってやるかと、勘一は冗談を言っていました。

亜美さんが居間に上がって、ちょちょっと身支度を整えていると、ピンポン、と裏玄関の呼び鈴がなりましたね。

「はーい」

亜美さんが出迎えます。

「いらっしゃーい。お久しぶりですー」

「どうもすみません。お忙しいところに」

「いえいえ、どうぞどうぞ」

芽莉依ちゃんのお母さん、汀子さんですね。

娘さんの芽莉依ちゃんは今風の名前ですけど、汀子さんはお年の割にはクラシカルな、わたしたちの時代の方のようなお名前です。若い頃は我南人のファンクラブの会長さんもなさっていたんですよね。ファンの方というのはありがたいものです。そういう方がいるからこそ、我南人もロッカーなどをやっていけるのですよね。そういえば、うちに来ていただけるのは久しぶりですね。

座卓についた汀子さん。またわざわざお菓子などお持ちいただいたので、勘一が挨拶に来ました。

「いやぁどうも。ご無沙汰しちまって」

「こちらこそ、いつも芽莉依がお世話になっているのに全然ご挨拶もできなくて」

いやいやとんでもない、と、勘一も座りました。

「こっちこそですよ。芽莉依ちゃんにはすっかり研人の野郎が世話になっちまってて、本当なら紺の野郎に挨拶させるんだがね。亜美ちゃん、あいつはどこ行った?」

亜美さんが、お茶を出しながら答えます。

「今日はムック本の打ち合わせで集英社に行ってるんです。お昼前には帰ってくると思うんですけど」

「午前中から打ち合わせたぁ珍しい編集者だな」

汀子さん、いいんですいいんです、と手を振りますね。あら、勢い良く廊下を走ってきたのは玉三郎とノラですね。汀子さんが大喜びします。この方も随分な猫好きですからね。

「新しい玉三郎とノラですね！」

そういえば、会うのは初めてですよね。この二匹は人懐こい性格なので、お客様のところにはすぐに寄っていきます。

「あぁ、汀子さんどうもぉ」

その後から我南人がのそりと姿を見せました。ずっと二匹と一緒に部屋にいたんですか。

「我南人さん、ご無沙汰してます」

「どうもぉお、元気ぃ？　揃って何の話ぃ？」

我南人も座りました。

「いえあの、もう本当に、ちっちゃい頃からずっと芽莉依は研人くんや堀田家の皆さんにご迷惑をお掛けしっぱなしで」

「そんなことないって汀子さん。本当にもう何だかお互い様で」

亜美さんも笑います。

「なんだぁ、研人と芽莉依ちゃんの話ぃ？」

そうですよ。黙って聞いていてくださいね。にゃあにゃあと玉三郎が鳴きますね。今度は勘一が抱きかかえました。

「しかしあれだな、汀子さんよ」

「はい」

「ちっちゃい頃はよ、冗談でしか言わなかったが、この春から芽莉依ちゃんも研人も高校だろう？　下手したら親戚になるってのが冗談でも言えなくなってきたよな」

汀子さんが、何だかもう本当に、と、笑いながら頷きます。亜美さんも嬉しそうな複雑なような微妙な表情をしますよね。この辺りは女の子のお母さんと、男の子のお母さんの違いでしょうか。

「でもおじいちゃん、実は私もそれはもう、なったら願ったり叶ったりって思ってるぐらいですけど、二人揃ってる前では禁句ですからね。冗談でも言っちゃダメですよ」

亜美さんが言います。

「そうか、やっぱり拙いか」

「マズいですよ。この先二人がどうなるかなんて誰にもわからないし、そもそもですよ、研人は芽莉依ちゃんにあれだけ頑張って勉強教えてもらって落ちたんですからね」

まぁなぁ、と、勘一が腕組みします。

「いえそれはなんかもう、芽莉依の力足らずで。そもそもが芽莉依がワガママ言ったからですよね、研人くんが受験してくれたのは。それがもう私は申し訳なくって申し訳なくって」

「それはもう言いっこなし。それでね、汀子さん。いい機会だから言っちゃうけど、芽莉依ちゃんが研人をフッたとしても、それはもう全然いいんですからね」

「いいのかよ」

「いえ個人的にはよくはないですけど、いいんですよおじいちゃん。だって、芽莉依ちゃんの気持ちになって考えてくださいよ。自分のところの高校に落ちた男ですよ？　そんなバカと付き合ってられないわ、ってなっても誰も文句は言えません」

さすが亜美さん。自分の息子であろうと、ばっさりと、きっぱりと言いますね。勘一も苦笑いしか出ませんね。亜美さんがちょっと複雑な表情をしたのはそっちの心配だったのですね。

「いいえ、亜美さん。実は今日伺ったのはですね。そのことなんですけど」

「そのことって？」

汀子さん、ちょっと困ったような顔をします。

「親ばかって言われそうだし、あの子もね、中学卒業して高校生になるんだし、放っておこうとも考えたんですけど、もしも研人くんにひどいことをしていたんだったら、申し訳ないなって思って」

「ひどいこと？」

なんでしょう。そんなことはお互いにしないとは思いますけれど。

「芽莉依がね。二度と研人くんが会ってくれないかもしれない、もう駄目かもしれないって言うんですよ。そうなったら自分のせいだって。もうそれ以上は何を訊いても言わないんですけど」

「ええ？」

「絶対に、何にもしないでねって言われたんですけど、まぁ堀田さんとのお付き合いの中でそれもできないなぁと思って」

勘一も、むぅ、と唇を曲げました。

「まぁ予想通り、研人が芽莉依ちゃんの高校に落ちて、二人の間に何かがあったってぇわけだな」

「そうなりますかね」

亜美さんも頷きます。

「しかも、亜美ちゃんの予想とは反対に、芽莉依ちゃんが落ち込んでるってわけか」

「そういうことですね」

これぱっかりは、本当に考えてもわかりませんよ。

「ふぅうん」

ずっと黙って聞いていた我南人が、ポコのお腹をいじりながら変な声を出します。ポコはいつの間に居間にやってきたのですか。黙ってお腹を見せて、我南人にされるがままになっていますよ。

「まぁそれはぁあ、二人に別々に訊いてもにゃんとも正直には言わないよねぇえ。かといって、顔を揃えても無理だねぇ」

その通りですね。でもにゃんともってなんですか。猫ですか。

「そうは言ってもよ。汀子さんの言うように二人に任せて親は黙って見てるってわけにもいかねぇだろうよ。あんだけ小さい頃から一緒にくっついている二人だぞ。世が世なら許嫁(いいなずけ)だってぇ話にもなるわな」

それはさすがに大げさでしょうけど、でも確かに心配ですよね。

「じゃあぁ、僕に任せておいてぇえ」

我南人が言います。勘一が顔を顰めましたけど汀子さんは大きく頷きましたね。亜美さんは、まぁいつものことなので、やっぱり頷きました。

「手立てはあるのかよ」

「にゃいこともにゃいねぇえ。まぁ任せておいてよぉお」

大丈夫でしょうかね。今までのこともありますから、下手を打つことはないとは思いますが、二人とも微妙なお年頃ですから気をつけてくださいね。

そしていい年した大人同士の話で、にゃあにゃあと言うのは止めてくださいな。

二

夜になりました。

春の宵というのもまた気持ちの良いものですよね。それほど陽が長くはなっていないものの、もう冬の寒さの心配をしないで、羽織りものひとつでそぞろ歩きができるというのがまた格別です。

もう年を取ってからは履かなくなりましたが、若い頃勘一は春になると下駄を出してきて、からんころんと鳴らして歩くのが習慣でした。考えればわたしたちの若い頃の男性は、皆下駄を好んで履いていましたね。今はすっかりそういう人も見なくなりましたが、風情のあるものですから、またあの音が聞ければいいなとも思います。

我が家から、それこそ下駄を鳴らしてゆっくり歩けば五分ほどのところにあります、小料理居酒屋〈はる〉さんは、午後六時には開店します。もちろんお酒を楽しむところではあるのですが、名前の通りにお料理がとても美味しいのです。ご飯もののメニューもたくさんありますので、家族でやってきて晩ご飯だけ食べて帰る、という近所の方も多いのですよ。

カウンターの中には、真奈美さんとコウさんの二人。短髪を金髪にしたコウさんはすっかりその風情が板につきましたね。元は京都の一流料亭の花板候補だったコウさんが腕を振るい、真奈美さんが明るい笑顔で皆を楽しませてくれます。

晩ご飯を食べ終えた勘一と青、そして夏樹さんがのれんをくぐりました。

「邪魔するぜ」

「あぁいらっしゃい」

真奈美さんが笑顔で迎えてくれます。新ちゃんがもうカウンターで飲んでいましたね。その横に三人で座ります。

「何だか珍しいメンバーね」

「そうさな」

勘一が真奈美さんに渡されたおしぼりで顔を拭きながら笑います。

「ちょいと夏樹に話があってな。まぁ女房子供の前じゃ話せねぇんで連れてきたのさ」

夏樹さん、一体何の話だろうと思ってますよね。しかも隣には新ちゃんがいるのです。どうしても背筋が伸びますよ。

「俺はね、このメンバーの潤滑油でついてきたの。新さんとじいちゃんに挟まれたら夏樹くんは倒れそうだからさ」

青が笑って言いました。それもありますけれど、新ちゃんがいるとはいえ、勘一を一人で飲みには行かせられませんからね。絶対に飲み過ぎないように見張り役としても必要です。

「真幸は寝てんのかい」

「うん、上で」

真奈美さんが二階を指差します。ちゃんとベビーモニターで様子を見ていますよね。

ときには池沢さんが自分の部屋で真幸ちゃんの面倒を見ます。今日は池沢さんはお休みなのでしょう。

「はい、たらの芽の天麩羅です。季節の定番ですが、やはりこれが一番かと」

コウさんがお通しに出してくれました。そうですよね、この季節はやっぱり美味しいですよね。

「いやぁ旨そうだな」

さっそく皆が箸を伸ばします。

「俺、ひょっとしたらたらの芽の天麩羅って初めてかもしれません」

夏樹さんが言いました。若い方はそうかもしれませんね。

天麩羅は大人も子供も好きですから我が家でもやりますけれど、何せ人数が多いので大変なんですよね。天麩羅を晩ご飯にした日から三日ぐらいは台所の床がつるつるしていますよ。

「まぁ飲めや」

勘一が夏樹さんに日本酒を勧めます。

「あっ、すいませんいただきます」

「でよぉ、夏樹な」

夏樹さんが一口飲んだ頃合いに、勘一が言います。

「はい」

「まぁ、一体何の話かと心配してるだろうからな、さっさと話を済ませちまうけどよ」

神妙な顔をして聞いていますよね。

「おめぇが今働いている設計事務所の件なんだ」

詳しくは、同じ業界の新の字から話すぜ、と勘一が促します。新ちゃんが頷き、今朝の話にあったように、夏樹さんがお世話になっている設計事務所の窮状を教えました。

「本当ですか！」

夏樹さん、相当に驚きましたね。無理もありません。いいところで働かせてもらっていると、本当に喜んでいましたからね。

勘一が、ゆっくり頷きます。

「残念ながら本当なのさ。それでよ、新の字の言うことじゃあ、あと何日も、一週間もしないうちにたぶんお前はクビになると。下手したら事務所自体もなくなっちまう。だからもう、明日にでも、一身上の都合で辞めた方がいいって言うんだがな」

「先月のバイト代は入ってるんだろう？」

新ちゃんが訊きました。

「貰ってます」

頷いて、新ちゃんが指折り数えました。

「今月分に入って、まだ一週間かそこらだろう。その程度なら社長のポケットマネーからでも払ってくれるはずだ。お前が急に辞めると言えば、あそこの社長、矢野ってのは俺もちょいとは知ってるが、できた男だ。察するはずだぜ？　何も訊かないで、辞めさせてくれるはずだ。そうした方がいいと俺は思うんだがな」

「はぁ」

夏樹さん、まだ頭の中の整理がつかないという感じですね。お猪口を口に運んで、何かを考えています。

「それでだ、夏樹よ」

「はい」

新ちゃんが勘一を見ます。勘一は頷いて、お前に任すといった感じでお猪口を傾けました。

「今回のことは不運だったさ。お前が悪いわけでもなんでもない。で、どうだ。今度は俺の会社で、〈篠原建設〉で働かないか？」

「新さんのところでですか!?」

夏樹さんがまた驚きますね。眼が真ん丸くなっていますよ。

「そんなに驚くことはないだろうよ。少なくとも俺とお前は知人でご近所さんじゃないか。お前が建設関係で働きたい、でも、俺とか知人のつては頼りたくないってのは聞いたよ。それは立派な心掛けだよ。でもな、こういう不測の事態のときは、まぁ頼ってくれてもいいんじゃないか?」

勘一が頷きます。

「夏樹よ」

「はい」

「無理にとは言わねぇしよ。新の字もご近所のよしみだけじゃねぇ。おめぇの普段の働きぶりを認めてのことだぜ。そこは誤解すんなよ」

夏樹さん、ゆっくり頷きました。まだ、考えていますね。青が、ぽん、と肩を叩きました。

「自分の思う通りにな。じいちゃんや新さんに遠慮はなし。いらないから。断ろうが何しようが、これからの付き合いには何の関係もなし。今まで通りで心配ない」

その通りです。青はいいフォローですね。夏樹さん頷いて、また少しお猪口を口につけました。

勘一と新ちゃんも、話すことは話した、後は飲みながら食べながらゆっくり待ってやるぜとお猪口を傾けます。

「はい、鰊の蒸し煮です。小骨は取り除いてありますのでご心配なく。そしてこちらは水無月豆腐ですね。豆をいろいろ添えてみました。小豆、レンズ豆、赤隠元です。山椒と柚子が入ってますので何もかけずにそのままどうぞ」

コウさんが次の料理を出してくれます。これもまた美味しそうですね。話の邪魔をしないようにと出すタイミングを見計らい、それがまたぴったりなのも一流の板前である証拠ですよね。

「しかしまぁ毎度毎度旨くてまいるなコウさんよ」

勘一が笑顔で言います。

「ありがとうございます。でも勘一さんのは皆さんのより小さくしてますからね」

「そういやそうだな。なんでだよ」

コウさんが含み笑いをして、真奈美さんがにやりと笑って言います。

「塩分の摂り過ぎ注意。藍子さんにも厳命されてますからね」

「そうそう。おやじさんにはまだまだ長生きしてもらわないとね」

新ちゃんも笑います。皆が美味しそうに箸を口に運びながら喋っていますけれど、夏樹さん、まだお猪口を持ったまま考えていますね。

「あの！」

夏樹さん、急に顔を上げました。そのまま勢い良く首を回して、勘一と新ちゃんを見ます。

「すいません、生意気言ってもいいですか？」

勘一、ちょいと眉を上げてにやりとします。

「いいぜ。そもそも生意気言うのは若者の特権だぜ。老人が言ったらただの我儘で老害になっちまう」

その通り、と、新ちゃんも頷きます。夏樹さん、舌でちょっと唇を嘗めました。緊張して乾きましたか。

「俺、矢野さんのところで、すげぇ仕事の勉強させてもらってるんです。学校に行ってない俺をバイトで使ってくれて、しかも建築士の、設計の勉強もさせてくれてるんです。その気になれば、もちろん実務経験が長いこと必要だけど、建築士の試験も受けさせてくれるって。そこまで使ってくれるって」

「凄いじゃないか」

青が言います。

「アルバイトにそこまで言ってくれるっていうのは、夏樹くんが頑張ってるからだよ」

「その通りだ。なぁ新の字」

新ちゃんも頷きますね。

「さっきも言ったけどな、矢野さんは評判のいい人だよ。その人が夏樹のことを買ってくれてんなら、そりゃあ大したもんだと思うぞ」

夏樹さん、ぺこん、と頭を下げました。

「ありがとうございます。俺も、矢野社長はスゴい人だと思ってるんです。俺、堀田さんや我南人さん以外にも世の中にはこんなスゴい人がいるんだって、知ったんです。そんな人が、俺を使ってくれるんだから、この人のために、一生懸命頑張ろうって。だから」

夏樹さん、勢い良く立ち上がりました。立ち上がって椅子をずらして、勘一と新ちゃんの方を向きました。

「ありがとうございます！」

思いっきりお辞儀をしましたね。

「俺みたいな男を信用してくれて、嬉しいです。本当、心底ありがたいです。でも、バカかもしれないけど、もしも矢野社長が、事務所が、そんなことになってるんなら、俺だけ社長を置いて逃げるわけにはいかないです！」

はっきりと、大きな声で、夏樹さんは言いましたね。ずっとちゃんと考えて言ったんでしょう。勘一も、新ちゃんも、青も、その真剣さをちゃあんと理解して苦笑いしましたね。

「わかったわかった。まぁ座れ」

勘一に言われて、夏樹さん座ります。

「ま、確かに馬鹿だわな」

勘一です。

「でも、嫌いじゃないですね。こういう馬鹿は」

コウさんがカウンターの中で腕組みして、笑って言いました。

「すいません。でも」

新ちゃんが、夏樹さんの背中を強く叩きました。夏樹さん、思わず顔を顰めます。

「わかったよ。俺がお節介だった。お前の気の済むまで矢野さんところで仕事してこい」

「おう、そうしろそうしろ。おめぇの決めたことだ。俺らも誰も文句は言わねぇよ」

勘一も笑って言いました。

「だけどさ、玲井奈ちゃんにだけは事情を話しておいた方がいいよ。後から聞かされるのは奥さんにとってはキツイからね」

「あら青ちゃん。実感こもってるわね」

真奈美さんが言って、皆が笑います。その通りですよ。青も、それから紺も、いろんな問題を大事な人に内緒で一人で抱え込んで後から泣かしたりしましたからね。夏樹さんも気をつけてくださいね。

＊

研人の中学校の卒業式の日がやってきました。

いつもと同じ学生服なのですが、こういう日にはそれが少し違って見えますよね。行ってきますと言って玄関を出ていきました。今日で三年間学んだ学校にさよならですね。思えば小学校のときには、とんだことから派手な卒業式をやってしまって、研人もちょっとした有名人になっていました。

今回は、そんなことはありませんね。ごく普通に、あたりまえに、在校生に見送られて学校を後にします。

この卒業式が終わり、来月になればいよいよ高校の入学式です。

中学から高校へというのは、本人が思っているより格段に違うステップになりますよね。研人がどんな高校生活を送るのか、今から楽しみですよ。

さて、卒業式に出席する親の方は大変です。紺はスーツを着て、亜美さんも素敵なスーツを着て、それはいいのですが研人の妹のかんなちゃん、可愛らしいピンクのワンピースを着ていまして、それを見た鈴花ちゃんも、もちろん着たくなります。それはもうどうしようもないですよね。

あらかじめ想定済みでした。ですから、同じ洋服を用意していましたよ。鈴花ちゃんにも着せます。そして、当然のごとく、かんなちゃんと一緒に、研人の卒業式に行くと言いますよね。そりゃあもう研人をお兄ちゃんだと思っているんですから。かんなちゃんは実の妹で自分は従妹（いとこ）だなんてまだわかりません。

なので、すずみさんも一緒に行きます。紺と亜美さんが一人ずつ押さえていればちょろちょろはしないでしょうけど、せっかくの息子の卒業式。亜美さんに余計な世話を掛けずにたっぷり泣いてもらおうという配慮ですね。すずみさんもいそいそときれいなスーツを着て、皆で出かけていきました。

「おじいちゃんは良かったんですか？　一緒に行かなくて」

藍子が訊きます。勘一は帳場で煙草を吸ってますね。

「まぁあんまり大勢で押しかけても嫌がるだろうよ」

そうですね。もう小学生じゃないんですからね。

「帰ってきて、今晩の飯は寿司（すし）だろ？　そこでしっかり祝ってやるさ」

卒業式の夜のご飯は何がいい？　と、研人に訊くとお寿司という答えでしたからね。コウさんに大好物の中トロをたくさん入れた握りをお願いしてあります。

すっかり風も暖かくなりましたよね。子供たちが誰もいませんから、家の中は静かなものです。カフェは藍子と青とかずみちゃんという組み合わせです。

勘一はいつものように帳場でのんびりと本をめくります。玉三郎とノラ、ベンジャミンとポコが四匹とも古本屋に溜まっていますね。風の通りが気持ち良いのでしょうか。

からん、と、土鈴が鳴りました。まだ慣れていない玉三郎とノラは頭を急に上げて、誰が来たかと興味津々です。

お客様ですね。あら？　夏樹さんと玲井奈ちゃんですね。そしてもうお一方いらっしゃいます。どなたでしょうか。小夜ちゃんは幼稚園ですよね。

「おう、どうした？」

夏樹さんと玲井奈ちゃん、ぺこんと頭を下げます。今日は平日ですよね。お仕事はどうしましたか。

「堀田さん。あの、こちら、前にお話しした矢野社長なんです」

「おっ」

勘一が背筋を伸ばしましたね。

「はじめまして。矢野と申します」

「こりゃどうも。堀田でございます」

とりあえず、居間に上がってもらいます。古本屋には誰もいなくなりますが、お客様が来ればすぐにわかりますし、まだランチタイムの前ですからね。青が対応できます。

「営業中に突然押しかけまして、申し訳ありません。会沢くんに、この時間帯ならばお話ができるはずだと言われまして」

「いやなに。どうぞお気遣いなく。時間だけはたっぷりある商売ですからな」

ありがとうございます、と、矢野さん微笑みます。建築士ということでしたね。細身で、上品そうな物腰の方ですよ。

「実は、〈篠原建設〉の社長には先程お電話で失礼したのです。今地方におられるということで」

「そうですかい」

「お聞き及びかと思いますが、私のミスで会社がとんだことになってしまい、事務所は解散ということになりました」

「災難でしたな。聞けば矢野さんのミスでも何でもなく、とばっちりだったって話じゃないですかい」

いやいや、と、矢野さん首を横に振りました。

「予測できなかったのはやはり経営者としての私のミスです。ただ、幸いなことに何もかも整理した上でも、損害額というのは最小限になりまして、これから気分も新たに働いていけば返せる程度のものでした」

そりゃ良かった、と、勘一頷きます。

「不幸中の幸いですな。なに、身体さえ元気ならなんとかなるもんですよ」

その通りですね。そしてやっぱり最小限の損害で済んだというのも、矢野さんの人徳だったんじゃないでしょうかね。

矢野さん、夏樹さんに顔を向けて、少し微笑みました。

「実は、会社を整理していく段階でこの会沢くんはバイトでしたからね。早々に引き上げてくれて構わないと言ったんですが、最後までいさせてくださいと突っぱねられましてね。何故かと問うと、私に恩義を感じていると。そして、情けない男である自分を心配してくれた人たちに報いたいと、まぁ最近の若者にしては古臭いことを言うわけです」

勘一も苦笑いします。玲井奈ちゃんも夏樹さんも、神妙な顔で話を聞いていますね。

「何せこんな古臭い家の古本屋に出入りしてますからな。少々時代掛かってきたかもしれませんな」

矢野さんも夏樹さんも玲井奈ちゃんも笑いました。

「そこで、どうしてそこまでと事情を聞いたら、私も存じ上げている篠原社長にアドバイスを貰ったというじゃないですか。そして、こちらの堀田さんにも同じようにお世話になっていると。後押しをしてもらったと。自分がここにいるのはお二人のお蔭だと。実はですね、堀田さん」

「ほい」

「正直、参っていました。これで終わりかとも思いました。でも、誰もいなくなった事務所に行くと、会沢くんがいるわけです。いつも元気できびきび動いて、弁当ひとつ買ってくるのにも元気よく飛び出していくんです」

矢野さん、小さく息を吐き、微笑みます。

「救われました」

勘一も、頷きました。

「彼の、元気さに。少し青臭く言うと、心の強さに。もし、彼がさっさと退職していたら、正直なところ、どこかで私の心は折れていたかもしれません」

「そうですかい」

「お蔭様で、何もかもケリをつけて新しくスタートすることができます。会沢くんには、このまま働いてほしいとお願いしました。そうするとですね、彼が言うわけです。実は、以前に同じような状況になって、自分は力不足を感じて辞めてきたんだと」

我南人の事務所の件ですね。そういえば、形こそ違え、似た状況かもしれませんね。

「でも、今度は違うと。自分の目標のためにもぜひお願いしますと頭を下げてきました。私はこっちが頭を下げたいぐらいだと言いました」

矢野さん、背筋を伸ばしました。

「傷がついた身で若者を預かるのですから、近くにご両親がいるのなら挨拶しておきたい。賃金は保証するというようなことを説明したいと言うと、もう親はいないと。でも親代わりというか、自分を立ち直らせてくれた人がいると。それが堀田さんであると。ではご挨拶に伺おうと、奥さんである玲井奈さんに話した後、こうしてお邪魔したわけです」

「いやぁ、俺ぁただこいつを怒鳴り散らしただけで、そんな大したこたぁしていないんですがね」

勘一が、背筋を伸ばしました。

「袖振り合うも他生の縁とやらで、まぁ俺の眼の黒いうちはこの若夫婦を見ていようと思ってますんで。古本屋の親父ごときが言うことじゃあありませんが、どうかよろしくお願いします」

「こちらこそ、これからもよろしくお願いします」

二人で頭を下げました。夏樹さん玲井奈ちゃんもそうしましたね。

良かったですよ本当に。

「ところで、堀田さん」

「ほい」

矢野さん、急に眼の色が変わりましたね。

「いや、きちんとご挨拶するまではと我慢していたんですが、こちらのお宅、素晴らしいですね！」

なんですかね、物腰から口調まで変わってしまいました。ちょっと勘一も意表を突かれたようですよ。

「そもそも私、日本家屋を建てたくて建築士になったような男でして。あの、どうでしょう。今日はちょっと無理としても、隅々まで見せていただくことはできませんか？できれば、差し支えのないところの写真も撮らせていただけると嬉しいのですが！」

勘一が大笑いします。こういうお方は年に何人かいらっしゃいますよね。

「まぁさすがに今日は案内できる人手がないんで無理ですがね。この先いつでも来られるでしょう。どうぞ、気の済むまで見てもらって構いませんぜ」

「ありがとうございます！　いや、あの欄間の細工なんて、ものすごい。ここを作った大工さんなどの名前はわかっているのでしょうか？」

「そこまではどうですかな。蔵の中の帳面を調べれば出てくるかもしれませんが」

あら、わかっているはずですよ。確かに蔵の中にしまってあったはずですから。

「そもそもこの居間から続く仏間の広さというのは、あれですね。そちらに金屏風を立てて、結婚式の祝宴でも使える様式ですよね」

「そりゃまぁ確かに」

そこまで言って、勘一、ポン、と座卓を叩きました。

「祝宴ね。金屏風ね。そりゃあいい」

「え？」

勘一、にやりと笑います。

「夏樹よ、玲井奈ちゃんさ」

「あ、はい」

二人が同時に返事をします。

「お前さんたち、まだ結婚式もしてなかったよな？」

二人が顔を見合わせました。

「や、籍は入れたし、写真だけは撮りました。なぁ？」

玲井奈ちゃんも頷きます。

「しました。もうそれだけで充分だよねって話していたんです」

勘一が頷きます。

「それはまぁ二人で納得してんならいいや。でよ、俺からの夏樹への就職祝いで結婚の祝宴ってのはどうだ？」

「就職祝いで、ですか？」

「すぐにとは言わねぇよ。しかも金は掛けねぇ。この部屋でよ、矢野さんの言うようにそこに金屏風立ててよ。白無垢の玲井奈ちゃんと羽織袴の夏樹で並んでよ。皆で祝宴を開くのよ。何せ裏に住んでるんだから大した手間も掛からねぇだろうしよ。貸衣装は祐円に頼んで安く出させるさ。料理はコウさんに頼んで、呼ぶのは仲間内だけだ。要するにいつもやってるパーティと変わらねぇ。でも、おめぇたちが主役の祝宴だ。どうだい矢野さん。この襖全部取っ払って、広くした部屋も見たくないかい？」

「それはぜひ見たいですね。会沢。それがいい。何だったら仲人役は私がやる」

夏樹さんと玲井奈ちゃん、思わずにっこりと笑いました。

「そんな、就職祝いなんてもったいないですけど、でも、皆さんがそれで喜んでくれるなら。玲井奈のお母さんも、玲井奈のそういう姿見たいだろうし」

「どうだい玲井奈ちゃん、玲井奈ちゃんは」

玲井奈ちゃん、大きく頷きました。

「ありがとうございます！　嬉しいです！　白無垢、着てみたかった！」

あぁ、良かったですね。またひとつ、嬉しい予定が立ちましたね。

この部屋で祝宴を最後に開いたのは、実はわたしと勘一ですよね。きっと金屏風と言われて急に自分のときのことを思い出したのではないでしょうか。

でも、善は急げではありますけど、矢野さんと夏樹さんの仕事が落ち着いてからの方がいいですからね。

三

その日の夜です。

研人の卒業式も無事に終わり、皆が帰ってきて、またいつもの日常が戻ります。そしてちょっとだけ早めにお店を閉めて、研人の卒業祝いですよね。コウさんに握ってもらいましたから、〈はる〉さんの開店前に受け取りに上がります。握ったお寿司はすぐに食べないと美味しくないですからね。

六時を回った頃には、座卓の上にお寿司が並び、皆で揃って「卒業おめでとう！」でした。脇坂さんご夫妻ももちろん駆けつけてくれました。研人にとってはもう一組のおじいちゃんおばあちゃんですものね。亜美さんが強く釘を刺したのですが、案の定、卒業祝いだと言って研人にたくさんお小遣いを渡していました。研人は大喜びですよね。でも、この子の場合、お金を使うのは音楽関係のことばかりですから、ある意味では安心と言えるかもしれません。

お腹一杯お寿司を食べたかんなちゃん鈴花ちゃんは、話に花を咲かせていた皆があっ、と気づくと、座布団の上で眠ってしまっていました。今日は初めて卒業式に出かけて、たくさんの人の中で疲れたんでしょうね。

脇坂さんご夫妻がそれを潮にと、二人を起こさないようにそーっと帰っていきました。

でも、熟睡してしまっているのでもう起こしても起きませんよね。歯磨きもしていないしお風呂にも入っていませんけど、今日はこのまま寝かそうと、離れの青たちの部屋に抱っこしていきました。

「あれ？　おじいちゃんは？」

研人が言います。そういえば、いつの間にか姿が見えませんね。

「もう寝たんじゃねぇのか？」

勘一が言います。

「そういや、さっきなんか電話しながら外へ出ていったよね」

紺が言いました。まぁあの男がふらりといなくなるのはいつものことです。かんなちゃん鈴花ちゃんを抱えていった亜美さんすずみさんが戻ってきて、座りました。

やれやれと皆がお茶を飲みながら、そろそろお片づけしましょうか、お風呂にも入りましょうか、誰が先に入りますか、と話していたときです。

とん、と、花陽が座卓を少し強く叩きました。

皆が、うん？　という感じで花陽を見ましたね。

「どうしたの？　花陽」

藍子が訊きます。花陽は、そっちを見ないで、研人を見ましたね。

「卒業式も終わったしさ。研人」

花陽が言います。何やら少し強い口調ですね。

「そろそろ訊きたいんだけど」

研人がきょとんとしましたね。

「何を？」

花陽が、研人を見て、それから皆の顔をぐるっと眺めました。皆も何を言い出すのかわからないという顔をしていますよ。

「もうずっと、あんたが私立の試験に落ちてから、訊かないようにしてあげてたのをあんたも知らないはずないでしょ？　わかっていたんでしょ？」

あぁ、と、今度は皆がそういう顔をしました。花陽が言い出すとは誰も思っていなかったでしょうね。

でも、考えてみたらそうですよね。家族で、いちばん研人に近いのは花陽じゃないでしょうか。いとこ同士ですけど姉弟のように育ってきて、いつでも一緒にいたのです。

そして、芽莉依ちゃんのことをずっと見てきたのも花陽でしたよね。

研人が花陽の顔を見ています。それから、皆を見回しました。

「芽莉依のこと？」

「そう」

花陽が、きっぱりと言いました。

「あの日から、あんた芽莉依ちゃんの名前を一切言わなくなったよね。皆も、だから訊けなかったんだよ。別に、それは二人の問題だから私たちがとやかく言うことじゃないんだけど。これからも今まで通りならそれでいいし」

勘一がとぼけた顔をして天井を見上げていますね。

父である紺も微妙な表情をしていますし、青も、マードックさんもそうですね。むしろ、母親である亜美さん、そして女性陣がしっかりと研人を見つめていますよ。

「私ね、芽莉依ちゃんにメールした。どうなったのって。そうしたら、ちょっと待っててくださいって返信が来ただけ。だから、あんたに訊くね」

一度、言葉を切りました。

「皆が心配してるの。芽莉依ちゃんとはどうなったの？」

研人は、ちょっと下を向いて何か考えましたね。

顔を上げて皆を見回してから言います。

「あのさ」

「うん」

ほぼ全員が返事をしました。研人は少し息を吐きました。

「みんなさ、実は芽莉依のこと、あんまり知らないだろうけどさ。あいつ、めちゃくちゃ頭が良いんだよ。あの学校始まって以来の秀才って言われてるぐらいなんだ。知らなかったでしょ？」

「そうなのか？」

紺が驚きました。皆もそうですね。成績が良いのは知っていましたけど、それほどだったのですね。

「そしてさ、あいつ、すっげえ大人なんだ」

「大人っていうのは、どういう意味でだ」

勘一が訊きました。

「小学校の頃からさ、世界から戦争や貧困を無くして、世界中が平和になったらいいとか、そういう話をするんだよ。将来は国際的な仕事がしたいって言って、英語ももうほとんど喋れるぐらいになってるし、大学だってきっと東大に行くだろうってぐらいさ」

「そうでした」

マードックさんです。

「ぼくが、おしえたときも、にちじょうかいわは、ほとんどおしえることないぐらいでしたよ。いまは、business えいごも、かなりできるはずです」

「そんなにかよ」

勘一が驚きましたね。

頭が良くて、よく気のつく女の子というのは皆が知ってましたよね。

以前、小学生の頃、研人と一緒にバザーで古本を売ったときにも、研人はぼーっとしてましたけど、芽莉依ちゃんが一人でお会計から全部仕切ってやっていました。

「それに、オレが言ったらなんかあれだけど、あいつ、美人じゃん。街歩いてて、スカウトされたのオレが知ってるだけでも三回あるんだ。頭が良くて、美人でって、本当に完璧ってぐらいだよね。それこそ永坂さんといい勝負だよね」

確かにそうですね。永坂さんも頭が良くて美しくて、秘書の仕事どころか今は取締役ですよね。

「だからさ」

研人がちょっとだけ苦笑いのような表情を見せます。いつの間にこんなに大人っぽい顔をするようになったんでしょうね。

「オレなんかとさ、一緒にいなくてもいいんだよあいつ。高校や、それから大学に行けばさ、もっとスゲェ男がたくさんいるんだからさ。あいつに釣り合うような頭の良い奴もいるだろうしさ。ゼッタイあいつモテるんだからさ。実際モテてるんだからさ」

「で？」

花陽です。

「そうやって、芽莉依ちゃんに言ったの？」

花陽の頬がひくひくとしていますよ。これは、あれですね、随分と久しぶりに見ますけど、怒っている花陽ですね。

「言った。オレはお前の通う高校に落ちたんだから、ムリすんなって。いつ離れていってもいいんだからって。別にこのまま連絡来なくなってもそれならそれでいいから、好きにしろって」

「あんた、大バカ!!」

花陽が、立ち上がって、怒鳴ります。

「やっぱりとんでもないバカ！　うちの男たちみんなバカ!!」

男たちが一斉にのけ反りました。

「大じいちゃんは頑固過ぎるし！　おじいちゃんは今いないけど能天気なLOVE野郎だし！　紺ちゃんは考え過ぎて石橋叩いて壊すし！　青ちゃんは軽佻浮薄で軟派だし！　マードックさんは！　まぁいいけど！」

男たちは、何も言えなくてただ眼を丸くしましたね。

藍子も亜美さんもすずみさんもかずみちゃんも、女性陣は皆一様に深く深く頷きました。

花陽、迫力のある腹の底から響く怒鳴り声です。啖呵ですよね。これは明らかに勘一の血ですね。それにさすが古本屋の子で難しい言葉も知ってます。

それでも、啖呵を切りながらも、血の繋がっていない継父であるマードックさんに、花陽に何か言われたらいちばん落ち込む人にちゃんと気を遣えるところがまた凄いですね。

それにしてもよく見ていますね花陽は。

「研人！ あんたはそれぜーんぶ持ってる大バカ！ いい？ 女の子が、大好きで大好きでもう十年近くも、小学生の頃からずっとずっと大好きな男の子が、自分のために、自分と一緒に三年間同じ学校で過ごすために一生懸命、もう人生でこれ以上ないってくらいに勉強してくれて！ 努力してくれて！ 嬉しくない女の子がいる？ 結果がダメだったとしても、そんなの、試験に落ちるかもしれないってことぐらい芽莉依ちゃんは覚悟していた！」

花陽、そこで一息ついてはぁはぁ息をします。研人は、何も言えませんね。でも、花陽をちゃんと見ていますよ。

「なにボケーッとしてんのよ！」

研人に言います。

「え？ あ、いや、まだ罵詈雑言（ばりぞうごん）が続くのかと思って」

「続かないわよそんなに！ 大じいちゃんには全然敵わないわよまだ！ 大じいちゃん！ この大バカに言ってよ！ 怒鳴ってよ！」

研人も負けず劣らず難しい言葉を知っていますね。勘一、こりゃまいったと苦笑いして頭を掻きます。

「まぁよ、俺ぁ女の子の気持ちなんかわかんねぇ朴念仁（ぼくねんじん）だがよ、研人」

「うん」

「大事なのはよ、どこへ行くか、じゃねぇ。何をするか、じゃねぇのか？　おめぇの、芽莉依ちゃんの期待に応えられなかった、悔しいっていう気持ちはわかるけどよ。そもそも、芽莉依ちゃんはおめぇにそういう期待をしてたんじゃねぇって花陽は言いたいんだろうさ」

研人、首を傾げます。

「そういう期待をしてたんじゃない？」

「おうよ。それはよ」

「LOVEだよねぇ」

大きな声が上から降ってきました。姿が見えないので来るんじゃないかと思っていましたら、来ましたね。我南人がのそりと台所から姿を見せましたよ。

勘一が顰め面をします。

「いつ帰って来たんだよ」

「さっきだねぇえ。花陽の啖呵があんまりにも見事なんでぇえ、黙って聞いていたんだぁ」

花陽が口を尖らせます。

「そんなの褒められても嬉しくない」

我南人が笑って頷きます。

「やっぱり親父の、あぁ、秋実の血かなぁ。あの人もぉ、若い頃は見事な啖呵をよく聞かせてくれたからねぇえ」

女の子ですから、そうかもしれませんね。勘一の迫力ある怒鳴り声とは違って、秋実さんのそれはもう切れ味が鋭かったですよね。宝塚歌劇団を凌(しの)ぐんじゃないかと言われたほどに張りも伸びもありましたよね。

「そういやぁ似てたなぁ」

勘一が笑って言います。

「藍子にそっくりだと思ってたけどよ。啖呵だけじゃなく、目元なんか秋実ちゃんに似てきたかもな花陽は」

「そう？　おばあちゃんに？」

あら、ちょっと機嫌が良くなりましたか。我南人は大きく頷いて、それから研人を見ました。

「研人ぉ」

「なに？」

「連れてきたよぉお」

「連れてきた？　誰を？」

我南人がにっこり笑います。

「汀子さんに言われてぇ、準備しておいたんだぁ。でもさぁ、タイミングって大事だよねぇ。きっと今日、このタイミングだと思っていたらさぁ。花陽ぉ」

「え？」

「さすが僕の愛する孫だねぇ。ナイスアシストだったよぉ。時間もぴったりさぁあ」

花陽は何のことかわからず、きょとんと眼を大きくしています。

我南人はくるっと回るとそのままカフェへ歩いていきました。研人が慌ててその後を追いましたよ。

皆も、これはひょっとしたらと立ち上がります。

いつの間にかカフェに明かりが点いています。しかもこれはライブをするときの照明ではありませんか。

「甘ちゃん！　ナベ！」

研人が驚きます。そこに立っていたのは研人のバンド仲間、ドラムの甘ちゃんこと甘利くんと、ベースのナベくんこと渡辺くんですね。二人とも無事に都立高校に受かったそうですよ。二人でぴったりくっついて並んでニコニコしています。

「お前ら、なんで」

いつも髪の毛が跳ねている甘利くんが頷きます。

「我南人さんがさ、研人は女の子に関しては不器用だから手伝ってくれってさ」

「手伝う？」

背の高い渡辺くんも頷いて、脇に抱えたウッドベースをぽんぽんと叩きました。

「アコースティックライブ用に借りてきたよ。聴かせてあげようよ」

「聴かせる？」

二人が顔を見合わせてにっこり笑って、パッと左右に分かれました。まったく気づきませんでしたけど、そこに芽莉依ちゃんが立っています。

皆に向かって、慌ててお辞儀をしました。

「あの、今晩は。夜に急に来てすみません。お母さんにはちゃんと我南人さんが言ってくれました」

そう言って、またぺこん、と頭を下げます。

「芽莉依」

研人に呼ばれて、芽莉依ちゃん、恥ずかしそうにもじもじしてそのまま下を向いてしまいましたね。

「研人ぉお」

我南人がアコースティックギターを持って来ましたね。

「LOVEを伝える言葉は難しいねぇえ。でもぉ、言葉はいらないことだってあるんだよぉ。言葉にできないものを歌にできるのは、伝えられるのは、僕たちだけだねぇえ。いつだってねぇ、LOVEはLIVEなんだよぉお。LIVEだからぁ、LOVEなんだぁ。若いんだから、立ち止まっちゃあいけないよぉお」

またわけのわからないことを言いましたが、LOVEはLIVEですか。生きていくことこそLOVEってことですか。そこは上手いことを言ったかもしれません。

我南人がギターを抱えて、椅子に座りました。

甘利くんが我南人のすぐ横に行って座ったのは、あれはカホンという箱の形をした打楽器ですね。ああして上に座って、箱の面を叩いて音を出すのですよ。アコースティックライブではドラムの代わりによく使われているものです。甘利くんはまだ中学を卒業したばかりなのに、カホンも使いこなせるのですね。

それに、反対側の隣に立った渡辺くんも、ウッドベースを抱えた様子が随分と様になっていますよ。これはエレキベースだけじゃなくて、ウッドベースの練習もやっていたんでしょう。さすが我南人に才能があると言わせた二人といったところでしょうか。

さっきまでの怒った顔はどこへやら、花陽がにこにこしながら芽莉依ちゃんの近くに行きました。まだ恥ずかしそうにしている芽莉依ちゃんを椅子に座らせます。

勘一が頭を掻きましたね。

「ま、せっかくよ、研人の仲間も来てくれたんだ。そのLOVEなLIVEってのをじっくり聴かせてもらおうじゃねぇか」

「そうだね」

紺が、亜美さんの肩をそっと叩きました。あら亜美さん、ちょっと涙ぐんでいませんか？　息子の友達の友情をありがたく嬉しく思いましたかね。

「すわりましょう。ききましょう。これは、きっと、best takeになりますよ。ろくおんしたいぐらいです」

マードックさんが、椅子を並べました。藍子もかずみちゃんも、青もすずみさんも座ります。

研人が恥ずかしそうにしています。それでも、ギターを抱えて、真ん中に座りました。何を歌うのでしょうか。

あぁ、我南人がギターでイントロを弾き始めると、すぐに渡辺くんも甘利くんもそれに反応しました。研人も、ギターを弾き始めます。これは我南人お得意のビートルズの歌ですね。〈ヒア・カムズ・ザ・サン〉でしたね。

タイトル通り、長い冬が終わり、太陽が顔を出し、陽の光が差してきて、愛する人にもう大丈夫だと、これからの未来を謳う歌ですよ。

研人の歌声が響き始めます。身内の贔屓目でしょうけど、この子は本当に良い声をしているると思いますよ。

＊

皆が寝静まった頃、勘一が一升瓶を抱えて仏間にやってきました。お願いですからお酒は控えてくださいね。寝酒の一杯だけですよ。

「あれ、じいちゃん」

紺が来ました。あら、かんなちゃんを抱っこしていますね。どうしましたか。

「おう、どうした。かんなちゃん、起きたのか」

「なんかトイレに行くって言ってさ。その後に、大ばあちゃんに挨拶してから寝るって言い出して」

「そうかそうか」

勘一が相好を崩します。

「どら、かんなちゃんこっち来い」

勘一がかんなちゃんを抱きかかえ、それから仏壇の真正面に座って膝の上に乗せました。かんなちゃんは、どうでしょう。わたしが見えているんでしょうか。

「ほら、おりんを鳴らしてな」

「うん」

小さな手で、かんなちゃんおりんを鳴らします。でも、ですね。仏壇を見ていません。横を、わたしの顔を見ていますね。

「かんなちゃん」

呼び掛けると、ニコッと笑いました。やっぱりかんなちゃんは、わたしを見られてしかも声も聞こえるんですね。

「ほら、手を合わせてよ」

「うん」

手を合わせて拝みます。はい、ありがとうねかんなちゃん。紺も気づいていたんでしょう。これ以上一緒にいて、勘一にわかってしまう前にとかんなちゃんを抱っこしました。

「さ、寝ようかんな。明日も皆と遊ぶんだろ」

「うん。おおじいちゃんおやすみ」

「はい、おやすみな」

「あ、じいちゃん、酒はお猪口に一杯だけだよ？」

「わかってるよ」

紺が笑って、かんなちゃんを抱っこして二階へ行きました。

勘一が、改めておりんを鳴らします。

「なぁ、サチよ」

はい、なんでしょうか。

にこにこしながら、お猪口にお酒を注ぎ、仏壇に供えてくれました。いつもありがとうございます。そうして、自分のお猪口を口に運びました。本当に一杯だけですからね。

「時代ってのがどんなに変わってもよ、変わらねぇものってのはたくさんあるやな」

そうですね。そう思いますよ。

「人を思ってよ、人に思われてよ、そういうものはよ、俺らの昔から、そのまた昔から、まるで変わっていねぇよな。俺ぁ研人と芽莉依ちゃんと、ナベくんと甘ちゃんを見てたらいろいろ思い出してよ。涙が出そうで困ったぜ」

そうですね。わたしたちの周りにも、ああいう大切な仲間がいましたよね。ジョーさん、マリアさん、十郎さん。そうですよね。

勘一が微笑んで、お猪口をくいっと空けます。

「俺ばっかりそういうのを楽しませてもらって悪いな。相変わらず酒も煙草も旨くて、毎日毎日、人生が楽しくて笑っちまうからよ。もうちょいと待っててくれよ。頼むぜ」

いいですよ。どうぞ、いつまでも長生きして皆と楽しく過ごしてください。わたしは、ずっとあなたの傍で、それを一緒に楽しんでいきますから。

あなたが笑っていてくれれば、それだけで、わたしも充分に幸せですからね。


晴れる日もあれば、曇る日もある。

あたりまえのことですよね。良いことばかりが続くはずもなくて、悪いことだって起きてしまうのが人生です。

研人にしてみれば、この春は人生で初めての挫折という経験をしたのかもしれません。

夏樹さんにしてみても、多くの挫折を重ねてしまい、何度も何度も転んでいるのでしょう。

でも、転んだからこそ、勢いをつけてもう一度立ち上がることができますよね。そうやって立ち上がるために人間は転ぶのかもしれません。立ち上がって、歩き出して、転び、また立ち上がって歩き出す。

そして、自分はこれからどこへ向かおうかと空を見上げます。

人生というこの広い広い空は、曇って、雨が降って、雪が降って、霰も降るかもしれません。風が吹き荒び、嵐が続くかもしれません。

それでも、ありふれた言葉ですけれど、お天道さまはまた出るのです。しかも、必ず同じ方角から昇ってくるのですよ。

お天道さまが昇れば、眩(まぶ)しい光が満ち溢れて、青い空がそこに広がります。

心配いりません。

転んでも立ち上がればいいんです。泥に汚れても顔を上げれば、ぐるりと見回せば、必ずお陽様は昇ってきます。顔を出してくれます。

〈ヒア・カムズ・ザ・サン〉

そうして、自分を信じて、そこへ向かって歩き出せばいいんです。

あの頃、たくさんの涙と笑いをお茶の間に届けてくれたテレビドラマへ。

解説

根岸裕子

書店員の私にとって四月が、「本屋大賞」発表と「東京バンドワゴン」シリーズ発売の月となって十年余り（本屋大賞は第一回が二〇〇四年、「東京バンドワゴン」シリーズは一巻目が二〇〇六年刊行）。今回の『ヒア・カムズ・ザ・サン』は、「東京バンドワゴン」シリーズ第十弾。東京下町に思いを馳せる季節が、今年もやって来ました。シリーズ十年目に突入の記念すべき一作で、単行本は二〇一五年に刊行されました。スピンオフの長編と短編集が一作ずつあるので本編としては八作目にあたります。本編のほとんどはタイトルがビートルズの曲名から付けられていて、次はどれかなとこちらも毎回楽しみです。

「東京バンドワゴン」シリーズは、谷根千を思わせる東京下町の老舗古本屋（兼カフェ）「東京バンドワゴン」を営む大家族・堀田家の物語。持ちこまれる様々な謎を解き明かしながら物語が展開するのですが、堀田家だけでも四世代、さらにご近所さんや常連さん、仕事仲間にお友達と、主要な登場人物の紹介だけでも一冊の本が出来そうな勢いです。

十作もあって、登場人物も大人数と聞くと覚えられるかしら？　と思われるかもしれませんが、各巻の巻頭では、語り役のサチさんが時候の挨拶とともに近所の様子や堀田家の家訓〈文化文明に関する些事諸問題なら、如何なる事でも万事解決〉とか〈本は収まるところに収まる〉とか）や、大家族をまず紹介してくれますので、タイトルや装丁が気になり何気なく手にしたというような途中参加の方もすんなり「東京バンドワゴン」の世界へようこそです。そしてシリーズの愛読者も冒頭のサチさんの季節感たっぷりの挨拶と家族紹介で「今年もバンドワゴンに来たな」と安心して物語の中に入って行っている気がします。

『ヒア・カムズ・ザ・サン』の時点での堀田家の面々だけでもざっと紹介します。

シリーズスタート時七十九歳、今作で八十歳をすぎてますます元気な勘一大じいちゃんから幼稚園に入った曾孫（ひまご）の鈴花ちゃん、かんなちゃんまで現在同居している家族だけでも年齢差八十歳の中に十三人。勘一さん・かずみちゃん・我南人さん・藍子さん・マードックさん・花陽ちゃん・紺ちゃん・亜美さん・研人・かんなちゃん・青ちゃん・すずみさん・鈴花ちゃん、更に犬と猫が全部で六匹。勘一さんから見て、子供、孫、その連れ合い、曾孫、家族同然の妹分が同居し、古本屋とカフェを営んでいます。語り役のサチさんは勘一さんの奥さんです。実は残念ながら既にこの世の方ではないのですが、何故(なぜ)か今も堀田家に留(とど)まっています。そういう事情もあり、見えない存在なのですが、様々な場所に飛んで行くことができ、その様子を私たちに伝えてくれるのです。紺・研人・かんなの親子は、サチさんのことが見えていて紺は少し会話も出来るのですが、これは三人と私たち読者だけの秘密です。

「東京バンドワゴン」は一巻で季節ひと巡り分。前の巻の最後と同じ季節から始まるので毎回スタートの季節は異なります。作中でも時間は進んでいますので、これだけお付き合いをしているとまるで親戚たちの成長や変化を見守っているような気になってきます。ここ数年は鈴花ちゃん・かんなちゃん二人の成長に目を細める親戚のおばちゃん状態で、さらに成長し高校生と中学生になった花陽ちゃん研人くんはどんな進路を選択するのかとハラハラドキドキしています。

登場人物それぞれ大好きなのですが、私が特に気になっているのは〈堀田家の常識人〉紺ちゃんと、常連さんのイケメンIT社長の藤島さんです。地味といわれながら縁の下の力持ち的存在である紺ちゃんの落ち着きと、学者風の雰囲気が好きです。藤島さんは表面的には輝かしい舞台にいるのに、下町の古本屋が大好きで、どうにもいい人過ぎてなかなか幸せになれないというこのギャップ萌(も)えでしょうか。藤島さんが沢山登場する回はいつも以上にワクワクします。シリーズ読者の方もきっとそれぞれのお気に入りがいらっしゃることと思います。それを話し合うのも面白そう。

　このシリーズは、堀田家の家族だけではなく、ご近所さんや常連さんなど、どんどん登場人物が増えて広がっていきますが、物語に登場するまで、どこかでそれぞれがきちんと生きてきた匂いがします。生きて生活して感情を動かして今ここにいる感じ。なので、詳しく語られていないエピソードが溜まっているのです。読者としてはもう少しそこを知りたい気持ちになります。だからそれが読める番外編があるというのは嬉しいことです。『マイ・ブルー・ヘブン』で語られるサチさんの過去は、なかなか衝撃的でしたが、それが勘一さんとの馴れ初めのエピソードになっているのも素敵でした。そしてスピンオフ短編集『フロム・ミー・トゥ・ユー』はサチさんだけではなく、他の人達の語りが聞けたのも新鮮でした。昔話として少しだけ語られていたエピソードの全貌だったり、謎に包まれていた出会いを知ることが出来、「東京バンドワゴン」の世界が更に広がりました。番外編を読んでから本編を再読すると、より奥深く味わえます。

　一巻目を初めて読んだ時「読むテレビドラマみたいだな」と思っていたら、巻末に「あの頃、たくさんの涙と笑いをお茶の間に届けてくれたテレビドラマへ。」の言葉があり、なるほどと納得しました。ずっと「ドラマ」を見る感覚で読んでいて、冒頭の朝ごはんや、ラストのサチさんと紺が話をする場面は、連続ドラマのお約束のシーンのようです。

さらに、前の晩の残り物が登場する食卓の生活感、メニューも楽しみですが、勘一大じいちゃんの変な味覚シリーズも密かな楽しみです。今回もなかなか強烈な組み合わせでした。朝食の席について、一斉に話が始まって、何がなんだかわからないうちにさりげなく物語がスタートしている感じ。朝食シーンから、チビちゃん二人の朝のお見送りとカフェへの挨拶、大じいちゃんの幼馴染の祐円さんの登場までがオープニングで、我南人さんの「ＬＯＶＥだねぇ」の決め台詞がどこでどのように出るかワクワクし、ラストは謎解きが一段落してサチおばあちゃんと紺ちゃんがお話する。こういう繰り返しは、これが続く限り大丈夫だという安心感を与えてくれます。

「東京バンドワゴン」シリーズの雰囲気を決めている大きな要素は、サチさんの語りで物語が進んでいくところですが、ゆったりとした口調、懐の深さ広さを滲ませた否定しないものの言い方がとても素敵なのです。時にはツッコミを入れたり怒ってみたり。誰もが「正しいこと」だと知っていることを、お説教臭くなくサラリと言ってくれる。年の功なのかもしれませんが、「うんうん、そうだね、おばあちゃん」と素直に頷きたくなるのです。というふうに、物語と私たちを繋いでくれているサチさん。シリーズを読み始めた時から、サチさんがナレーションをしているドラマを見ている気分だったので、この物語は、作家がいてお話を作っているという基本的な部分が私の頭から抜けがちでした。私は、小路幸也という作家とこのシリーズで初めて出会ったのですが、プロフィールや他の作品のことを調べたのはかなり後になってからでした（すみません）。「堀田家」と「東京バンドワゴン」はそのくらい自然にすんなり入り込んできました。

さて今作『ヒア・カムズ・ザ・サン』は夏から次の春までの四編が読めます。いよいよ高校受験の研人と、ご近所さんの一人である裏の家の若者夏樹さん、二人の挫折とそこからどのように進んで行くのかが一巻を通して語られます。シリーズが進むと新しい出会いもあれば、容赦のないお別れもあります。幅広い世代が登場する物語ですし、人間生きていれば仕方ないこととはいえ、今回も寂しいお別れがいくつもありました。サチさんも「そうやって出会いと別れを繰り返しながら人生は続いていきますね」と言っています。

まずは夏の怪談話「猫も杓子も八百万」。冒頭から常連のイケメンIT社長・藤島さんの登場でテンションが上がります。お店の同じ棚の本ばかりが夜中に落ちているのは幽霊の仕業なのか？　遺品整理屋の男性が持ち込んだ「東京バンドワゴン」の値札付きの本と謎の少年。